咏史怀古卷

往来成古今

历代诗词 分类鉴赏

周啸天 主编

天地出版社 | TIANDI PRESS

图书在版编目（CIP）数据

往来成古今 / 周啸天主编. —成都：天地出版社，
2025.6

（历代诗词分类鉴赏）

ISBN 978-7-5455-7521-7

Ⅰ.①往… Ⅱ.①周… Ⅲ.①诗词—诗歌欣赏—中国
Ⅳ.①I207.2

中国版本图书馆CIP数据核字（2022）第250318号

WANGLAI CHENG GUJIN

往来成古今

出 品 人	杨　政
主　　编	周啸天
责任编辑	杨　露
责任校对	梁续红
封面设计	叶　茂
版式设计	张迪茗
内文排版	成都新和平文化传播有限公司
责任印制	王学锋

出版发行	天地出版社
	（成都市锦江区三色路238号　邮政编码：610023）
	（北京市方庄芳群园3区3号　邮政编码：100078）
网　　址	http://www.tiandiph.com
电子邮箱	tianditg@163.com
经　　销	新华文轩出版传媒股份有限公司

印　　刷	北京天宇万达印刷有限公司
版　　次	2025年6月第1版
印　　次	2025年6月第1次印刷
成品尺寸	710mm×1000mm　1/16
印　　张	23
字　　数	297千
定　　价	98.00元
书　　号	ISBN 978-7-5455-7521-7

当赫拉克利特在爱琴海畔，说着人不能两次涉足同一条河流时，孔子在黄河岸边叹息："逝者如斯夫，不舍昼夜！"

泰戈尔向未来世纪深情发问：一百年以后读着我的诗集的读者啊，你是谁呢？

生命伊始，便处在不停地送往迎来之中，人在不断地为新生事物的出现而惊喜而雀跃的同时，亦必为美好事物的消逝而感伤而顿足——失明的陈寅恪低吟道："今日不知明日事，他生未卜此生休！"

然而，日光之下并无新事——正在发生的事，过去或许发生过；曾经发生的事，将来或许再发生。谚云：观今宜鉴古，无古不成今。培根说：读史使人明智。

愿收录在这里的每一首诗都为你打开一扇新的窗子，愿你能听到某一个春朝或秋夕越过千百年传来的悲欣交集的歌声。

目次

◇先秦·诗经　　　　　大雅·生民 /001

◇汉·班固　　　　　　咏史 /005

◇汉·王粲　　　　　　咏史诗 /007

◇晋·左思　　　　　　咏史八首（录七）/009

◇南朝梁·虞羲　　　　咏霍将军北伐 /018

◇唐·骆宾王　　　　　于易水送人 /022

◇唐·于季子　　　　　咏汉高祖 /025

◇唐·孟浩然　　　　　与诸子登岘山 /027

◇唐·陈子昂　　　　　感遇三十八首（录一）/029

◇唐·李白　　　　　　乌栖曲 /031

　　　　　　　　　　　古风五十九首（录二）/033

　　　　　　　　　　　经下邳圯桥怀张子房 /036

◇唐·杜甫　　　　　　蜀相 /041

　　　　　　　　　　　咏怀古迹五首（录二）/043

八阵图 /046

古柏行 /049

◇唐·李华　咏史十一首（录一）/050

◇唐·皎然　咏史 /052

◇唐·吕温　读勾践传 /055

◇唐·白居易　读史五首（录一）/057

◇唐·元稹　楚歌十首（录一）/059

◇唐·刘禹锡　石头城 /061

乌衣巷 /063

台城 /065

西塞山怀古 /067

◇唐·张籍　永嘉行 /070

◇唐·张祜　题孟处士宅 /072

◇唐·皇甫松　浪淘沙 /075

◇唐·孟郊　巫山曲 /077

◇唐·李贺　金铜仙人辞汉歌 /081

◇唐·徐寅　开元即事 /084

◇唐·许浑　金陵怀古 /087

咸阳城东楼 /090

学仙二首（录一）/092

◇唐·杜牧　过华清宫绝句三首（录一）/094

江南春 /096

润州 /097

题宣州开元寺水阁 /098

泊秦淮 /100

题桃花夫人庙 /101

◇唐·刘威　　　　三闾大夫 /105

◇唐·温庭筠　　　苏武庙 /108

◇唐·李商隐　　　贾生 /112

齐宫词 /113

北齐二首 /114

南朝 /117

隋宫 /119

◇唐·曹邺　　　　读李斯传 /122

◇唐·罗隐　　　　西施 /124

◇唐·陆龟蒙　　　范蠡 /127

◇唐·皮日休　　　汴河怀古 /129

◇唐·周昙　　　　孙武 /132

范增 /134

◇五代·欧阳炯　　江城子 /136

◇南唐·李煜　　　虞美人 /138

忆江南 /140

◇宋·王禹偁　　　读汉文纪 /142

◇宋·范仲淹　　　剔银灯·与欧阳公席上分题 /147

◇宋·柳永　　　　　望海潮 /150

少年游 /152

◇宋·王安石　　　　桃源行 /154

明妃曲二首（录一）/156

谢安墩 /158

乌江亭 /159

桂枝香·金陵怀古 /161

◇宋·苏轼　　　　　骊山三绝句（录一）/165

念奴娇·赤壁怀古 /167

◇宋·苏辙　　　　　和子瞻濠州七绝·涂山 /171

◇宋·黄庭坚　　　　读曹公传 /173

◇宋·秦观　　　　　望海潮 /175

◇宋·贺铸　　　　　天门谣 /177

◇宋·周邦彦　　　　西河·金陵怀古 /180

◇宋·叶梦得　　　　八声甘州·寿阳楼八公山作 /183

◇宋·李纲　　　　　六幺令·次韵和贺方回金陵怀

古，鄱阳席上作 /187

◇宋·陆游　　　　　读史二首（录一）/190

◇宋·杨万里　　　　读子房传 /193

宿池州齐山寺，即杜牧之九日

登高处 /195

◇宋·辛弃疾　　　　永遇乐·京口北固亭怀古 /197

菩萨蛮·书江西造口壁 /200

南乡子·登京口北固亭有怀 /201

◇宋·刘过　　　六州歌头·题岳鄂王庙 /204

◇宋·姜夔　　　扬州慢并序 /207

◇宋·史达祖　　满江红·九月二十一

日出京怀古 /210

◇宋·岳珂　　　祝英台近·北固亭 /213

◇宋·吴潜　　　水调歌头·焦山 /216

◇金·元好问　　木兰花慢 /219

◇元·刘因　　　白沟 /222

宋理宗南楼风月横披 /223

◇元·白朴　　　沁园春·金陵凤凰台眺望 /225

◇元·萨都剌　　念奴娇·登石头城次

东坡韵 /228

◇元·马致远　　南昌·四块玉·巫山

庙 /232

◇元·赵孟頫　　岳鄂王墓 /234

◇元·张养浩　　中昌·山坡羊·潼关怀古 /237

◇元·虞集　　　挽文丞相 /239

◇元·张可久　　中昌·卖花声·怀古二首 /241

◇元·张弘范　　读李广传 /244

◇明·倪瓒　　　双调·折桂令·拟张鸣善 /246

◇明·张以宁　　　　　　过辛稼轩神道 /248

◇明·李梦阳　　　　　　吹台春日怀古 /251

◇明·李攀龙　　　　　　和聂仪部明妃曲 /255

◇明·瞿佑　　　　　　　伍员庙 /258

◇明·薛瑄　　　　　　　过鹿门山 /261

◇明·王世贞　　　　　　登太白楼 /263

◇明·李贽　　　　　　　咏史三首 /266

◇明·王象春　　　　　　书项王庙壁 /269

◇清·尤侗　　　　　　　题韩蕲王庙 /272

◇清·徐兰　　　　　　　磷火 /276

◇清·朱鹤龄　　　　　　戚姬 /279

◇清·吴伟业　　　　　　杂感（录一） /281

　　　　　　　　　　　　满江红·蒜山怀古 /283

◇清·孙友篪　　　　　　过古墓 /287

◇清·彭孙贻　　　　　　满江红·次文山和王昭仪韵 /289

◇清·陆次云　　　　　　咏史 /293

◇清·陈维崧　　　　　　点绛唇·夜宿临洺驿 /295

　　　　　　　　　　　　满江红·秋日经信陵君祠 /296

◇清·朱彝尊　　　　　　水龙吟·谒张子房祠 /300

◇清·屈大均　　　　　　潇湘神三首·零陵作 /303

　　　　　　　　　　　　念奴娇·秣陵吊古 /305

◇清·赵俞　　　　　　　督亢陂 /309

◇清·王士禛　　　　　　秦淮杂诗二十首（录一）/311

　　　　　　　　　　　晚登夔府乐城楼望八阵图 /312

　　　　　　　　　　　过古城 /315

◇清·袁枚　　　　　　　马嵬 /318

　　　　　　　　　　　再题马嵬驿（录一）/319

◇清·吴雯　　　　　　　明妃 /322

◇清·刘献廷　　　　　　王昭君 /324

◇清·陈于王　　　　　　《桃花扇传奇》题词 /326

◇清·郑燮　　　　　　　南内 /328

　　　　　　　　　　　道情十首 /330

◇清·魏禧　　　　　　　登雨花台 /333

◇清·朱璿　　　　　　　祖龙引 /337

◇清·曹雪芹　　　　　　红拂 /339

◇清·宋湘　　　　　　　司马迁 /342

◇清·龚自珍　　　　　　咏史 /345

◇清·丘逢甲　　　　　　谒明孝陵 /348

◇清·宁调元　　　　　　读史感书 /351

◇清·易顺鼎　　　　　　踏莎行·京口舟中作 /353

●《诗经》，我国最早的诗歌总集，本称《诗》，儒家列为经典，汉时独尊儒术，始称《诗经》。共收西周初年至春秋中叶的民歌和朝庙乐章歌辞305篇，另有笙诗6篇有目无诗。全书按音乐分风、雅、颂三类（一说分风、小雅、大雅、颂四体）。汉代传诗者有齐、鲁、韩、毛四家，今传《诗经》为"毛诗"。

◇大雅·生民

厥初生民，时维姜嫄，生民如何？克禋（yīn）克祀，以弗无子。履帝武敏歆，攸介攸止。载震载夙，载生载育，时维后稷。

诞弥厥月，先生如达。不坼不副（pì），无菑（灾）无害，以赫厥灵。上帝不宁。不康禋祀，居然生子。

诞寘之隘巷，牛羊腓（féi）字之。诞寘之平林，会伐平林。诞寘之寒冰，鸟复翼之。鸟乃去矣，后稷呱矣。实覃（tán）实訏（xū），厥声载路。

诞实匍匐，克岐克嶷。以就口食。蓺之荏菽，荏菽旆旆。禾役穟（suì）穟，麻麦幪幪，瓜瓞唪唪。

诞后稷之穑，有相之道。茀厥丰草，种之黄茂。实方实苞，实种实褎（yòu）。实发实秀，实坚实好。实颖实粟，即有邰家室。

诞降嘉种，维秬（jù）维秠（pī），维穈（mén）维芑（qǐ）。恒之秬秠，是获是亩；恒之穈芑，是任是负。以归肇祀。

诞我祀如何？或舂或揄（yóu），或簸或蹂；释之叟叟，烝之浮浮；载谋载惟，取萧祭脂，取羝以軷（bá）；载燔载烈，以兴嗣岁。

卬（áng）盛于豆，于豆于登。其香始升，上帝居歆，胡臭亶（dǎn）时。后稷肇祀，庶无罪悔，以迄于今。

这是一首周人记述始祖后稷出生的灵异和巨大功德的祭祀诗。在我国，完整的关于神话传说的诗歌及英雄史诗比较少见，这是其中杰出的一首。

古人由于认识的局限，总认为有大功德于民的人，总是天生地不同凡响。要叙述后稷的灵异，得从姜嫄受孕的灵异说起。首章写姜嫄这次受孕不同一般。她没有嫁人，只是因为参加祭祀，脚踏到了一个大人的足拇指迹，忽然身体有了感应，然后是"载震载夙，载生载育"，结语"时维后稷"，点出歌咏的主人公。

第二章写出生的灵异。孩子足月，降生非常顺利，一点没有一般初生子那种困难。这里是现实的，但联系首章，所以还是认为是"天帝""以赫厥灵"。二章前五句是一部分。下面三句，庆幸中又有怀疑，怎么没有嫁人居然生下孩子，是不是上帝对我的惩罚呢？"上帝不宁。不康禋祀"是姜嫄疑虑之词，这就导致下章想方设法抛弃孩子。后稷又名"弃"，即由此而来。

第三章神话色彩也极为浓厚。它先用"诞"字（语助词）开头，讲出三种奇异现象：抛到狭巷里，牛羊来保护它；抛到树林里，正好人们去砍树发现了；最后抛弃到寒冰上，快冻死的时候，飞来了鸟类用翅膀盖住他，使他不会冻死。这多奇特！第三章前六句是三组并列的语句。后面四句写后稷的哭声特别大，这是婴儿体质特强的表现，"实覃实讦，厥声载路"两句有声有色地写出后稷与生俱来的强大生命力。

第四章写后稷婴幼儿期的灵异。还在匍匐爬行时，他就能分辨食物。稍大之后，试着种庄稼，表现了突出的农艺才能。"……荏菽旆旆。禾役穟穟，麻麦幪幪，瓜瓞唪唪。"几个并列的语句，一律用叠词，铿锵有力，而且几乎把当时的农作物包括殆尽。如果不联系第二章和本章"诞实匍匐"几句，这后面几句完全是现实的描写。但在前述特定条件下，这几句就染上了神异的色彩。

第五章写后稷始封于邰的事，是因为善于种植而受封。这章中第五句到第九句一律用"实……实……"的排比句，但排比是按植物成熟过程写的，有浓厚的生活气息。最后用"即有邰家室"一句写明后稷因功受封为周之始祖，为下章开始祭祀埋下伏笔。

第六章写后稷对农业的伟大贡献，特别是天降了"嘉种"。这一章里也多用排比句增强气势。但它运用的方式和前几章又有区别。两个"维……维……"表面是两句，实际是四种并列。接着用"恒之……，是……"的两组并列，每组两句，把"秬秠""穈芑"并列，而"是获是亩""是任是负"又是互文，就是说"秬秠""穈芑"都"是获是亩""是任是负"。这些动作又是按先后次序排列的。最后"以归肇祀"一句说明后稷开始祭天。这句和首句"诞降嘉种"相呼应，因为嘉种是天帝降下的，所以收获以后必须祭天以示报答。这一句在结构上用"祀"字引起下章。

第七章用"诞我祀如何"一问唤起下文，全写祭祀。句子也是整齐和变化相结合。"或"字两句四个动作，是从上章"以归肇祀"来的。收获之后，将粮食"舂、揄、簸、蹂"，接着对"释、烝"两个动作又加以描绘，用"叟叟""浮浮"来象声象形。几个动作的描写，整齐中又有变化。下面"载谋载惟"和"载燔载烈"也是整齐对偶的句式，但"载谋载惟"承以"取萧祭脂，取羝以軷"两句，"载燔载烈"只以一句"以兴嗣岁"作结（表明今年祭祀为了来年），整齐中也有变化。

第八章仍然写祭祀，但和上一章不同，上一章只讲人们的行动，这一章着眼于上帝的享用。先写各种祭器，"卬盛于豆，于豆于登"。由于祭者心诚，祭物的香气上通于天，引起"上帝居歆"，这里和上一章一起完成祭祀的全过程。下面全诗的结尾，用"后稷肇祀"和第六章末句呼应。"庶无罪悔，以迄于今"既是对过去的欣慰，又带着对未来的预祝。

这首诗，以时间顺序写出后稷的灵异和祭祀，一章接一章，有时用一句呼应。许多语句用"诞"字起头，结构上富于变化，整齐的语句和散句构成一个变化；整齐语句中又有变化，使人不觉得平板乏味。在内容上，神话和现实交织，构成绚丽的色彩，叫人目不暇接。

（周啸天）

●班固（32—92），字孟坚，扶风安陵（今陕西咸阳东北）人。《汉书》作者，曾为大将军窦宪远征匈奴时的中护军。后窦宪企图谋反，迫令自杀，班固受牵连被捕，死于狱中。

◇咏史

三王德弥薄，惟后用肉刑。太仓令有罪，就递长安城。自恨身无子，困急独茕茕。小女痛父言，死者不可生。上书诣阙下，思古歌鸡鸣。忧心摧折裂，晨风扬激声。圣汉孝文帝，恻然感至情。百男何愦愦，不如一缇萦。

这首《咏史》是班固于狱中所写，通过对缇萦救父的记叙，歌颂了缇萦的孝道，也抒发了作者受牵连入狱的感慨。

缇萦救父的故事，《史记·孝文本纪》和《汉书·刑法志》都有记载。"齐太仓令淳于公有罪当刑，诏狱逮徙系长安。太仓公无男，有女五人。太仓公将行会逮，骂其女曰：'生子不生男，有缓急非有益也！'其少女缇萦自伤泣，乃随父至长安，上书。"（《史记·孝文本纪》）缇萦上书文帝，文帝悲怜其意，免其父罪，下诏除肉刑。"三王"（夏、商、周之君）以后君主往往德薄，故而治天下始制定肉刑。因缇萦一事而得暂且废止，在中国法制史上确实是件大事。自恨身无儿子，困急而茕茕孑立、孤立无助的，不只是太仓令淳于公，也包括班固自己。班固"诸子多不遵法度，吏人苦之"（《后汉书·班固传》），班固下狱，除受窦宪案牵连外，也与儿子不遵法度有关，危急之时更无一子帮助自己解除痛苦，因而必然有"忧心摧折裂"的悲痛。诗中还引《鸡鸣》和《晨风》两首《诗经》的诗，意在说明贤君应勖力以朝，不应忘记贤臣，有希望皇帝宽恕赦免自己的意愿。《诗经·齐风·鸡鸣》篇汉儒"诗序"曰："《鸡鸣》，思贤妃也。哀公荒淫怠慢，故陈贤妃贞女，夙夜警戒相成之道焉。"《诗经·秦风·晨风》"诗序"曰："《晨风》，刺康公也。忘穆公之业，始弃其贤臣焉。"诗末四句盛赞孝文帝英明伟大，也歌颂缇萦一小女子胜过众多男儿，感慨万千。

　　本诗是文人五言诗之祖，在文学史上有很高的地位。中国诗最早如《弹歌》只两言一句，《诗经》是四言诗的代表，而五言诗到汉代始称繁荣。班固以前虽有五言诗句，要么是一首诗中的零散句，要么是民歌。完整的文人五言诗应以此诗为第一。本诗语言朴素，质木无文，以叙事抒情为主。

（李坤栋）

●王粲（177—217），字仲宣，山阳高平（今山东微山西北）人，"建安七子"之一。少有异才，先依刘表，不被重用，后归曹操，官至侍中。诗赋均佳，存诗23首，《七哀诗》三首是其代表诗作。刘勰赞其为"七子之冠冕"（《文心雕龙·才略》）。赋代表作《登楼赋》，为魏晋时抒情小赋名篇。

◇咏史诗

　　自古无殉死，达人所共知。秦穆杀三良，惜哉空尔为。结发事明君，受恩良不訾。临殁要之死，焉得不相随？妻子当门泣，兄弟哭路垂。临穴呼苍天，涕下如绠縻。人生各有志，终不为此移。同知埋身剧，心亦有所施。生为百夫雄，死为壮士规。《黄鸟》作悲诗，至今声不亏。

　　此诗谴责秦穆公以活人殉葬的残忍。《左传·文公六年》记载："秦伯任好（按，即秦穆公，任好为其名）卒，以子车氏之三子奄息、仲行、鍼虎为殉，皆秦之良也。国人哀之，为之赋《黄鸟》。"子车氏三兄弟均为当时受人敬重的善人，无辜死难，所以整个国都的人都哀怜他们，并创作《黄鸟》这首诗作悲痛之悼。诗人说，自古是没有用活人殉葬的，明理人都知道。但秦穆公一意孤行，要杀"三良"陪葬，以满足暴君的私欲，是徒劳的、无意义的。"惜哉空尔为"，旗帜鲜明地对暴君的残忍行为进行谴责，感情极为强烈。"结发事明君"以下四句是作者站在子车氏三兄弟角度表明"君要臣死，不得不死"的无奈。"结发"，此指初成年时。结发即束发，古时男子到了十五岁开始束发为饰。子车氏三子从小受恩于国君，国君下达遗命要他们殉葬，他们只有认命了！死对于他们个人来说，即使处之坦然，但是亲人怎么受得了！"妻子当门泣"以下四句，即描写亲人生离死别的惨状。妻子和儿女们拥门而痛哭，兄弟们在路边悲恸。临葬了，只有上呼苍天，眼泪长流如绳索般挂于脸上。这四句描写生动传神，读之令人酸鼻！

在残酷的封建专制下，人的精神是扭曲的。诗的后八句，揭示了"三良"当时的心理，好像为暴君殉葬也是理所应当的，再大的悲剧与痛苦也该承受。生时为"百夫雄"，死了也为天下壮士树立榜样。虽然《黄鸟》诗充满悲怆，至今还在传唱，但作为臣民的准则是不能废弃的。王粲作为一个封建士大夫，思想意识当然是维护专制统治者的，这不奇怪，也不必去苛求。面对暴君的所作所为，他也是无可奈何的。作为咏史诗，作者揭露了专制暴君的罪行，对人们心灵的创伤进行极为深刻的描写，反衬暴君行事之非，也多少体现了一点诗歌的人民性。此诗对后人来说有认识价值，描写生动，感情强烈，具慷慨悲壮的特点。

（李坤栋）

●左思（250—305），字太冲，西晋齐国临淄（今山东淄博临淄区北）人。因其妹左棻入宫，移家洛阳，官秘书郎。曾为秘书监贾谧讲《汉书》，为"二十四友"之一。惠帝永康元年（300），贾谧被赵王伦诛杀，左思遂不复仕。太安二年（303），因洛阳兵乱，左思迁居冀州数年而卒。有近人辑本《左太冲集》。

◇咏史八首（录七）

弱冠弄柔翰，卓荦观群书。著论准《过秦》，作赋拟《子虚》。边城苦鸣镝，羽檄飞京都。虽非甲胄士，畴昔览《穰苴》。长啸激清风，志若无东吴。铅刀贵一割，梦想骋良图。左眄澄江湘，右盼定羌胡。功成不受爵，长揖归田庐。

咏史八首，此为序诗，只云"卓荦观群书"，而无具体咏史内容，完全是一首咏怀述志之作。

首四句自述少年即博学能文，志在政治与文学。志准贾生，文拟相如，皆取法乎上，口气是十分自负的。自负的人较之常人自有更多的牢骚——杜甫《奉赠韦左丞丈二十二韵》即申此意而发为狂吟："纨绔不饿死，儒冠多误身。丈人试静听，贱子请具陈。甫昔少年日，早充观

国宾。读书破万卷，下笔如有神。赋料扬雄敌，诗看子建亲。李邕求识面，王翰愿卜邻。自谓颇挺出，立登要路津。致君尧舜上，再使风俗淳。此意竟萧条，行歌非隐沦。"左思也有类似牢骚。

　　"边城苦鸣镝"到"右盼定羌胡"共十句，作者写这首诗时正值国家用兵之际，自己渴望投笔从戎，建功立业。这是全诗的主干，情感豪迈，意气昂扬，大类曹子建《白马篇》。"虽非甲胄士，畴昔览《穰苴》"两句是退一步的说法，不说一向就想立功名于马上，而说国难当头，自己尚有赖以投军的本领，其投笔从戎完全是服从国家需要。"铅刀贵一割，梦想骋良图"是名句，表现了作者入世的渴望，即王粲《登楼赋》"惧匏瓜之徒悬兮，畏井渫之莫食"的心情的正面描述。诗云

"长啸激清风,志若无东吴","左眄澄江湘,右盼定羌胡",可见这首诗应当创作于晋武帝咸宁五年(279)大举伐吴之前。

末二句"功成不受爵,长揖归田庐"是曲终奏雅,表现一种很高的思想境界,即作者的志向在为国立功,而不在个人功名。这一点显然受到了一些具有高风亮节的历史人物(如咏史诗中赞扬的鲁仲连等)之精神感召,是孔孟所赞扬的人格美的继续和发扬,也是华夏民族共同的精神财富。张玉谷说"止咏己意,而史事暗合"就是针对这种情况而言的。这一政治思想,可以概括为"功成身退"。

1904年,浙江革命团体光复会将"以身许国,功成身退"八字写进誓词,令人读之感喟。王维《不遇咏》结尾云:"济人然后拂衣去,肯作徒尔一男儿。"李白《代寿山答孟少府移文书》云:"事君之道成,荣亲之义毕,然后与陶朱、留侯浮五湖,戏沧洲,不足为难矣。"这些诗文语句都闪烁着同样的理想光辉,读之可浮一大白。

(周啸天)

　　郁郁涧底松,离离山上苗。以彼径寸茎,荫此百尺条。世胄蹑高位,英俊沉下僚。地势使之然,由来非一朝。金张藉旧业,七叶珥汉貂。冯公岂不伟,白首不见招。

这首诗对门阀制度下德才不配位的现象予以抨击,乃"先述己意,而以史事证之"。前四句以比兴为唱叹,引起贤者反卑而不肖反尊("世胄蹑高位,英俊沉下僚")的本意。《韩非子·功名》云:"夫有材而无势,虽贤不能制不肖。故立尺材于高山之上,下临千仞之谿,材非长也,位高也。"为本篇出语所本。

"以彼径寸茎,荫此百尺条",乍听荒谬,接上二句,竟真有其事。"地势使之然，由来非一朝"，由个别到一般，使诗句具有很大的涵盖面，概括极有力度。就当时来说，曹魏推行"九品中正"的门阀制度，在西晋则有进一步的加强，《晋书·段灼传》："今台阁选举，涂塞耳目；九品访人，唯问中正。故据上品者，非公侯之子孙，则当涂之昆弟也。二者苟然，则荜门蓬户之俊，安得不有陆沉者哉！"《晋书·刘毅传》则概括为"上品无寒门，下品无势族"。"世胄蹑高位，英俊沉下僚"确为现实的写照。人与人不同，首先从家庭出身就表现出来，生于公侯之家者与生于平民之家者、生于大款之家者与生于苦寒之家者、生于大城市者与生于边远山区者，在生存竞争中就不是处在同一起跑线上的，"世胄蹑高位，英俊沉下僚"的现象后来多有。"由来非一朝"五字，包含多么深沉的感叹，代代沉沦下僚的英才都能体味到。

于是借古人酒杯浇自己的块垒。这里涉及三个古人：金日磾其人本为匈奴休屠王太子，武帝时归汉为内侍，赐姓金，因笃实忠诚成为武帝亲信，后与霍光同受遗诏辅政，《汉书·金日磾传》赞谓其"七世内侍，何其盛也"；张汤为武帝时酷吏，戴逵《释疑论》谓"张汤酷吏，七世珥貂（汉内侍以武弁、貂尾为服饰）"，《汉书·张汤传》谓"功臣之世，唯有金氏、张氏，亲近宠贵，比于外戚"，这是"世胄蹑高位"的著例。冯唐是汉文帝时人，曾当面批评文帝有颇牧之才而不能用，从而使被贬云中太守的魏尚官复原职，但他自己到老还屈居微官，荀悦《汉纪》为之不平道："冯唐白首，屈于郎署。"是"英俊沉下僚"的著例。诗人大声疾呼道："冯公岂不伟。"这既是为古人鸣不平，也是借以发泄个人的牢骚。

小篇幅，大感慨；一首短诗，一篇宏论。它以涵盖古今的笔力写出，特有嵚崎磊落之气；复能一唱而三叹，固为咏史之佳构，述怀之名作也。

（周啸天）

　　吾希段干木，偃息藩魏君。吾慕鲁仲连，谈笑却秦军。当世贵不羁，遭难能解纷。功成耻受赏，高节卓不群。临组不肯绁，对珪宁肯分。连玺曜前庭，比之犹浮云。

　　诗歌咏两位古人有功于国而轻视禄位的高风亮节，与第一首相映带。

　　段干木是战国时魏国隐者，魏文侯尝师事之。秦欲攻魏，因文侯尚贤，畏而罢兵，事见《吕氏春秋·期贤》。鲁仲连是战国时齐国高士，秦围赵都邯郸时仲连适在围城中，他说服了魏国派来的劝赵尊秦为帝的使者辛垣衍，使秦军退兵五十里，事见《战国策·赵策》。此两人同以其声望却敌，但段干木于无意得之，而鲁仲连则有意为之，故亦有区别。赵国围解之后，赵相平原君欲以千金酬谢鲁仲连，仲连曰："所贵于天下之士者，为人排患、释难、解纷乱而无取也。"诗以"吾希""吾慕"并赞两人，"当世贵不羁"以二人皆有事功复能不为声名所累一收，以下至篇终则单表鲁仲连。此即双起单承，于详略互见的同时亦有所侧重，诗笔妙于用简。

　　李白《古风》有云："齐有倜傥生，鲁连特高妙。明月出海底，一朝开光曜。却秦振英声，后世仰末照。意轻千金赠，顾向平原笑。吾亦澹荡人，拂衣可同调。"借歌咏古人抒写自己功成不居的理想，其诗深受左思本篇的影响。而"吾亦澹荡人，拂衣可同调"，也正是左思本篇未曾明挑的意思。

（周啸天）

济济京城内，赫赫王侯居。冠盖荫四术，朱轮竟长衢。朝集金张馆，暮宿许史庐。南邻击钟磬，北里吹笙竽。寂寂扬子宅，门无卿相舆。寥寥空宇中，所讲在玄虚。言论准宣尼，辞赋拟相如。悠悠百世后，英名擅八区。

这首诗咏汉事以抒今情，以长安权贵的豪华生活与著书人扬雄的清苦生活作对比，并对后者加以肯定，表明了作者本人的价值观念。

前八句写汉代京城长安权贵争竞豪奢的热闹场景，金、张代指宠臣，许、史分别为汉宣帝皇后许氏及汉宣帝祖母史良娣的娘家，代指外戚。

后八句写西汉著名学者、辞赋家、哲学家扬雄穷愁著书的寂寞生活，及作者对其人的评价。扬雄曾仿《论语》作《法言》，仿《周易》作《太玄》（"言论准宣尼"指此），仿《子虚赋》《上林赋》作《长杨赋》《甘泉赋》《羽猎赋》等（"辞赋拟相如"指此），又著有《方言》等。他历成、哀、平三世不徙官，职务一直很低微，王莽时校书于天禄阁，受他人牵累将被捕，跳阁自杀未死，生平颇具悲剧性。

诗人预言扬雄流芳百世（"悠悠百世后，英名擅八区"）的同时，也在宣布自己不同流俗的价值观；对权贵们呢，则不著一字，而尔曹身名俱灭之意可知——李白后来在《江上吟》中写道："屈平辞赋悬日月，楚王台榭空山丘。""功名富贵若长在，汉水亦应西北流。"与此同意。

"初唐四杰"之一卢照邻所作《长安古意》是篇托古意以抒今情的帝京诗，将左思本诗作了最为淋漓尽致的发挥。

（周啸天）

皓天舒白日，灵景耀神州。列宅紫宫里，飞宇若云浮。峨峨高门内，蔼蔼皆王侯。自非攀龙客，何为欻来游？被褐出阊阖，高步追许由。振衣千仞冈，濯足万里流。

这是一篇与长安和上层社会告别的决心书。诗的前半部分写帝京洛阳宫室的壮丽，后半部分表示自己摒弃荣华富贵，志在隐居高蹈。中间"自非攀龙客，何为欻来游"是主题句。据《晋书》本传载，诗人"会妹芬入宫，移家京师"，左菜是泰始八年（272）入宫拜修仪的，诗当写于此后不久。

这首诗表现了对门阀社会的失望和鄙弃，诗中涉及的古人是《高士传》记载不接受帝尧禅让天下的洗耳翁许由，古代著名的高蹈派人物。诗人表示决心追随他去，"振衣千仞冈，濯足万里流"二句，音情高亢，令人振奋，故沈德潜谓为"俯视千古"（《古诗源》）。这样的诗在任何时代，对不肯与统治者合作的人、不肯同流合污的人、不肯趋时的人来说，都是一种鼓舞。

（周啸天）

荆轲饮燕市，酒酣气益震。哀歌和渐离，谓若旁无人。虽无壮士节，与世亦殊伦。高眄邈四海，豪右何足陈。贵者虽自贵，视之若埃尘。贱者虽自贱，重之若千钧。

诗通过对古代卑贱之士的赞扬，表现对权贵的蔑视，展示了布衣之士的一种崭新的价值观。写法是先述史事，再断以己意。

前四句叙荆轲、高渐离饮酣高歌于燕市的故事，见于《史记·刺客列传》："荆轲既至燕，爱燕之狗屠及善击筑者高渐离。荆轲嗜酒，日与狗屠及高渐离饮于燕市，酒酣以往，高渐离击筑，荆轲和而歌于市中，相乐也，已而相泣，旁若无人者。"诗人专取荆轲、高渐离为世所重之前与狗屠来往，高兴饮就饮，高兴唱就唱，高兴哭就哭，"旁若无人"的事实，突出的是人物小、眼光高。

"虽无壮士节，与世亦殊伦"，是说尽管其壮士之节未显，但已经与众不同；"高眄邈四海，豪右何足陈"，就是说其眼光甚高，鄙视豪右。这其实也是左思自己的意思，这种蔑视权贵的诗句在左思诗中不一而足，已启李白先声。

后四句是诗人斩钉截铁地宣布与时俗迥异的价值观："贵者虽自贵，视之若埃尘。贱者虽自贱，重之若千钧。"四句语出《庄子·山木》："其美者自美，吾不知其美也；其恶者自恶，吾不知其恶也。"

（周啸天）

主父宦不达，骨肉还相薄。买臣困樵采，伉俪不安宅。陈平无产业，归来翳负郭。长卿还成都，壁立何寥廓。四贤岂不伟，遗烈光篇籍。当其未遇时，忧在填沟壑。英雄有迍邅，由来自古昔。何世无奇才？遗之在草泽。

本篇通过对古时贤才多遭困厄的追叙，对社会埋没人才提出抗议。诗亦先述史事，再以己意断之。

主父偃是汉武帝时人，《史记·平津侯主父列传》载："臣结发游学四十余年，身不得遂，亲不以为子，昆弟不收，宾客弃我，我厄日久矣。"朱买臣也是汉武帝时人，《汉书·朱买臣传》载其"家贫，好读书，不治产业"，其妻羞而求去，买臣劝以富贵，妻怒曰："如公等，终饿死沟中耳，何能富贵？"竟不能留。陈平是汉高祖功臣，《史记·陈丞相世家》记载其少时家贫，居负郭（指靠近城墙）穷巷，以敝席为门，有富人孙女五嫁克夫，人莫敢娶，而平欲得之。司马相如字长卿，当其与文君私奔同归成都时，家居徒有四壁，得不到卓王孙的接济。此四子者皆著于丹青，赫赫有名，正是"贱时岂殊众，贵来方悟稀"；当其贱时，不但受到一般人的轻视，而且大多数遭到骨肉或亲戚的冷眼，此一节最见世态之炎凉，思之令人齿寒。

末四句断以己意，"英雄有迍邅，由来自古昔"一收，然后推出一篇的主题句："何世无奇才？遗之在草泽。"诗人痛惜的被埋没的人才，遂不限于汉代的"四贤"，而有更大的囊括，而且是"远在天边，近在眼前"，包括了诗人自己。

（周啸天）

●虞羲，生卒年不详，字子阳，一字士光，会稽余姚（今属浙江）人。南齐时以太学生游于竟陵王萧子良西邸，入梁，官至晋安王侍郎。

◇咏霍将军北伐

拥旄为汉将，汗马出长城。长城地势险，万里与云平。凉秋八九月，虏骑入幽并。飞狐白日晚，瀚海愁云生。羽书时断绝，刁斗昼夜惊。乘墉挥宝剑，蔽日引高旍。云屯七萃士，鱼丽六郡兵。胡笳关下思，羌笛陇头鸣。骨都先自詟，日逐次亡精。玉门罢斥候，甲第始修营。位登万庾积，功立百行成。天长地自久，人道有亏盈。未穷《激楚》乐，已见高台倾。当令麟阁上，千载有雄名。

"霍将军"，即西汉名将霍去病（前140—前117），十八岁为侍中，善骑射，曾六次出击匈奴，涉沙漠，远至狼居胥山，封冠军侯，为骠骑将军。汉武帝为之建府第，霍去病辞曰："匈奴不灭，无以家为也。"这句话成为千古名言。此诗赞颂霍去病的丰功伟绩，表达了建功立业、流芳百世的愿望。诗以叙述为主，兼议论描写。

从内容上，全诗可分为四个层次。从"拥旄为汉将"到"瀚海愁云生"为第一层，写敌我双方进入战争状态。先秦以来，汉民族的西北边疆住着匈奴（周时称猃狁）等强悍的游牧民族，他们常常南侵，构成边患。汉朝建立，特别是汉武帝时代，曾多次对匈奴用兵，大获全胜。其中霍去病即为抗击匈奴、屡建奇功的名将之一。本层首四句即写霍去病为统帅，出长城征匈奴事。"拥旄"，持旄，拿着旄节之谓。旄节是使臣或节制一方的将领执行君命的信物。如苏武曾持旄节牧羊。霍去病封骠骑将军，有统帅大军独立作战的权力。"汗马"指行军之劳，也指战功。长城地势极为险峻，不只绵延万里，而且高与云平。霍去病就在这样有可靠后方支援的环境下与匈奴作战，暗示必建赫赫战功。"凉秋八九月"四句是从敌方匈奴角度写的。"虏骑"指匈奴骑兵。每到秋天，惯以骑射见长的匈奴人因草长马肥，实力雄健，往往以在汉匈边界打猎为名，趁机南侵，进入并骚扰幽州、并州（今河北、山西一带）地区。"飞狐"，县名，汉时为广昌县地，属代郡。因其北有飞狐口而得名。"瀚海"指长城以北的沙漠地区。"白日晚"，"愁云生"，渲染匈奴骑兵入侵内地、烧杀抢掠那种恐怖的场面。大白天也天昏地暗有如晚上，阴风怒号，愁惨顿生。在这样险恶的情况下，汉民族奋起反抗也就是必然的了。

第二层是"羽书时断绝"以下十句，写战斗过程。这层主要是通过对汉军军威之盛、准备充分来表现战斗，写得很概括，并未详写白刃格斗的场面。"羽书"指紧急的军事文书。"刁斗"是行军锅，白天用之做饭，晚上敲打报更。在羽书不时断绝的情况下，军队必须保持高度警惕，白天黑夜不断敲击刁斗以传警。而将军霍去病呢，身先士卒，提剑登城巡视，亲自到第一线指挥军队战斗。战旗遮天蔽日，双方战斗极为激烈。"墉"，城墙也。"乘墉"数句，暗用《越绝书》之典："（楚王）引太阿之剑，登城而麾之，三军破败。""旍（jīng）"，同"旌"，指军旗。"云屯七萃士"二句极写汉军之强大，战斗力之强。

"云屯"，如云之聚集，形容多而盛。"七萃士"，原指七支精干的队伍，是周王的禁卫军。《穆天子传》："赐七萃之士战。""鱼丽"，也作"鱼俪"，原指军阵名。《左传·桓公五年》："原繁、高渠弥以中军奉公，为鱼丽之陈（阵）。"此指汉军阵势有度，进退有法。"六郡兵"指汉军。"六郡"，指陇西、天水、安定、北地、上郡、西河六郡。《汉书·地理志》："汉兴，六郡良家子选给羽林、期门，以材力为官，名将多出焉。""胡笳""羌笛"均为军中乐器，用以警戒与娱乐。"胡笳"二句通过"关下""陇头"各边关驻地均演奏军乐，说明霍去病指挥作战时从容镇定、胸有成竹的儒雅风度。以上八句均写汉军之强大。由于有这样的名将指挥的训练有素、战斗力强的军队戍边，必对敌人产生强大威慑力。"骨都先自詟，日逐次亡精"，即是描写这支强大军队的慑敌效果。"骨都"和"日逐"，均为匈奴军队的高级指挥官，见《史记·匈奴列传》。"詟（zhé）"，恐惧也。二句为互文修辞。通过"先""次"两个时间副词，把以骨都、日逐为代表的匈奴军恐惧、失魂落魄的状态活画出来，顺理成章地歌颂了霍去病作为名将的威风。

"玉门罢斥候"以下四句为第三层，写霍去病因功受赏。由于汉军在霍去病的指挥下连打胜仗，匈奴远遁，西北边疆地区成了和平之区，玉门关一带已经不再派侦察兵去了解敌情了。"斥候"，也作"斥堠"，指侦察兵。霍去病由于军功卓越，受到朝廷嘉奖。其中一项奖励即为他修建别墅。"甲第"，即豪门贵族的宅院。《史记·卫将军骠骑列传》载，霍去病功高，"天子为治第，令骠骑（指霍去病）视之，对曰：'匈奴未灭，无以家为也。'"谦虚逊让，德耀千古。"位登万庾积"二句，总赞他功高受封多，品德高尚。"庾"，量词，十六斗为一庾。"万庾"，此言其多。

　　"天长地自久"以下六句，为第四层，是作者议论的内容，说明建功立德，流芳百世，才是人生之道。这几句是对霍去病不赞之赞，是对霍去病个案的理论升华，是作者人生观的流露。"天长地自久"四句典出刘向《说苑》："千秋万岁之后（指人死后），庙堂必不血食矣。高台既已坏，曲池既已渐，坟墓既以下而青廷矣。"意思是人死后一切皆空。天地是长久的，人生或损或盈，在生时，美妙的音乐似乎还余音绕梁，亭台楼阁却很快就倾颓了。那么，生命这么短暂（以霍去病为例，再荣耀，也只活了二十三岁），谈不上什么永恒，那么人生意义何在呢？全诗末二句便是结论："当令麟阁上，千载有雄名。""当"字十分肯定，应当也，作者态度很鲜明。人生一世，应该把名字刻在麒麟阁上，千载留名，万古流芳，这才是人生真谛。"麟阁"即"麒麟阁"，汉宣帝时画苏武、张安世等功臣图貌于麒麟阁，让后世瞻仰。事见《汉书·苏武传》。

　　作者何以歌咏霍去病？究其时代，作者生当梁朝，梁朝军队当时与北魏对峙，作者有建功立业流芳千古的夙愿，便借此诗表达。这种意愿，在当时的汉族士大夫中是很典型的。因此，此诗的时代意义不能低估。

　　此诗咏史，歌颂霍去病，有史有论，层次分明，大量用典，又注重语句的修饰对仗之美，古朴中不失明丽，很有南朝文风渐趋典雅繁博的特点。

（李坤栋）

●骆宾王（约638—684），婺州义乌（今属浙江）人。"初唐四杰"之一。其父为青州博昌令，早卒。唐高宗朝初为道王府属，后历任奉礼郎、东台详正学士、武功主簿、长安主簿，迁侍御史。为奉礼郎时曾从军西域，又曾宦游蜀中。仪凤三年（678）冬因数上疏言事获罪下狱，调露二年（680）秋出除临海（今属浙江）丞。睿宗文明中随徐敬业起兵讨武后。敬业兵败，骆不知所终。有清陈熙晋《骆临海集笺注》。

◇于易水送人

此地别燕丹，壮士发冲冠。

昔时人已没，今日水犹寒。

骆宾王为"初唐四杰"之一。唐高宗仪凤三年骆宾王任长安主簿，寻擢侍御史。但好景不长，这年冬即遭人诬陷被捕入狱。第二年六月，遇改元大赦才获释。是冬北赴幽燕，本诗即写于此时。

本诗题为"送人"的赠别诗，实为咏史。作者在易水边送别朋友，必然因地域环境而想起历史上燕太子丹送别荆轲入秦刺秦王的历史事件。首二句是赞颂荆轲的。这位叱咤风云的壮士，为阻止秦王对六国的吞并，为报答燕太子丹的知遇之恩，抱着必死的信念在易水边与燕太子丹等人辞别。"太子及宾客知其事者，皆白衣冠以送之。……高渐离击

筑，荆轲和而歌，为变徵之声，士皆垂泪涕泣，又前而为歌曰：'风萧
萧兮易水寒，壮士一去兮不复还！'复为慷慨羽声，士皆瞋目，发尽上
指冠。于是荆轲遂就车而去，终已不顾。"（《战国策·燕策三》）此
段史料即为首二句所本。此诗用"发冲冠"三字作细节描写，便以一当
百地把荆轲的英勇无畏、送别场面的壮怀激烈淋漓酣畅地揭示出来。

　　咏史诗不只记史，也抒发感情和发表史论。本诗末二句通过议论，
抒发了对荆轲虽死犹生的崇敬之情，指出荆轲对后世产生巨大影响的历
史意义。"昔时人已没"，指荆轲刺秦王未成，壮烈牺牲于秦廷，虽未
成功，烈士临死不苟的反抗精神千古流传，令人崇敬。荆轲虽然死了，
但他永远活在人们的心里，"今日水犹寒"，是说荆轲刺秦体现出来的
反抗暴虐的精神流布千载，影响至今。中华民族自古以来就是追求平等

自由、反对压迫剥削的民族，是敢于斗争敢于胜利的民族，荆轲就是千百万反抗者的形象代表。"水犹寒"三字妙。眼前的易水已流淌了近一千年了，当年是寒的，至今仍是寒的，言外之意是，荆轲精神并未随历史的进程而褪色，仍精光万道，激励着千千万万中华儿女为反抗暴虐而前赴后继。

本诗属不入律的五言古绝，文字不多，但能通过"发冲冠""水犹寒"的细节描写，既典型又深刻地揭示烈士的感人形象和巨大影响力，对仗工稳（指末二句），虚实结合，情景相生，极具感染力，故能千古流传。

（李坤栋）

●于季子，生卒年不详，齐郡历城（今山东济南）人。唐高宗咸亨中登进士第。历任侍御史、司封员外郎、中书舍人等职。

◇咏汉高祖

　　百战方夷项，三章且代秦。

　　功归萧相国，气尽戚夫人。

　　此诗咏叹汉高祖刘邦。有褒有贬，简明扼要。

　　"百战方夷项"，指刘邦千辛万苦才消灭了项羽，统一了天下。刘邦是在秦末陈胜吴广大起义时趁机起兵壮大力量的。灭秦后，便与项羽展开了数年的争夺天下的战争。因楚强汉弱及多方面主客观原因，刘邦多次败于项羽之手，连老父、妻子都做了项羽的囚房。后借韩信之军才得以卷土重来，在垓下之围中，消灭项羽十万精锐，项羽自杀于乌江，才奠定了楚汉战争的最后胜利。"百战"，言战事之多、之惨烈。"夷"，消灭也。刘、项相较，刘邦善用人而项羽只会逞匹夫之勇，这是双方胜败的主要原因。首句可说是对刘邦的歌颂。"三章且代秦"，也是歌颂刘邦的。"三章"是指三条法律。《史记·高祖本纪》载，刘邦兵入咸阳，"与父老约，法三章耳：杀人者死，伤人及盗抵罪。余悉除去秦法。"秦施暴政，苛法众多，民不聊生。灭秦后，刘邦顺从民望，废除秦时法律，让老百姓得以休养生息，只约法三条：杀人者抵命处死，伤人者和盗窃者处以相应的适当的罪。这样便深得老百姓拥护，"秦人大喜，争持牛羊酒食献飨军士"，"唯恐沛公不为秦王"。任何一个政权要生存要巩固，必须赢得老百姓的拥护，所谓得民心者得天下，这是一条铁律。刘邦是顺应了民心的，所以他成功了。"功归萧相国"，此句是说刘邦的成功，第一功应归到萧相国萧何的名下。刘邦定天下封功臣，以萧何为第一。他说："镇国家，抚百姓，给馈饷，不绝粮道，吾不如萧何。"此话讲得客观实在。楚汉战争中如果不是萧何稳定后方，源源不断为前线输送兵员和粮草，刘邦是不可能成功的。此句明赞萧何，实褒刘邦。刘邦知人善任，如对人才萧何委以重任，赏罚分明，这也是成功原因。"气尽戚夫人"，是批评刘邦的。在戚夫人事情上，使刘邦气尽。"气尽"，丧气、泄气、沮丧之意。戚夫人是刘邦宠妃，生一子赵王如意，深得刘邦喜爱。刘邦想废长立幼，废掉生性懦弱的太子刘盈，立赵王如意为太子。但这种行为违背传统礼法，也触犯诸吕利益，遭到朝臣反对。在吕后、张良等人的策划下，太子刘盈招得刘邦崇敬的"商山四皓"为辅佐，刘邦明白太子羽翼已成，难以动摇，知难而退。在废长立幼这件事上，刘邦失败了，让戚夫人很泄气，刘邦自己也感到很沮丧。作者站在传统礼法立场，对刘邦作了讥讽与批判。

　　咏史诗评论历史人物，一般都提纲挈领，择其要者加以论述。本诗即具此特点。善用对偶修辞，也为突出之处。一二句相对仗，三四句相对仗，都对得十分工稳。

（李坤栋）

●孟浩然（689—740），以字行，襄州襄阳人。少隐家乡鹿门山，玄宗开元十六年（728）进京应试不第，遂漫游天下，以布衣终老。有《孟浩然集》。

◇与诸子登岘山

　　人事有代谢，往来成古今。
　　江山留胜迹，我辈复登临。
　　水落鱼梁浅，天寒梦泽深。
　　羊公碑尚在，读罢泪沾襟。

　　岘山是孟浩然的故乡靠近汉水的一座小山，山的大小与其名声的大小颇不相称。岘山出名源于晋代遗爱在民的地方官羊祜。羊祜死后，当地人无不为之悲痛，因立碑于山，杜预称之为"堕泪碑"。羊祜生前游山，曾抒发过后来广为人知的感慨："自有宇宙，便有此山。由来贤达胜士，登此远望，如我与卿者多矣，皆湮灭无闻，使人悲伤。"

　　孟浩然登岘山，首先就想到这个故事，并感受到和羊祜同样的心情。诗就从他的感慨说起："人事有代谢，往来成古今。"人事的"代谢"是绝对的，而"古今"的概念是相对的——大至朝代更替，小至个人的生老病死，人事永远处于不停的新陈代谢之中；古人曾经是"今人"，而今人亦有作古的一天，"后之视今，亦犹今之视昔"，登临者做着古人做过的事，感受着古人感受过的心情，故"每览昔人兴感之由，若合一契"（王羲之《兰亭集序》），第四句的"复"字，是个关键性字眼。

前四句寓深刻的道理于浅吟低唱之中。反过来说也成立，即前四句讲的是一个平常的道理，似乎每个人都能感觉到它，然而感觉到的不一定是深刻理解了的，经诗人一语道破，读者一面感到"甚合我意"，一面又感到他是发人所未发，实在深刻。这也可见孟诗"语淡而味终不薄"。

第三句所谓"胜迹"，即名胜古迹，即打上了历史烙印的自然风光。它是风景，又不止是风景，面对它，你不能不缅怀与它相关的古人，这就是所谓怀古之思。然而怀古又不仅仅是一种幽情，其本质却在人对自身命运的凝注和关心。换句话说，人的生命有限，却偏偏向往无限，渴望不朽。然而真正能够不朽的，后世之名而已，而且只有杰出者能活在后人心中。这既是怀古诗的感伤之所在，也是其意义之所在。

五、六句呈现的是初冬景色——"水落鱼梁浅，天寒梦泽深"。两句不但再现了岘山四围的风景，还使人联想到一些古人的名字，将人带向往古的回忆："鱼梁"使人想起汉末居住在岘山之南的隐士庞德公，"梦泽"让我们想到流放的大诗人屈原。放眼望去，举目都是胜迹，这样一再烘托，突出了怀古的主题。最后读羊公碑而为之出涕，感伤之余，有没有深思，这一点却是因读者而不同了。

这首律诗，其对仗在一、二句和五、六句，与常格不同，是五律一种早期的形式。这首诗也为诗人本人树起了一座纪念碑。以后诗人登上岘山，记起的就不会仅仅是羊祜的那一段名言了。

（周啸天）

●陈子昂（659—700），字伯玉，梓州射洪（今属四川）人。唐睿宗文明元年（684）登进士第，任麟台正字。武周代唐，任右拾遗，曾两度从军至北方边塞。圣历元年（698）因父老解官回乡，为县令段简构陷下狱而死。有《陈伯玉集》。

◇感遇三十八首（录一）

乐羊为魏将，食子殉军功。
骨肉且相薄，他人安得忠。
吾闻中山相，乃属放麑翁。
孤兽犹不忍，况以奉君终。

这是一首咏史诗，也是一篇讥讽之作。其手法非常简单，只是用韵文改写了两段可以类比的历史故事，并置一处，结论不言自明。

"乐羊为魏将"四句改写自《战国策·魏策一》："乐羊为魏将而攻中山。其子在中山，中山之君烹其子而遗之羹，乐羊坐于幕下而啜之，尽一杯。文侯谓睹师赞曰：'乐羊以我之故，食其子之肉。'赞对曰：'其子之肉尚食之，其谁不食！'乐羊既罢中山，文侯赏其功而疑其心。"大意是：乐羊为魏国将领，奉魏文侯之命率兵攻打中山国。中山国君把他的儿子杀死，烹成肉羹送给乐羊。乐羊为了表示对魏国的忠心，竟吃了一杯肉羹。魏文侯重赏了他的军功，但怀疑他心性残忍，故而不敢予以重用。

"吾闻中山相"四句改写自《淮南子·人间训》："孟孙猎而得麑，使秦西巴持归烹之。麑母随之而啼，秦西巴弗忍，纵而予之。孟孙归，求麑安在。秦西巴对曰：'其母随而啼，臣诚弗忍，窃纵而予之。'孟孙怒，逐秦西巴。居一年，取以为子傅。左右曰：'秦西巴有罪于君，今以为子傅，何也？'孟孙曰：'夫一麑而不忍，又何况于人乎！'"大意是：秦西巴为中山君侍卫。中山君孟孙到野外去打猎，猎到一只小鹿，就交他带回去。母鹿一路跟着，悲鸣不止。秦西巴于心不忍，就把小鹿放了。中山君因为秦西巴是个忠厚善良的人，因此不追究他的欺君之罪，还任用他做儿子的太傅。

这两则故事适成对照，说明残忍之人即使有功，也不可信用，而良善之辈，即使有过，也可以信赖。诗人作此诗，当然不是发思古之幽情，而是借古讽今。当时，武则天为了巩固政权，信任酷吏如周兴、来俊臣之辈，施行了种种酷刑，制造了不少冤案。连太子李弘、李贤，皇孙李重润以及李唐王朝的宗室，都因受到猜忌而招致杀身之祸。上行下效，社会上也出现了许多"有违人伦"之事，堪称荒谬绝伦。清代陈沆《诗比兴笺》认为本诗是"刺武后宠用酷吏淫刑以逞"之作，信然。

（周啸天）

●李白（701—762），字太白，号青莲居士，自称祖籍陇西成纪（今甘肃静宁西南）。玄宗开元十三年（725）出蜀漫游，先后隐居安陆（今属湖北）与徂徕山（今属山东）。天宝元年（742）奉诏入京，供奉翰林，后赐金还山。安史乱中因从永王李璘获罪，陷身囹圄，一度流放。有《李太白集》。

◇乌栖曲

姑苏台上乌栖时，吴王宫里醉西施。吴歌楚舞欢未毕，青山欲衔半边日。银箭金壶漏水多，起看素月坠江波。东方渐高奈晓何！

《乌栖曲》是乐府《清商曲辞·西曲歌》旧题，古辞为七言四句，两句换韵，内容较为靡丽。本篇讽刺宫廷淫靡生活，在内容形式上都别出心裁。

相传吴王夫差曾筑姑苏台，旧址在今苏州西南姑苏山，上建春宵宫，与西施在宫中为长夜之饮。前四句即紧扣题面，写姑苏台之黄昏。"乌栖时"三字不仅点出时间，同时将吴宫置于昏林暮鸦的背景上，也带有几分象征色彩，使人联想到吴国已出现的没落趋势。"醉西施"既是说与西施共醉，即沉湎于酒；也是说迷惑于西施，即沉湎于色。"欢未毕"三字，可见宴乐是从日间进行到黄昏日落，这黄昏日落却又成为长夜之饮的开始。而黄昏日落本身，也是一个没落的象征。

接下来诗人跳过长夜之饮的场面，以两句写姑苏台之黎明。"起看素月坠江波"与"青山欲衔半边日"适成照应，以"起看"二字暗示沉湎于酒色的吴王的心态。与处于狂欢极乐中的所有人一样，他感到时间过得太快，所谓"浮生若梦，为欢几何"，于是昼则望长绳系日，却依然出现了"青山欲衔半边日"的黄昏；夜则盼月驻中天，却依然出现了"起看素月坠江波"的黎明。尽管夜以继日地行乐，然而欢乐仍然填不满精神的空虚。

于是诗的结尾有意突破《乌栖曲》古辞偶句收结的格式，变偶为奇，为诗安上了一个意味深长的结尾——"东方渐高奈晓何！"天下没有不散的筵席，《唐宋诗醇》评道："乐极生悲之意写得微婉，未几而麋鹿游于姑苏矣。全不说破，可谓寄兴深微者……末缀一单句，有不尽之妙。"

李白的七古一般都写得雄奇恣肆，而本篇则偏于含蓄收敛，成为别调。前人或以为它是借吴宫荒淫来托讽唐玄宗的沉湎声色，迷恋杨贵妃，是完全可能的。据《本事诗》载，李白初见贺知章，贺见《乌栖曲》叹赏吟咏道："此诗可以泣鬼神矣！"看来这话不单纯是从艺术角度着眼的。

（周啸天）

◇古风五十九首(录二)

　　齐有倜傥生，鲁连特高妙。明月出海底，一朝开光曜。却秦振英声，后世仰末照。意轻千金赠，顾向平原笑。吾亦澹荡人，拂衣可同调。

　　热爱自由和渴望建功立业，本来是两种不同的理想追求，然而一些杰出的盛唐文士却力图将二者统一，并以此与政界庸俗作风相对抗，似乎成为一种思潮。王维《不遇咏》写道："今人作人多自私，我心不说君应知。济人然后拂衣去，肯作徒尔一男儿。"李白《五月东鲁行答汶上君》则说："我以一箭书，能取聊城功。终然不受赏，羞与时人同。"

　　"济人然后拂衣去"，与取城有功不受赏，归结起来就是功成身退。功成身退是李白的政治理想和自我人生设计的重要部分，在这个方面，他引为楷模的历史人物便是张良、鲁仲连。前引诗句中以一箭书取聊城功，就是鲁仲连的故事。

　　据《史记·鲁仲连邹阳列传》载，鲁仲连是战国时齐人，策士。秦国围攻邯郸，魏安釐王使人劝赵帝秦，鲁仲连在围城中往见平原君，制止了这件将导致奇耻大辱的事，邯郸因信陵君援军到达而解围。为此，平原君欲以千金相酬，仲连不受而去。后来齐国田单攻聊城，岁余不下，鲁仲连以书信缚箭上射进城内，说明死守围城没有出路，困守城中的燕将见信自杀，聊城遂下。齐王欲封鲁仲连官爵，鲁仲连说："吾与富贵而诎于人，宁贫贱而轻世肆志焉。"逃隐海上。兼有隐逸和策士的身份，既关心政治又不谋私利，便是鲁仲连这一人物的性格特点。

《史记》称鲁仲连"好奇伟俶傥之画策，而不肯仕宦任职，好持高节"。诗一开始就用其意："齐有倜傥生，鲁连特高妙。""高妙"二字，囊括了其卓异的谋略和清高的节操两个方面。诗人还有一比："明月出海底，一朝开光曜。"有一种解释说"明月"即明月珠，夜明珠，固可通，但联系诗人及前辈诗人类似诗句如"明月出天山，苍茫云海间"（李白《关山月》）、"海上生明月，天涯共此时"（张九龄《望月怀远》）以及诗人一生对月亮的崇拜，作"明月"本义讲似乎更为妥帖。这种极度的推崇，可见诗人对鲁仲连的景仰不同一般。从他在晚年的诗中还提到"所冀旄头灭，功成追鲁连"（《在水军宴赠幕府诸侍御》）、"却秦不受赏，击晋宁为功"（《赠从兄襄阳少府皓》）看，他对鲁仲连的崇拜是终生的。

鲁仲连一生大节，史传只举了反对帝秦和助收聊城二事。李白《五月东鲁行答汶上君》提到后一事，而《古风》则专书前一事，彼此正好互见。当初辛垣衍劝赵帝秦以图缓颊，平原君已为之犹豫，若无鲁仲连骋其雄辩，难免因一念之差铸成大错。在此关键时刻，鲁仲连起的作用无异挽狂澜于既倒。他的名垂青史，是当之无愧的。"却秦振英声"五字便是对这一事件的肯定和推崇。而"后世仰末照"一句，又承"明月出海底"的比喻而来，言其光芒能穿过若干世纪的时空而照耀后人，使之景仰，可见影响的深远。这是其功业即画策的高妙所致。

据史书记载，鲁仲连受人钦敬，还在于他高尚的人品。当平原君欲以官爵、千金相酬时，他只笑道："所贵于天下之士者，为人排患、释难、解纷乱而无取也。即有取者，是商贾之事也，而连不忍为也。"遂辞去，终身不复见平原君。"意轻千金赠，顾向平原笑"，直书其事，而赞赏之意溢于言表。李白早年抒发个人抱负说："申管晏之谈，谋帝王之术，奋其智能，愿为辅弼，使寰区大定，海县清一。事君之道成，荣亲之义毕，然后与陶朱、留侯浮五湖，戏沧洲，不足为难矣。"（李白《代寿山答孟少府移文书》）如果说鲁仲连是个澹荡（不受拘束）的人，那么李白自己也是。所以诗末引以自譬，谓鲁仲连为同调。诗虽然有为个人做政治"广告"的意图，却也能反映诗人一贯鄙弃庸俗的精神。

（周啸天）

　　燕昭延郭隗，遂筑黄金台。剧辛方赵至，邹衍复齐来。奈何青云士，弃我如尘埃。珠玉买歌笑，糟糠养贤才。方知黄鹤举，千里独徘徊。

　　李白的《古风五十九首》与《古诗十九首》、阮籍的《咏怀诗》、郭璞的《游仙诗》乃至陈子昂的《感遇诗》一脉相承，实乃咏怀之作。这组诗内容广泛，包含了对现实的讽喻、怀才不遇的感慨、隐遁游仙的思想等等，是李白五言古诗的代表作。

　　这首诗用对比手法描写了古今当权者对待贤才的不同态度以及贤才的不同遭遇，从而抒发自己怀才不遇的感慨。诗的前四句写战国时燕昭王筑黄金台招揽贤才的故事。据《史记·燕召公世家》记载，齐国趁燕国内乱打败燕国，燕昭王即位后思谋复仇，他听从谋士郭隗的建议，礼贤下士，广招贤才，"为隗改筑宫而师事之。乐毅自魏往，邹衍自齐往，剧辛自赵往，士争趋燕"。《史记》只说燕昭王为郭隗"筑宫"，没有说"筑黄金台"，古人诗文多言"黄金台"，事或有之，与筑宫性质是一样的。李白诗的前四句即依此而来。这些贤才辅佐燕昭王，终于使燕国强大起来，打败了齐国，洗雪了先王之耻。接下来四句写当今的"青云士"抛弃糟蹋贤才。"青云士"指当时有权势的显贵，也可能指宰相李林甫，他们嫉贤妒能，蔽塞贤才，不惜珠玉买吴姬越女以供歌笑，奢侈荒淫，抛弃贤才如弃敝屣。燕昭王与时贵，一者缺少贤才，故求贤若渴，一者不乏贤才，但糟蹋贤才，招贤纳士与嫉贤妒能形成鲜明对比。不同的政策或态度导致不同的结果：燕昭王求贤若渴，故天下贤才争赴燕国；时贵嫉贤妒能，所以贤才彷徨徘徊，心怀抑郁，即最后两句所写："方知黄鹄举，千里独徘徊。"古今对比，借古讽今，其用意在今。

李白素怀大志，非常自负，曾自言心志："奋其智能，愿为辅弼，使寰区大定，海县清一。"（李白《代寿山答孟少府移文书》）他看重功名，但轻视利禄，不汲汲于富贵。他多次宣示功成身退，飘然远翥，这与一般人追逐富贵大不相同。尽管李白的实际才能与政治抱负之间有差距，但在没有建功立业之前，他积极关注现实，满怀政治热情。这种热情遭到挫折，他又是如何地愤懑不平、焦灼徘徊的呢？如黄鹤在空，四顾茫然。古往今来，怀才不遇的现象屡见不鲜，抒写怀才不遇之感亦多。不识才倒也情有可原，识才而不用当是私心作怪，糟蹋贤才则非奸邪之徒莫为。这首诗虽短，可抵一篇《悲士不遇赋》。

（张应中）

◇经下邳圯桥怀张子房

　　子房未虎啸，破产不为家。沧海得壮士，椎秦博浪沙。报韩虽不成，天地皆震动。潜匿游下邳，岂曰非智

勇。我来圯桥上，怀古钦英风。唯见碧流水，曾无黄石
公。叹息此人去，萧条徐泗空。

李白一生为之倾倒的历史人物有两位。一位是战国时的鲁仲连，
李白在诗中写道："齐有倜傥生，鲁连特高妙。明月出海底，一朝开
光曜。却秦振英声，后世仰末照。意轻千金赠，顾向平原笑。"据《史
记·鲁仲连邹阳列传》记载，鲁仲连在却秦之后，"平原君乃置酒，酒
酣起前，以千金为鲁连寿。鲁连笑曰：'所贵于天下之士者，为人排
患、释难、解纷乱而无取也。'"另一位便是汉代开国功臣留侯张良。
张良在助刘邦夺取天下，并且请出"商山四皓"辅佐太子之后，即从
赤松子游。鲁仲连与张子房功成身退的高风亮节，也是李白的宏愿宿
志。所以，他说："吾亦澹荡人，拂衣可同调。"（《古风五十九首》
其十）"功成谢人间，从此一投钓。"（《翰林读书言怀呈集贤诸学
士》）

张良与萧何、韩信并称为"兴汉三杰"，是刘邦的智囊。李白经过
下邳（今江苏邳州市）圯桥时写下这首仰慕的诗，一是缅怀前贤，"怀
古钦英风"；二是为他辩诬，"潜匿游下邳，岂曰非智勇"。

诗分两段，前段八句概述张良早年事迹，只取其一点，即博浪沙
刺秦。司马迁《史记·留侯世家》称张良的形貌柔弱若女子，竟然在年
轻时便有"与客狙击秦皇帝博浪沙中"的惊天壮举，可惜误中副车，秦
皇为之寒栗，下令"大索天下"。而张良一击不中，便"更姓名潜匿下
邳"，全身而退。这需要多么巨大的勇气与智慧！一个人一生只要能做
到这一点便足可称道。而对于张良来说，这仅仅是"虎啸"的一个前
奏，除秦灭项、定汉安刘、功成身退，才是张良一生的辉煌乐章，也
是李白心目中大智大勇者所为。张良曾在下邳隐匿过，李白便借圯

桥这个历史见证者，为张良辩诬，洗去蒙蔽的积尘，恢复历史人物的本来面目。辩诬也有两点：其一，所谓"小不忍则乱大谋"。认为博浪沙刺秦是"子房不忍忿忿之心，以匹夫之力而逞于一击之间"，贤达如苏轼写《留侯论》便持这一看法，认为张良是冲动蛮干，差点丢掉小命。苏轼是强词夺理，为文章的立论找论据，说什么"持法太急者，其锋不可犯，而其势未可乘"。其实，当秦皇暴虐天下，百姓箝口之时，已遍地积薪，忍耐到了爆炸的临界点，正需要张良那种雷霆一击，出不意之谋，横正义之剑，杀独夫之威，伸积怨之气，副四海之望，慰后世之心。正是这使"天地皆震动"的一击，不啻敲响秦二世趋亡的丧钟，成为陈胜、吴广的先驱。这次狙击的策划准备，人选、兵器、时间、地点等都拿捏得很准，可惜功亏一篑，误中副车；如果恰中正车，又将会如何？如此大智大勇，足以惊天地而泣鬼神，有人竟以匹夫之勇鄙视之，这是李白首先要为张良辩诬的。其二，关于黄石公的传说。张良素怀报韩之志、灭秦之心，从立志之日起，就置个人生死于度外，岂仅是"破产不为家"？从他散家财、求力士、铸铁锤、获情报、选地点一系列准备，可见其深谋远虑，才略过人。"潜匿游下邳"也应是计划中的周到安排。而一击不成，另谋他途，参加刘邦起义军，讨伐暴秦，算无遗策，更是顺理成章的事。以张良的盖世之才与博浪沙惊天之举，已足以为王者师，何必再杜撰一个圯上老人用训育蒙童的方法（捡履、早起）折辱他、考验他、造就他？殊不知为老人捡履，虽三次折辱，"油然而不怪者"，乃张良本来就有的素质，并非老人怪异教育的结果。至于"授以太公兵法"，更是鬼画符，全信不得。在李白看来，这并不是他心目中的张良。圯桥捡履是李白所不屑的，张良也不可能这么做，即使做了也不一定能成为帝王师。这是他为张良的又一辩诬。

咏史诗当然是以历史人物与历史事件为主体，诗人只是客体；而对于读者来说，诗人也是咏史诗的主体之一，他的观点与视角，很大程度上影响读者对历史的解读。如果说本诗前八句的主体是张良，后六句的主体则是李白。李白在圯桥上凭吊往事，既发怀古之幽思，又抒世无英雄的感慨，他的胸中块垒，他的长歌叹息，成为圯桥又一风景，张良反而成为陪衬。"唯见碧流水，曾无黄石公。"这两句是全诗关键，以流水对写流水（时间），以否定句写否定（辩诬）。"曾"，尝，曾经，过去。"曾无"，即从来就没有。所以，诗题才作"经下邳圯桥怀张子房"，而非怀黄石公。而论者却认为："当代未尝没有如张良一般的具有英风的人，只是没有像黄石公那样的人，

加以识拔，授以太公兵法，造就'为王者师'的人才罢了。"这岂不
是把怀念的主人公调包了？文不对题，简直匪夷所思！结句"叹息此
人去，萧条徐泗空"，此处的"此人"，显然是指张良，与黄石公无
关。斯人已去，奈天下苍生何？盖有非常之人，方有非常之事，还要
有非常之机缘。李白虽以张良自况，可惜未遇张良的机缘，他从入京
供奉翰林开始，便想在政治上有所作为，济苍生，安社稷，可惜事与
愿违，这就是他在圯桥上叹息与长歌的原因。

（方牧）

●杜甫（712—770），字子美，原籍襄阳（今属湖北），迁居巩县（今河南巩义西南）。玄宗开元二十三年（735）举进士不第。天宝间困守长安十年，天宝十四载（755）授河西尉不赴，改右卫率府兵曹参军。安史之乱发，长安陷落，身陷贼中。至德二载（757）自贼中奔赴凤翔行在，授左拾遗。乾元元年（758）贬华州司功参军，次年弃官赴秦州，经同谷，到成都，于西郊建草堂。广德二年（764）剑南节度使严武荐为检校工部员外郎。永泰元年（765）离成都，至夔州（今重庆奉节）。大历三年（768）出三峡，辗转湘江，死于舟中。有《杜工部集》。

◇蜀相

丞相祠堂何处寻，锦官城外柏森森。
映阶碧草自春色，隔叶黄鹂空好音。
三顾频烦天下计，两朝开济老臣心。
出师未捷身先死，长使英雄泪满襟。

乾元二年七月杜甫辞官西行，岁暮抵成都；上元元年春卜居浣花草堂。此期杜甫曾多次拜谒武侯祠，以表示崇敬之意。盖诗人本有"致君尧舜"的政治抱负，又逢安史之乱，虽一事无成，而不能不忧念国事，故对鞠躬尽瘁、死而后已的诸葛亮深表同情。

首联开门见山，点出祠堂在成都城南。成都在汉代织锦业发达，曾专设锦官管理，锦官城本织锦区，亦作为成都美称。丞相祠即今武侯祠，西晋李雄所建，祠内原多植柏树，诗人《古柏行》有云"君臣已与时际会，树木犹为人爱惜"，这一片"柏森森"的景象，就令人联想到《召南·甘棠》"蔽芾甘棠，勿剪勿伐，召伯所茇（读拔）"，无形中见出蜀人对丞相的敬爱。

颔联写祠内景色。"自""空"两字抒情，祠庙草绿叶密，鸟啭好音，本饶春意，着此二字则一概抹倒，睹物思人之意，已见于言外。

颈联概括诸葛亮的出处与大节。"三顾频烦"即"频烦三顾"，"天下计"即《隆中对》所定诸如东和孙权、北拒曹操、西取刘璋的基本国策；"两朝"是先主、后主两朝，"开"是开创帝业，"济"是济美守成，"老臣心"指诸葛亮无私、不矜与死而后已的一片忠心。两句语极缜密，说尽诸葛亮一生的聪明才智、功业德操，流露出无限景仰之情。

诸葛亮六出祁山，北伐中原，终因操劳过度而死，留下的出师两表，成为天地间至情之文，不可不特别表出。此之谓"不以成败论英雄"也。诗云"长使英雄泪满襟"，这"英雄"句涵盖的范围就很宽，代表了千古未能成功的志士仁人的共同心声。唐永贞革新被挫败后，王叔文吟此二句，唏嘘泪下；南宋爱国名将宗泽，因国事忧愤成疾，临终即诵此二句，"但呼过河者三而薨"，就证明杜甫之言的确凿不移。当然，这不仅表明了《出师表》和诸葛亮的魅力，而且也表明了《蜀相》和杜甫本人的魅力。

（周啸天）

◇咏怀古迹五首（录二）

> 支离东北风尘际，漂泊西南天地间。
> 三峡楼台淹日月，五溪衣服共云山。
> 羯胡事主终无赖，词客哀时且未还。
> 庾信平生最萧瑟，暮年诗赋动江关。

大历元年，诗人作此诗于夔州，本篇咏庾信而感怀身世。盖庾信因侯景之乱流寓江陵，尝居宋玉之宅，其生平与诗人尤多相似之处。陈寅恪说"杜公此诗实一《哀江南赋》缩本，其中以自己比庾信，以玄宗比梁武，以安禄山比侯景。今以无赖之语属之羯胡，则知杜公之意，庾信赋中'无赖子弟'一语乃指侯景而言"(《金明馆丛稿二编》)。

首联概述自安史始乱至今十二年漂泊流离的生涯，兼关庾信。上句言流离始于"安史之乱"，下句言至今尚淹留西南。仇引顾注"东北纯是风尘，西南尚留天地"，理解大体准确，今人或谓两句互文，则不确切。二句涵盖时空，各有偏重，始耐读。

颔联落到目前流寓夔州的处境，亦关庾信。上句言淹滞三峡，徒送日月；下句言地处边鄙，风俗自殊。"三峡楼台""五溪衣服"字面设色好看，但按之实际，前者指西阁（杜甫流寓夔州的住处），实傍崖筑室，非华丽之楼台也；后者以衣服代指峡区土著人，"五溪"本湖广间土著，史（《后汉书》）载其好五彩衣服，故借用也。铺彩属文，无非虚幻着色；字里行间，尽是恋阙之意。

颈联遥承首联痛恨祸首，感伤遭际，诗人自身与庾信合一。《哀江南赋》云："用无赖之子弟，举江东而全弃。""无赖"本谓侯景，"羯胡"则指安禄山。梁武帝因信用侯景而亡，玄宗则以信用禄山致乱，而庾信和诗人自己则"藐是流离，至于暮齿"。既"哀时"不幸，又自伤"未还"，故着"且"字，而概括了双方的情形，备极顿挫沉郁。

尾联感慨作结，明言庾信，兼及自身。盖庾信仕梁，以侯景之乱，遂奔江陵，梁元帝即位江陵，遣信使西魏，适值西魏攻梁，陷江陵，信遂留北朝达二十七年之久，所以说他"平生最萧瑟"。庾信在梁时与徐陵齐名，文并绮艳，号"徐庾体"；及入北朝，风格大变，常有乡关之思，《哀江南赋》即其代表作，所以说是"暮年诗赋动江关"，此即论诗绝句所谓"庾信文章老更成"。而杜甫晚年在蜀的情况也差不多，他自谓"老去诗篇浑漫兴""晚节渐于诗律细"。这两句无意间道出一个极其深刻的道理，即作家的创作与其经历有密切关系，所谓"暮年诗

赋动江关"，实在是艰难玉成，不幸萧瑟，幸乎不幸，诗人似乎重在言
"平生萧瑟"之不幸，而后世推崇其"暮年诗赋动江关"之大幸。使人
想起白居易说的"可怜荒垄穷泉骨，曾有惊天动地文""天意君须会，
人间要好诗"。此诗的最大价值，也就在于它传神地塑造出庾信与杜甫
两大作家的双人像。

> 群山万壑赴荆门，生长明妃尚有村。
> 一去紫台连朔漠，独留青冢向黄昏。
> 画图省识春风面，环佩空归月夜魂。
> 千载琵琶作胡语，分明怨恨曲中论。

此诗咏王昭君悲剧身世，兼寄一己之同情。据《清统志》，昭君
村在荆州府归州（今湖北秭归）东北四十里，即香溪。而据宋代做过夔
州太守的王十朋说，按当时图经，昭君村归州有，巫山亦有，在神女庙
下，故杜甫诗云："若言巫山女粗丑，安得此有昭君村？"（见王十朋
《梅溪集·昭君村》自注）诗中"荆门"当指唐代荆州荆门县（今荆门
市），而非湖北宜都的荆门山。

首联从地灵说入，前人谓"发端突兀，是七律中第一等起句。谓
山水逶迤，钟灵毓秀，始产一明妃，说得窈窕红颜惊天动地"（吴瞻泰
语）。这种郑重的写法，也增加了全诗的悲剧气氛。

颔联概括昭君出塞，死葬青冢之始末，从《恨赋》中来："明妃去
时，仰天太息。紫台（指汉宫）稍远，关山无极。……望君王兮何期，
终芜绝兮异域。"青冢在今内蒙古呼和浩特市南，《琴操》说"胡中多
白草而此冢独青"，这一传说饱含人民对昭君的同情。两句用流水对：
"一去"明不返矣；"连"字明关山无极矣；"独留"明其孤单；"向

黄昏"连文，则将时间概念转为空间意象，在读者眼前展开一片胡地黄昏的天幕，独有那小小孤冢以其特有的青青之色，引人注目。

　　颈联写昭君之恨。昭君之恨一在不得相知，而汉元帝也就成为从来昏聩之主的一面镜子。昭君之恨又不仅在不得于君，其恨之二是去国怀乡之恨。所以下句有"环佩空归月夜魂"之想，写出更深一层的悲哀，充满故国之思、爱国之情。日本电影《望乡》片末，有一个令人难忘的镜头，当女记者终于找到南洋姐们的坟墓，旁白是刺人心肠的——"她们背向着天朝长眠地下了"——"独留青冢向黄昏"啊。她们背对天朝，是有怨恨的，但这怨恨不正来自一种最难割断的情根吗？又焉知她们的怨魂不在月光如水的夜晚漂洋过海，"冥冥归去无人管"呢？

　　尾联感慨道，自今从仍作胡语的琵琶声中，分明还听得出曲中的怨情。这表明诗人堪称昭君千古知音，同时也传达出昭君寂寞千载之感。因为昭君泪中也有杜甫的泪，昭君的寂寞也是杜甫的寂寞。此诗的最大价值就在于成功地塑造了昭君之魂。

（周啸天）

◇八阵图

功盖三分国，名成八阵图。
江流石不转，遗恨失吞吴。

　　杜甫漂泊西南期间，所作咏怀古迹诗篇不少，其中有关蜀相诸葛亮

的篇什尤多。《八阵图》就是一首，它作于大历元年作者寓居夔州时。

"八阵图"是由八种阵势（名目为：天、地、风、云、龙、虎、鸟、蛇）构成的战阵。古已有之，非始于亮。亮布八阵凡四，就中以布在夔州西南永安宫前平沙上的八阵图最为著名。据载：夔州八阵图聚细石为之，各高五尺，广十围。历然棋布，纵横相当。中间相去九尺，正中开南北巷，悉广五尺，凡六十四聚。

诗人一落笔就撇开阵图的具体描述，而以概括的笔墨点出八阵图与诸葛亮一生功名大节之关系："功盖三分国，名成八阵图。"历史上三国局面的形成，是以诸葛亮辅佐刘备割据西蜀为标志的，"功盖三分国"就肯定了诸葛亮在三国鼎立局面的奠定上，起了无与伦比的作用。首句偏重其人的政治才能，次句则偏重军事才能，并直扣题面"八阵图"。兼资文武全才，正是诸葛亮功盖三国、名垂后世的一个重要原因。这两句诗好在既有概括性，又有针对性。其概括性可与"三顾频烦天下计，两朝开济老臣心""三分割据纡筹策，万古云霄一羽毛"媲美，然而它只能是咏"八阵图"的诗句，不可它移。

"江流石不转"这一句写到阵图本身上来了，但仍不作一般描述，只抓住其特别引人注意的一点，着力描写。仇兆鳌注引刘禹锡《嘉话录》："夔州西市，俯临江沙，下有诸葛亮八阵图，聚石分布，宛然犹存。峡水大时，三蜀雪消之际，潨涌湙漾，大木十围，枯槎百丈，随波而下。及乎水落川平，万物皆失故态，诸葛小石之堆，标聚行列依然。如是者近六百年，迨今不动。"这是一个奇迹。《诗经·邶风·柏舟》云，"我心匪石，不可转也"，本是说石头易翻转，江水的力量更不难转石。而八阵图居然"江流石不转"，不免神异。看起来五字只纪实，其实字里行间充满慨叹，有赞颂其功千载不泯的意味，直承前两句而来。同时，"石不转"三字又暗合后文的"遗恨"。

诸葛亮既然功盖三国，而八阵图又名垂千古，何以复兴汉室的大业未竟，长使英雄泪满襟呢？末句便一笔兜转，说出此"遗恨"的缘由在于"吞吴"之失。这一句诸说不同，或谓以不能灭吴为恨（旧说），或谓以先主伐吴为恨（苏轼），或谓不能止主东下为恨，或谓先主伐吴不能用其阵法为恨。大体可分两种：一将"失吞吴"释为以吞吴失计；一释为以未吞吴为失计。按"蜀主窥吴幸三峡，崩年亦在永安宫"，刘备伐吴之举，实有违于诸葛亮联吴抗曹之策略，实为蜀国在政治上走下坡路的开端。虽有八阵图，亦无济于事。此因八阵图所在之地而连及史事，与《蜀相》诗感慨略同。故以"失吞吴"作为吞吴为失计较优。

（周啸天）

◇古柏行

孔明庙前有老柏，柯如青铜根如石。霜皮溜雨四十围，黛色参天二千尺。云来气接巫峡长，月出寒通雪山白。君臣已与时际会，树木犹为人爱惜。忆昨路绕锦亭东，先主武侯同閟宫。崔嵬枝干郊原古，窈窕丹青户牖空。落落盘踞虽得地，冥冥孤高多烈风。扶持自是神明力，正直元因造化功。大厦如倾要梁栋，万牛回首丘山重。不露文章世已惊，未辞剪伐谁能送。苦心岂免容蝼蚁，香叶曾经宿鸾凤。志士幽人莫怨嗟，古来材大难为用。

杜甫晚年在夔州（今重庆奉节）作此诗，歌咏夔州武侯庙内的古柏。这些古柏树干高大，树皮苍润，雄劲坚强，因为诸葛亮受人景仰，庙中古柏也受到当地人很好的保护。

诗人联想到居住过几年的成都，那里武侯祠中的古柏，一样孤高正直，如有神明扶持。这些古柏本不辞剪伐，堪为栋梁之材，然而有谁能把它们送到长安去呢？看来它们只能徒具苦心，不免为蝼蚁所伤了。

诗曲尽体物之妙，同时也抒发了材大难用的愤慨。这里既有对诸葛亮一生未尽其才的感喟，也含有诗人对自身遭遇的不平。

（周啸天）

●李华（715?—774），字遐叔，赵州赞皇（今属河北）人。唐玄宗开元二十三年（735）进士及第，天宝二年（743）中博学宏词科。历任秘书省校书郎、监察御史、右补阙。为盛唐著名古文家，有《李遐叔文集》。

◇咏史十一首（录一）

　　秦灭汉帝兴，南山有遗老。危冠揖万乘，幸得厌征讨。当君逐鹿时，臣等已枯槁。宁知市朝变，但觉林泉好。高卧三十年，相看成四皓。帝言翁甚善，见顾何不早。咸称太子仁，重义亦尊道。侧闻骊姬事，申生不自保。暂出商山云，竭来趋洒扫。东宫成羽翼，楚舞伤怀抱。后代无其人，庆园满秋草。

　　李华所作《咏史》为十一首组诗，此诗为第五首。此诗的主题是阐明贤臣辅佐君主的极端重要性。诗是通过汉初商山四皓与汉高祖刘邦的对话及作者的议论来阐述的。

　　诗的开篇就叙述商山四皓与刘邦的见面对话。商山四皓为东园公、甪里先生、绮里季、夏黄公，鉴秦政暴虐，隐居商山。商山，在今陕西商洛市商州区东，属终南山之一脉，地势险阻，风光绮丽，为隐士乐于隐居之所。《史记·留侯世家》载，汉高祖刘邦宠幸戚夫人，欲废太子刘盈，立戚夫人子赵王如意为太子。太子用张良计，请到商山四皓为客。刘邦见其羽翼已成，便打消了废太子的主意。"危冠"，指四皓戴的高高的帽子。此代指四皓。"万乘"，万乘之驱，指刘邦。"幸得厌征讨"，幸运地盼到了天下都讨厌战乱的太平盛世，此句以下到"相看成四皓"是四皓向刘邦的呈词。说正当您逐鹿中原时，我们年岁大了。难道不知道时代变太平了吗？是知道的，只觉得隐居林泉很好。我们高卧隐居林下三十年，眼看都成了四个白胡子老头了。刘邦发问说："你们都不错，那为什么不早点出山见我呢？""咸称太子仁"到"朅来趋洒扫"是商山四皓的回答。四皓都说："太子太仁德了，既重情义又尊儒道。我们偶尔听到先秦晋献公宠幸骊姬导致太子申生自杀的事，所以暂且离开商山云霞，前来太子宫中做点洒扫庭院的事。""朅（qiè）"，离去，此言离开商山来太子宫。四皓对刘邦引经据典，以晋献公宠骊姬，导致"申生不自保"以影射刘邦宠幸戚夫人废太子事，批评刘邦废长立幼之非，很有针对性，迫使刘邦改变了初衷。刘邦后来对戚夫人说："我欲易之，彼四人辅之，羽翼已成，难动矣。"戚夫人泣，刘邦说："为我楚舞，吾为若楚歌。"这即"东宫成羽翼，楚舞伤怀抱"所本。末二句，作者再以汉武帝时庆太子因无贤人辅佐遭诬陷冤死之典，进一步说明贤能辅佐君主之极端重要性。汉武帝时宠臣江充与太子有矛盾，为保自身安全，便借巫蛊事诬陷太子，太子误听少傅石德言，举兵叛乱，兵败逃亡自杀。（见《汉书·武五子传》）汉高祖刘邦太子刘盈因有贤能的商山四皓辅佐而安然无恙，汉武帝太子缺乏贤能辅佐而身死位失。两相对照，成败得失之因就一目了然了。"千古兴亡事，人用最关情"，良然。

（周啸天、李坤栋）

●皎然（约720—约795），唐诗僧，字清昼，本姓谢，自称为谢灵运十世孙。湖州（今属浙江）人。有《皎然集》。

◇咏史

田氏门下客，冯公众中贱。一朝市义还，百代名独擅。始知下客不可轻，能使主人功业成。借问高车与珠履，何如卑贱一书生？

此诗可分两个层次。首四句歌颂战国时孟尝君门客冯谖的雄才大略。后四句通过议论阐明"下客不可轻"的深刻道理。

冯谖事见《战国策·齐策四》。冯谖因贫穷而依附孟尝君为门客。当初主人并不看重他，他也因态度谦卑而被孟尝君左右之人瞧不起，给他粗劣的食物。冯谖不堪，弹铗悲歌，发牢骚，孟尝君很宽宏大量，下令改变了他的生活处境，饭食有鱼肉，出入有车马，还接济他老母。冯谖很受感动，决心报答。一次，他主动要求去薛地（今山东枣庄）为孟尝君收取百姓的欠债。临行，问孟尝君"责（债）毕收，以何市而反（返）？"即收账后买什么东西回来，孟尝君说你看我家差哪样就买哪样。冯谖到了薛地，把债券核对完毕，假传孟尝君命令，"以责赐诸民，因烧其券"，即全部免除了薛地诸民的欠债。

这就是"市义"，赢得薛地（孟尝君领地）民心，使孟尝君深受百姓拥戴，有了巩固的大后方，为在以后的政治斗争中立于不败之地打下了坚实的基础。齐王与孟尝君有矛盾，齐王想排挤他，逐他出朝廷，冯谖又为孟尝君游说梁国，使梁发出以高位聘孟尝君的邀请，迫使齐王重用孟尝君于朝。冯谖又请先王祭器，立宗庙于薛，使齐王不敢小视孟尝君，巩固了孟尝君的政治地位。作为一个低贱的下客，关键时刻为主人出大谋，营三窟，因而百代擅名，流芳千古。通过冯谖为孟尝君出谋划策成功的历史事件，作者总结出历史的经验教训："始知下客不可轻，能使主人功业成。"此二句即全诗主题。末二句用对比之法、反问修辞，阐明高车珠履的尊贵者往往不如一个有本事的卑贱的书生。这从反面证实"下客不可轻"的道理，使议论升华，显得极为深刻。

咏史诗要有作者独特的见解，给人启发，让人从中受益。此诗达到了这一目的，因而成为咏史诗中的名篇。

（李坤栋）

●吕温（772—811），字和叔，一字化光。河东（今山西永济西南）人。唐德宗贞元十四年（798）登进士第，又登博学宏词科，授集贤殿校书郎。贞元二十年随工部侍郎张荐出使吐蕃，被拘经年。顺宗永贞元年（805）十月回京，累迁至刑部郎中。有《吕和叔文集》。

◇读勾践传

丈夫可杀不可羞，如何送我海西头？
更生更聚终须报，二十年间死即休。

《论语·子罕》："子曰：'三军可夺帅也，匹夫不可夺志也。'"孟子也主张杀身成仁，舍生取义（见《孟子·告子上》）。作为男子汉大丈夫，为了正义的事业，宁为玉碎，不为瓦全，这是中华民族自先秦以来的优秀传统，道德精华。但作为一国之君的勾践，为什么要卧薪尝胆、忍辱负重呢？这即是首二句包含的文化底蕴。这就提出了问题。这的确是值得人们深思探讨的问题。"海西"，原指西域或中国西部，此指勾践被吴围困的地方会稽。

《国语·越语》《史记·越王勾践世家》《吴越春秋》等曾记载，越王勾践为了报仇灭吴，采用"十年生聚、十年教训"政策，终于积蓄力量灭掉了吴国，成为春秋五霸之一。说明干大事业者不能墨守成规，要能不顾小节，能屈能伸，能够忍辱负重，正如俗话所讲：君子报仇，十年不晚；留得青山在，不怕没柴烧。保存实力，在机会成熟时东山再起，一样可以得志于天下。谁笑到最后，谁才是真正的英雄。本诗作者就是站在这个角度来评价勾践的，可谓见解独到。

此诗可与杜牧《题乌江亭》同读："胜败兵家事不期，包羞忍耻是男儿。江东子弟多才俊，卷土重来未可知！"项羽失败的原因，按"厚黑教主"李宗吾的说法就是脸皮太薄。垓下之围，江东八千子弟战死疆场，项羽无颜见江东父老，便拔剑自杀。假如项羽能够像当年越王勾践一样，包羞忍耻，渡乌江，回江东，重新招募兵马卷土重来，历史将如何书写，很难有定论。不管是流血的战争，还是不流血的战争——政治，都是要讲究策略的，要具体情况具体分析具体处理，要善于从权，这才是一个成熟的政治家、军事家应有的风度。

（李坤栋）

●白居易（772—846），字乐天，晚号香山居士，下邽（今陕西渭南北）人。先世本龟兹人，汉时赐姓白氏。唐德宗贞元十六年（800）登进士第，十九年中书判拔萃科，授秘书省校书郎。宪宗元和十年（815）一度被贬为江州司马。晚年以太子宾客分司东都，武宗会昌二年（842）以刑部尚书致仕。有《白氏长庆集》。

◇读史五首（录一）

　　季子憔悴时，妇见不下机。买臣负薪日，妻亦弃如遗。一朝黄金多，佩印衣锦归。去妻不敢视，妇嫂强依依。富贵家人重，贫贱妻子欺。奈何贫富间，可移亲爱志。遂使中人心，汲汲求富贵。又令下人力，各竞锥刀利。随分归舍来，一取妻孥意。

此诗前八句为一层次，叙述苏秦与朱买臣穷通荣辱的故事。后十句抒发议论，阐述富贵移人意志，道德束缚之软弱无力。

"季子憔悴时，妇见不下机"，事出《战国策·秦策一》。苏秦作为纵横游说之士，先以连衡术游说秦惠王。当时秦国刚杀商鞅，国内政局不稳，不敢东顾。因此"说秦王书十上，而说不行"，苏秦受冷遇，生活拮据，面黄肌瘦，衣衫褴褛，狼狈不堪地担着书箱回家。家人见状，都不理睬他："妻不下纴（织布的机头），嫂不为炊，父母不与言。""买臣负薪日，妻亦弃如遗"，是讲汉代朱买臣的故事。《汉书·朱买臣传》载，朱买臣以打柴为生，边走还边朗诵书籍内容，其妻嫌其穷酸，弃他另嫁。"一朝黄金多"四句，就苏秦、朱买臣兼说。苏秦后以纵横术说赵王，赵王封他为武安君，更说诸侯，山东之国从风而服，佩相印，黄金万镒以随其后。苏秦将说楚王，路过洛阳故乡，"妻侧目而视，倾耳而听；嫂蛇行匍伏，四拜自跪而谢"，原因很简单："位尊而多金"。朱买臣后来任会稽太守，其前妻及其丈夫为他清扫大道。总之，荣辱不只改变人自身的命运，也改变人们亲疏的态度。

后十句作者发表议论，提出了一个令人深思的问题："奈何贫富间，可移亲爱志。"人的贫穷与富贵，不只改变一般人的看法态度，连至亲也改变了态度。这样的结果，致使整个社会上下汲汲惶惶地求取富贵荣华，追名逐利。那么，人的道德良心呢？还讲不讲呢？白居易此诗虽未直接提出这个问题，但诗中所言，是隐含了这个问题的。荣华富贵、金钱利诱，对人的道德造成强烈冲击，在扭曲的时代摧毁人的道德良心、礼义廉耻。这深刻地揭示了封建伦理道德的虚伪性，也揭示了人性的弱点，这即是本诗思想深刻之所在。

（李坤栋）

●元稹（779—831），字微之，河南（府治今河南洛阳）人，北魏鲜卑族拓跋部后裔。八岁丧父，依倚舅族。唐德宗贞元九年（793）明经擢第，十五年初仕河中府。与白居易同年登书判拔萃科，授秘书省校书郎。宪宗元和元年（806），与白居易同登才识兼茂明于体用科，列名第一。穆宗长庆二年（822）以工部侍郎拜同平章事。有《元氏长庆集》。

◇楚歌十首（录一）

谁恃王深宠，谁为楚上卿。
包胥心独许，连夜哭秦兵。
千乘徒虚尔，一夫安可轻？
殷勤聘名士，莫但倚方城。

"千古兴亡事，人用最关情。"此诗以楚国大臣申包胥哭秦庭求来救兵救楚一事，论述了这一深刻道理。《左传·定公四年》载，吴、楚交兵，楚败势危，申包胥往秦国求救。秦哀公不许，于是申包胥"立依于庭墙而哭，日夜不绝声，勺饮不入口"达七日之久，最终感动秦哀公，派秦子蒲、子虎帅车五百乘救楚。

诗首四句即记载此事。以两问句发端，谴责在国家危难之时，那些恃王深宠，作为楚国上卿的重臣们一个个都不见了，唯独申包胥挺身而出，哭来秦国援兵救亡图存。通过申包胥的忠勇与只顾身家性命的"楚上卿"们对比，歌颂了申包胥的爱国行动，为后四句的议论打下了坚实基础。

后四句阐明人才（名士）之重要性，仍是以对比方式表达的。"千乘徒虚尔，一夫安可轻？"千乘，指有着千辆战车的强大军队。先秦战争以车战为主，一般以为拥有千乘战车之国属于强国。但在作者看来，有着千乘战车的强大军队也是靠不住的，"徒虚尔"，即徒然的虚弱的靠不住的。真正起作用而靠得住的是人才，哪怕只有一夫，也不可轻视。因此，作为人主，应该殷勤地聘请名士辅佐，别只倚仗强大的军队。末二句是对人主、对君王的殷殷忠告，议论极有见地，极为深刻。"方城"，本指楚国修建的防御敌人进攻的长城，北起今河南方城北，南至今河南邓州东北，后以之比喻强大的军队。末句"但"字妙。但，只也，仅也，作者下字极有分寸，极其准确。保卫国家，要靠强大的军队，但不能仅仅依靠它，更重要的是人才，得人才者昌，失人才者亡。

本诗是一首五言律诗。首联为起，起得突兀。两问句通贬楚国满朝文武大臣。颔联为承接，此为反接，楚国无人吗？否，有申包胥在。颈联既承又转，强大的军队与人才比较，人才才是最可贵的。尾联总结，要使国家长治久安，不仅要有强大的军队，更要重视和任用人才。全诗以议论为主，又结合史事，阐明了深刻道理。对比手法的运用，更增强了诗歌论证的说服力。

（李坤栋）

●刘禹锡（772—842），字梦得，匈奴血统，祖上于北魏孝文帝时改汉姓，入洛阳籍。唐贞元九年（793）与柳宗元同榜登进士第，同年又登博学宏词科。永贞革新时为屯田员外郎，后贬朗州（今湖南常德）司马。元和十年（815）召还长安，复出为连州（今属广东）刺史。宝历二年（826）还洛阳。开成元年（836）以太子宾客分司东都，与白居易颇多唱和，编为《刘白唱和集》。有《刘梦得文集》。

◇石头城

山围故国周遭在，潮打空城寂寞回。

淮水东边旧时月，夜深还过女墙来。

金陵（今江苏南京），六朝均建都于此。这些朝代，国祚极短。在它们悲恨相续的史实中包含极深的历史教训，所以金陵怀古后来几乎成了咏史诗中的一个专题。在国运衰微之际，更成为关心政治的诗人常取的题材。若论写得早又写得好的篇章，不能不推刘禹锡的《金陵五题》。《石头城》就是这组诗的第一首。

诗一开始，就置读者于苍莽悲凉的氛围之中。围绕着这座故都的群山依然围绕着它。这里，曾经是战国时代楚国的金陵城，三国时孙权改名为石头城，并在此修筑宫殿。经过六代豪奢，至唐初废弃，二百多年来久已成为一座"空城"。潮水拍打着城郭，仿佛也觉到它的荒凉，碰到冰冷的石壁，又带着寒意的叹息默默退去。山与城依然，石头城的旧日繁华已空无所有。对着这冷落荒凉的景象，诗人不禁要问：为何一点痕迹不曾留下？没有人回答他的问题，只见那当年从秦淮河东边升起的明月，如今仍旧多情地从城垛（"女墙"）后面升起，照见这久已残破的古城。月标"旧时"，也就是"今月曾经照古人"的意思，耐人寻味。秦淮河曾经是六朝王公贵族们醉生梦死的游乐场，曾经是彻夜笙歌、春风吹送、欢乐不已的地方，"旧时月"是它的见证。然而繁华易逝，而今月下只剩一片凄凉了。末句的"还"字，意味着月虽还来，然而有许多东西已经一去不返了。

李白《苏台览古》有句云："只今惟有西江月，曾照吴王宫里人。"谓苏台已废，繁华已歇，唯有江月不改。其得力处在"只今惟有"四字。刘禹锡此诗也写江月，却并无"只今惟有"的限制词的强调，也无对怀古内容的明点。一切都被包含在"旧时月""还过"的含蓄语言之中，熔铸在具体意象之中。而诗境更浑厚、深远。

诗人把石头城放到沉寂的群山中写，放在带凉意的潮声中写，放到朦胧的月夜中写，这样尤能显示出故国的没落荒凉。只写山水明月，而六代繁荣富贵俱归乌有。诗中句句是景，然而无景不融合着诗人故国萧条、人生凄凉的深沉感伤。

白居易读了《石头城》一诗，赞美道："我知后之诗人无复措词矣。"后来有些金陵怀古诗词受它的影响，化用它的意境词语，也成为名篇。如元代萨都剌的《念奴娇·登石头城次东坡韵》中"指点六朝形胜地，唯有青山如壁""伤心千古，秦淮一片明月"就是著例；而北宋周邦彦的《西河》词，更是以通篇化用《石头城》《乌衣巷》诗意为能事了。

（周啸天）

◇乌衣巷

朱雀桥边野草花，乌衣巷口夕阳斜。

旧时王谢堂前燕，飞入寻常百姓家。

朱雀桥为金陵城中秦淮河上浮桥，东晋时建；乌衣巷位于秦淮河南，东吴时设兵营于此，军士皆着黑衣，因以名巷。前二句中两个地名空灵地唤起对昔日繁华的回忆。后二句是特写。乌衣巷又是东晋王导、谢安等贵族居住地，眼下尽为民宅，黄昏时分，只见燕子双双归巢，这两句即景生情之笔又包含诸多潜台词。句中通过"王谢堂"与"百姓家"对比，暗示的是老屋易主——还有什么比老屋易主更能表现沧桑感触的呢，更何况是华堂深宅易为普通民居？

鲁迅《故乡》开头写道："从篷隙向外一望，苍黄的天底下，远近横着几个萧索的荒村，没有一些活气。我的心禁不住悲凉起来了。阿！这不是我二十年来时时记得的故乡？我所记得的故乡全不如此。我的故乡好得多了。但要我记起他的美丽，说出他的佳处来，却又没有影像，没有言辞了……第二日清晨我到了我家的门口了。瓦楞上许多枯草的断茎当风抖着，正在说明这老屋难免易主的原因。"普通人家尚不免有这样的今昔盛衰之感，何况王谢那样的大家族！个人的一生尚且有这样的悲怆，何况历史的改朝换代！

此诗的即小见大与前诗的背面烘托，都是七绝创作的诀窍，刘禹锡是深得个中三昧的。

　　这两首诗对后世诗词影响极大，北宋大词人周邦彦名篇《西河·金陵怀古》云："佳丽地，南朝盛事谁记？山围故国绕清江，髻鬟对起。怒涛寂寞打孤城，风樯遥度天际。断崖树，犹倒倚，莫愁艇子曾系。空余旧迹郁苍苍，雾沉半垒。夜深月过女墙来，伤心东望淮水。酒旗戏鼓甚处市？想依稀、王谢邻里。燕子不知何世，向寻常、巷陌人家，相对如说兴亡，斜阳里。"全词即檃栝此二诗及南朝乐府"莫愁在何处，住在石城西。艇子折两桨，催送莫愁来"而成，张炎谓清真最长处在善融化古人诗句，如自己出，此即著例。

（周啸天）

◇台城

台城六代竞豪华，结绮临春事最奢。

万户千门成野草，只缘一曲《后庭花》。

台城是六朝时期的"台省"（即当时的政治中枢）和皇宫所在地，在今南京市鸡鸣山南干河沿北，是六朝兴亡盛衰之见证。此诗为《金陵五题》第三首，作于唐穆宗长庆四年（824）到敬宗宝历二年之间，诗人任和州刺史。

"台城六代竞豪华"二句，写台城六朝竞逐繁华，而陈后主奢靡至极。诗以"台城"开篇，能唤起对金陵王气的联想。"六代"即六朝，指历史上以金陵为都的东吴、东晋、宋、齐、梁、陈六个朝代，其共同特点是绮靡繁华而享国极短。前人多以"金粉"二字相形容，如"偏是江山胜处，酒卖斜阳，勾引游人醉赏，学金粉南朝模样"（孔尚任）、"文章两汉空陈迹，金粉南朝总废尘"（郑燮）。而此诗以"竞豪华"三字尽之。"豪华"前着一"竞"字，则囊括了六朝近四十位帝王、三百多年历史，概括力不可谓不强。下句"结绮临春事最奢"，融入陈后主营造的楼的名字"结绮""临春"。实际上陈后主所建楼阁还有一座，叫"望仙"。均高达数十丈，并数十间，窗牖、壁带之类皆以沉檀香木为之，饰以金玉，间以珠翠，其服玩之属，瑰奇珍丽，极尽奢华，自古所未有。陈后主整日倚翠偎红于楼上，不理朝政，自制艳曲《玉树后庭花》《春江花月夜》等，沉湎于声色享乐。此处举二概三，"结绮

临春"字面，能激发读者的想象力，造成于春暖花开之日张灯结彩的联想，照应"事最奢"，所以为妙。"最"字上接"竞"字，表明陈后主之奢侈，在六朝帝王中登峰造极矣。

　　"万户千门成野草"二句，写陈亡于隋，足为殷鉴。《史记·孝武本纪》云："于是作建章宫，度为千门万户。"诗人遂以"万户千门"形容宫殿屋宇规模深广宏大。"成野草"指陈朝国都金陵为隋朝大军所破，终结了金陵作为六朝古都的历史，台城从此荒芜。一个"成"字写出繁华的转瞬即逝。"只缘一曲《后庭花》"，是追究陈朝亡国原因，说陈后主在《玉树后庭花》之歌舞声中做了亡国之君。一个"只"字遥接"竞"字、"最"字，把亡国原因归咎于一首歌曲，却放过"竞豪华""事最奢"，看似不公平。其实它的意思是，这是压死骆驼的最后一根稻草。《诗大序》说："情发于声，声成文谓之音。治世之音安以乐，其政和；乱世之音怨以怒，其政乖；亡国之音哀以思，其民困。"在形象思维的支配下，《玉树后庭花》就成了亡国之音的典型。近人沈祖棻云："诗人说'一曲后庭花'断送了金陵最后一个王朝，当然不是指这支曲子本身，而是指这支曲子所代表的陈后主的整个逸乐沉沦生活。"（《唐人七绝诗浅释》）

五代韦縠评："陈亡，则江南王气尽矣。首句自六代说起，不止伤陈叔宝也。六朝尽于陈亡，末句可叹可恨。"（《才调集》）近人刘永济评："有惩前毖后之意。诗人见盛衰无常，而当其盛时，恣情逸乐之帝王及豪门贵族，曾不知警戒，大可悯伤，故借往事再三唱叹，冀今人知所畏惮而稍加敛抑也。否则古人兴废成败与诗人何关，而往复低问如此。"（《唐人绝句精华》）当时唐王朝已走向衰落，朝廷党争、宦官专权、藩镇割据等，困扰重重，诗人咏叹古迹，鉴今之意甚明。

（周啸天）

◇西塞山怀古

王濬楼船下益州，金陵王气黯然收。
千寻铁锁沉江底，一片降幡出石头。
人世几回伤往事，山形依旧枕寒流。
今逢四海为家日，故垒萧萧芦荻秋。

唐穆宗长庆四年，刘禹锡由夔州调任和州刺史途中作此诗。西塞山在今湖北大冶东（一说在今湖北黄石）长江边，山势耸峭，为六朝著名军事要塞。公元280年，西晋大将王濬率水师从益州（成都）出发，沿江东下，向东吴发起凌厉攻势。东吴曾在西塞山所在江中以铁锁横截，又暗置丈余铁锥于江心，以为江防。晋军探知此情，以筏先行扫除铁锥，以油船烧熔铁锁，建业即金陵（南京）随即失守，吴主孙皓肉袒请降。三国由是归晋。诗即咏其事。

前四句咏史。首联曰"下"、曰"黯然收"，皆具功力。"下益州"既符合地理态势——晋国水军乃从上游（益州）往下游（金陵）进军——又符合历史事实，这次战争之顺利，给人居高临下、势如破竹之感，于是引出下句"金陵王气黯然收"。"黯然收"的"金陵王气"指东吴，细想来又不局限于东吴，自东吴开始，以后建都金陵的几个王朝，东晋、宋、齐、梁、陈，哪一个当初又不以"虎踞龙盘"之地为可恃？哪一个不是以丢失江山为结局？由此可见，长江天堑不足恃，"金陵王气"不足恃。这里的咏史中已包含着价值判断。

颔联妙在用一副工整的对联，把晋军灭吴的经过作了形象描绘。这两句就关系言，是一因一果，一胜一败；就形象言，是一横一竖，一下一上；就着色言，是一赤（火光）一白。这种具体描写，对比鲜明，给人留下难忘印象。

后四句抒感寄意。"人世几回"句可从两个角度加以理解，一是将"人世"解为人生在世，则意味着诗人不止一次思考过六朝亡国之殷鉴，而为之黯然神伤；二是将"人世"解为世上，则意味着相同的历史悲剧曾多次发生，即杜牧在《阿房宫赋》中所说的"后人哀之而不鉴之，亦使后人而复哀后人也"。封建朝代的兴亡更迭，似乎有不可避免的历史规律起作用，相形之下，"山形依旧枕寒流"。这是说江山依旧，越发显得南朝亡国之匆促；又是说"兴废由人事，山川空地形"

（《金陵怀古》），即挑明金陵王气之不可恃的意思。多义性使诗句更加耐人寻味。

尾联由古及今，表面上是说眼前四海一家，即国家统一，没有战事，所以西塞山江防故垒久已废弃不用，秋来满目蒹葭芦荻，一派萧瑟景象。然而作者通过这片景象，又想要告诉人们些什么？远的安史之乱不说，乱后藩镇割据的局面愈演愈烈，也曾多次发生过叛乱与平叛的战争，分裂的因素依然存在，唐王朝又岂能高枕无忧！它会不会重蹈历史覆辙呢？西塞山会不会再度变为阵地前沿呢？诗人通过怀古，目的在于警告当政者。

虽然有着借古鉴今之意，但表达含蓄深沉，是此诗的主要特色。清人薛雪称赞道："似议非议，有论无论，笔着纸上，神来天际，气魄法律，无不精到，洵是此老一生杰作。"

（周啸天）

●张籍（约767—约830），字文昌，苏州（今属江苏）人，后移居和州乌江（今安徽和县东北）。唐德宗贞元十五年（799）登进士第。历任太常寺太祝、国子助教、国子博士、水部员外郎、主客郎中、国子司业。世称张水部、张司业。有《张司业集》。

◇永嘉行

黄头鲜卑入洛阳，胡儿执戟升明堂。晋家天子作降虏，公卿奔走如牛羊。紫陌旌幡暗相逐，家家鸡犬惊上屋。妇人出门随乱兵，夫死眼前不敢哭。九州诸侯自顾土，无人领兵来护主。北人避胡多在南，南人至今能晋语。

晋怀帝永嘉五年（311），匈奴人刘聪遣石勒歼灭西晋军十余万，俘杀太尉王衍等，派刘曜率兵破洛阳，俘晋怀帝，纵兵烧掠，杀王公士民三万余人，史称"永嘉之乱"。本诗即记载此事。

首八句即叙述"永嘉之乱"的惨状。"黄头鲜卑"，此指匈奴人刘聪等。鲜卑本为东胡族的一支，汉初被匈奴击败后归附，成为匈奴的附庸。他们攻入洛阳后，执戟持矛耀武扬威占据帝王宫室。晋家天子怀帝司马炽做了降虏，公卿奔走，狼狈不堪，被驱赶似牛羊。"紫陌"，指帝都的道路。匈奴兵入洛阳，帝都道上到处都是打着旗帜的胡兵杀人放火，追逐抢掠，家家户户鸡犬不宁，百姓陷于水深火热之中。"妇人出门随乱兵，夫死眼前不敢哭"，二句用特写镜头式的典型画面表现人民遭难的惨状。妇女被乱兵抓去，任其摆布，眼睁睁看着丈夫被杀于面前，还不敢哀哭。亡国灭族之痛，可见一斑。那么，为什么会有如此惨痛的结果呢？"永嘉之乱"的原因何在呢？原因颇多，如怀帝的荒淫无道，政治腐败，"八王之乱"的军阀混战严重破坏了社会生产、削弱了国家力量等。但其中很重要的一条是面对北方民族进攻，西晋地方诸侯拥兵自重，为保存实力而不勤王，从而造成西晋的灭亡。作者在诗的末尾即总结了这一原因。"九州诸侯自顾土，无人领兵来护主。"《晋书·孝怀帝纪》载永嘉四年，石勒围仓垣，"京师饥，东海王越羽檄征天下兵，帝谓使者曰：'为我语诸征镇，若今日，尚可救，后则无逮矣！'时莫有至者"。从而导致洛阳沦陷，西晋灭亡。诗人此二句诗即为对地方诸侯的谴责。"北人避胡多在南，南人至今能晋语。"二句讲西晋灭亡后，北方人多逃到南方，把语言也带到南方，南方人也能说北方方言。

张籍作这首咏史诗是有感而发的。中唐时社会矛盾尖锐，藩镇割据地方，少数民族不断扰边，中央集权制的唐王朝内外交困，稍有不慎，唐王朝要重蹈西晋政权覆灭的老路。作者出于对国家前途命运的关心，表达对时局的隐忧，写下这首诗，是颇有深意的。文字浅白，善用比喻，叙议结合，含蓄有味，是其特点。

（李坤栋）

●张祜（约785—约852），字承吉，贝州清河（今河北清河西）人。生性狷介，不容于物，布衣终生。长年浪迹江湖，或为外府从事，或为大僚幕宾，阅历极广。有《张承吉文集》。

◇题孟处士宅

高才何必贵，下位不妨贤。
孟简虽持节，襄阳属浩然。

"处士"是对未仕或不仕者的称呼，犹今人称某某先生。"孟处士"指孟浩然，他一生没有功名，只在张九龄荆州幕下做过清客，后来便以布衣终老。从李太白到闻一多，都认为他的不仕主要是出于本心；但从孟浩然的诗歌和行止看，恐不尽然。"望断金马门，劳歌采樵路。乡曲无知己，朝端乏亲故"，可能是他未仕的真正原因。即使在文艺家很受尊重的唐代，学优登仕仍是知识分子阶层的主要出路，终身老于布衣仍是一种很大的屈辱和遗憾，昭宗时韦庄奏请追赠李贺、贾岛等人功名官爵，以慰冤魂一事，就可证明。明白这样一点，我们便不得不对诗人张祜题的这首绝句刮目相看，为之浮一大白。

古时官场有"才德称位"的奉承话，此诗一开始就唱反调："高才何必贵，下位不妨贤。"一句说一个人的才干和禄位并不相干，二句说一个人的德行和禄位并不相干，本来可以用相同句式，诗人却稍加腾挪，将其两两对举分别作"才—贵""位—贤"安排，取其错综之致。"何必"与"不妨"，语气也有刚柔重轻变化。这两句讲的道理，本来很抽象而且不具有原创性，它使人想到左思"世胄蹑高位，英俊沉下僚。地势使之然，由来非一朝"的名句，不过道出"不妨"二字，变牢骚为傲岸，也是一种新意。但这两句的成功，关键还在于具体落实到"孟处士"身上，很有说服力。"诗穷而后工"这一命题和堪当大任者"生于忧患"一样，是可用辩证观点予以说明的。对于后来成为山水诗人、隐逸诗人之大宗的孟浩然，岂止是"何必贵"，岂止是"不妨贤"？简直不能"贵"，简直就是大有助于其"贤"。有了一个高官厚禄的孟浩然，必然会失去一个标格冲淡的诗人孟浩然；人间宁可要后一个孟浩然，无须要前一个孟浩然。

"孟简虽持节，襄阳属浩然。"后二句中，诗人抬出当代襄阳另一个姓孟的大人物来作对比，构思巧妙。这个人便是元和十三年（818）出为襄州刺史山南东道节度使的孟简，他出身名门，官运亨通，唐史有传，算得上显赫的人物了。但与孟浩然比，他又是一个不高明的诗人。而在唐人心目中，一个高明的诗人，比十个高官更能引起钦仰，乃至可被尊为精神领袖（请注意"诗天子""诗家天子"一类口头上的尊号）。而以地名（籍贯或治所）借代人名，作为一种殊荣，一般情况下只有优秀的诗人可以得到。这样的"桂冠"诗人，可以举一大串儿：孟襄阳、李东川、王江宁、杜少陵、岑嘉州……"襄阳"称呼属于孟浩然，而且只属于孟浩然。所以孟简虽然在襄阳持节做父母官，也能写诗，却断不能据有"襄阳"的美称。同姓孟，同是诗人，但有高明不高明、官与非官的区别。用"官本位"的价值观念判断，浩然诚不如孟简；然而从精神财富创造的角度来衡量，孟简不如浩然，又不可以道里计。"天意君须会，人间要好诗"（白居易），后二句不但构思巧妙，含义也相当深刻。

孟简是与张祜同时代的大官僚，诗人瞻仰孟浩然旧宅时，说不准正当其人持节于襄阳。诗中这样肆无忌惮地奚落一个当权人物，真有点迥出时辈、笑傲王侯的狂狷之态。看来，杜牧在赠诗中称道："谁人得似张公子，千首诗轻万户侯。"（《登池州九峰楼寄张祜》），绝非虚美。

（周啸天）

●皇甫松，生卒年不详，字子奇，自称檀栾子。唐睦州新安（今浙江淳安）人，皇甫湜之子。《全唐诗》存诗词27首。

◇浪淘沙

滩头细草接疏林，浪恶罾船半欲沉。
宿鹭眠鸥飞旧浦，去年沙嘴是江心。

《浪淘沙》是首较早的词，形式与七言绝句同，内容则多借江水流沙以抒发人生感慨，属于"本意"（调名即词题）一类。皇甫松此词抒写人世沧桑之感，表现得相当蕴藉。

首句写沙滩远景：滩头细草茸茸，遥接岸上一片疏林。细草初生，可见是春天，也约略暗示那是一带新沙。次句写滩边近景：春潮带雨，挟泥沙而俱下，水浑流急，是扳罾捕鱼的好时节。但由于波浪险恶，罾船时时有被弄翻的危险。两句一远一近，一静一动，通过细草、疏林、荒滩、罾船、浪涛等景物，展现出一幅生动的荒沙野水的图画，虽然没有一字点出时间，却能表达一种暮色苍茫之景。正因为如此，三句写到"宿鹭眠鸥"就显得非常自然。小水汇入大水之处为"浦"。浦口沙头，乃水鸟栖息之所。三句初似客观写景，而联系末句读来，"旧浦"二字则大有意味。今之"沙嘴"乃"去年"之"江心"，可见"旧浦"

实为新沙。沙嘴虽新，转瞬已目之为旧，言外便有余意。按散文语法，末句应为"沙嘴去年是江心"。这里语序倒置，不仅为了协律，且"沙嘴是江心"的造语也更有奇警，言外之意更显。恰如汤显祖所评："桑田沧海，一语破尽。红颜变为白发，美少年化为鸡皮老翁，感慨系之矣。"

偌大感慨，诗中并未直接道出，而是系之于咏风浪之恶，沙沉之快。而写沙沉之快也未直说，却通过飞鸟归宿，找不到故地，认新沙为旧浦来表现。手法迂曲，读来颇有情致。前三句均为形象画面，末句略就桑田沧海之意一点，但点而未破，读者却不难参悟其中遥深的感慨，也就觉得那人世沧桑的大道理被它"一语破尽"。

（周啸天）

●孟郊（751—814），字东野，湖州武康（今浙江德清）人。少隐嵩山，唐贞元十二年（796）登进士第，十六年任溧水尉，后辞官。曾任河南水陆转运从事，试协律郎。宪宗元和九年（814）迁兴元军参谋，试大理评事，赴任时暴死途中。友人张籍等私谥贞曜先生。有《孟东野诗集》。

◇巫山曲

巴江上峡重复重，阳台碧峭十二峰。荆王猎时逢暮雨，夜卧高丘梦神女。轻红流烟湿艳姿，行云飞去明星稀。目极魂断望不见，猿啼三声泪滴衣。

乐府旧题有《巫山高》，属鼓吹曲辞。"古辞言江淮水深，无梁可渡，临水远望，思归而已。"（《乐府解题》）而六朝王融、范云所作"杂以阳台神女之事，无复远望思归之意"，孟郊此诗就继承这一传统，主咏巫山神女的传说故事（出宋玉《高唐》《神女》二赋）。《孟东野诗集》中还有一首《巫山行》为同时作，诗云："见尽数万里，不闻三声猿。但飞萧萧雨，中有亭亭魂。"则此二诗为旅途遣兴之作欤？

"巴江上峡重复重"，句中就分明有一舟行之旅人在沿江上溯，入峡后山重水复，屡经曲折，于是目击了著名的巫山十二峰。诸峰"碧

丛丛，高插天"（李贺《巫山高》），"碧峭"二字是能尽传其态的。
十二峰中，最为奇峭，也最令人神往的，便是那云烟缭绕、变幻幽明的
神女峰。而"阳台"就在峰的南面。神女峰的魅力，与其说来自峰势奇
峭，毋宁说来自那"朝朝暮暮，阳台之下"的巫山神女的动人传说。次
句点"阳台"二字，是兼有启下的功用的。

　　经过巫峡，谁不想起那个古老的神话，但有什么比"但飞萧萧雨"
的天气更能使人沉浸在那本有"朝云暮雨"情节的故事境界中去呢？所
以紧接着写到楚王梦遇神女之事："荆王猎时逢暮雨，夜卧高丘梦神
女。"本来，在宋玉赋中，楚王是游云梦、宿高唐（在湖南云梦泽一
带）而梦遇神女的。而"高丘"是神女居处（《高唐赋》神女自述，
"妾在巫山之阳，高丘之阻"）。一字之差，失之千里，却并非笔误，

乃是诗人凭借想象，把楚王出猎地点移到巫山附近，梦遇之处由高唐换成神女居处的高丘，便使全诗情节更为集中。这里，上峡舟行值雨与楚王畋猎值雨，在诗境中交织成一片，冥想中的诗人也与故事中的楚王神合了，以下所写既是楚王梦中所见之神女，同时又是诗人想象中的神女。诗写这段传说，意不在楚王，而在通过楚王之梦写神女。

关于"阳台神女"的描写是《巫山曲》的画龙点睛处。"主笔有差，余笔皆败。"而要写好这一笔是十分困难的。其所以难，不仅在于巫山神女乃人人眼中所未见，而更在于这个传说"人物"乃人人心中早有。这位神女绝不同于一般神女，写得是否神似，读者是感觉得到的。而孟郊此诗成功的关键就在于写好了这一笔。诗人是紧紧抓住"旦为朝云，暮为行雨，朝朝暮暮，阳台之下"（《高唐赋》）的绝妙好句来进行艺术构思的。神女出场是以"暮雨"的形式，"轻红流烟湿艳姿"，神女的离去是以"朝云"的形式，"行云飞去明星稀"。她既具有一般神女的特点，轻盈缥缈，在飞花落红与缭绕的云烟中微呈"艳姿"；又具有一般神女所没有的特点，她带着晶莹湿润的水光，忽而又化作一团霞气，这正是雨、云的特征。因而"这一位"也就不同别的神女了。诗中这极精彩的一笔，就如同为读者心中早已隐隐存在的神女揭开了面纱，使之眉目宛然，光彩照人。这里同时还创造出一种倏晦倏明、迷离惝恍的神话气氛，虽则没有任何叙事成分，却能使人联想到《神女赋》"欢情未接，将辞而去，迁延引身，不可亲附"及"暗然而瞑，忽不知处"等等描写，觉有无限情事在不言中。

随着"行云飞去"，明星渐稀，这浪漫的一幕在诗人眼前慢慢闭拢了。于是一种惆怅、若有所失之感向他袭来，恰如戏迷在一出好戏闭幕时所感到的那样。"目极魂断望不见"就写出其如痴如醉的感觉，与《神女赋》结尾颇为神似（那里，楚王"情独私怀，谁者可语，惆怅垂涕，求之至曙"）。最后化用古谚"巴东三峡巫峡长，猿鸣三声泪沾裳"作结。峡中羁旅的愁怀与故事凄艳的结尾及峡中凄迷景象融成一片，使人玩味无穷。

全诗把峡中景色、神话传说及古代谚语熔于一炉，写出了作者在古峡行舟时的一段特殊感受。其风格幽峭奇艳，颇近李贺，在孟郊诗中自为别调。孟诗本有思苦语奇的特点，因此偶涉这类题材，便很容易趋于幽峭奇艳一途。李贺稍晚于孟郊，从中似乎可以窥见由韩、孟之奇到李贺之奇的发展过程。

（周啸天）

●李贺（790—816），字长吉，唐宗室郑王之后，福昌（今河南宜阳西）人。宪宗元和二年（807）赴洛阳应进士举，妒之者以犯父名讳为由，加以阻挠。仕途失意，为奉礼郎，两年后因病辞官。有《昌谷集》。

◇金铜仙人辞汉歌

茂陵刘郎秋风客，夜闻马嘶晓无迹。画栏桂树悬秋香，三十六宫土花碧。魏官牵车指千里，东关酸风射眸子。空将汉月出宫门，忆君清泪如铅水。衰兰送客咸阳道，天若有情天亦老。携盘独出月荒凉，渭城已远波声小。

本篇据朱自清推测大约作于元和八年，李贺因病辞去奉礼郎之职，由京赴洛，为探寻前事、感慨古今兴亡而作。魏明帝曹叡拆徙长安汉宫铜人、承露盘等欲运洛阳置于前殿，为景初元年（237）事，见《三国志·魏书·明帝纪》裴松之注引习凿齿《汉晋春秋》："盘拆，声闻数十里，金狄（铜人）或泣，因留霸城。"这个汉宫故物易主的故事中，铜人下泪的传说，投合李贺的艺术趣味，遂有此作。

全诗分前后两部分。前四句写汉宫的寂寥。仙人承露的铜塑乃是汉武帝刘彻生前所造，故诗一开始就从"茂陵（汉武陵寝）刘郎"说起。刘彻生前作过一首《秋风辞》，云："欢乐极兮哀情多，少壮几时兮奈老何。"称他"秋风客"也就熔铸了这诗意。"夜闻马嘶",一说为汉武帝魂游故宫,着意只在"晓无迹"三字,渲染出汉宫森森鬼气;一说指魏官夜间拆迁铜人的车马声,惊动了汉武帝亡灵。

汉代宫室,班固《西都赋》有"离宫别馆,三十六所"之说。"画栏"二句,写汉代亡国后故宫的荒凉,可用李煜"雕栏玉砌应犹在""春花秋月何时了"为之注。以"土花"写苔藓,是李贺诗常用意象,感觉寂寞与荒凉。

后八句写金铜仙人夜别汉宫的凄苦。魏官取得铜人,赶车出东门向魏都洛阳而去,在写铜人潸然泪下之前,诗人巧妙地先写一句"东关酸风射眸子",酸风就成了铜人下泪的表面原因,而更深层的原因下句补出——"忆君(汉武帝)清泪如铅水"。铜人下泪是一奇,铜人眸子怕风又是一奇,催人泪下的风是"酸风",铜人流下的清泪是"铅水",俱见李贺构思措辞之妙。

写铜人一路独行,除了用"汉月"相送来衬托其孤单,还写到路边的草色。与刘长卿"草色青青送马蹄"之句(《送李判官之润州行营》)的不同之处,是李贺创造"衰兰"一词,更觉凄凉;说兰草衰老意犹未足,诗人又补一句"天若有情天亦老",更令人觉天地为之色变。末二句描写的是在荒凉的月色中,铜人越去越远,渭水的波声也越来越小,画面与声响配合,饶有余味。

这首诗写易代沧桑、盛衰荣枯之变,与唐室中衰有关,盖安史之乱后,唐故行宫亦有衰落如诗中汉宫者,诗人以没落王孙,借铜人辞汉之泪,表达宗国之痛,非泛泛咏古,故读之令人情移。全诗只对金铜仙人辞汉宫事再造情景,不着一字议论,而意在言外,这是李贺形象思维的重要特点。诗中造意措辞,奇谲异常,如秋风客、土花碧、铜仙铅泪、衰兰送客、天亦老,多为"古今未尝经道者"(杜牧),这是李贺诗吸引人的所在之一。后来铜仙泪竟成改朝换代、天地翻覆的典故："父老犹记宣和事。抱铜仙、清泪如水"（刘辰翁）、"铜仙铅泪似洗，叹携盘去远，难贮零露"（王沂孙）、"铜雀春情，金人秋泪，此恨凭谁雪"（文天祥）；"天若有情天亦老"曾被认为奇绝无对，宋代石延年对以"月如无恨月长圆"，一时传为佳话，此句亦被广为引用，如张先"莫讶安仁头白早。天若有情，天也终须老"、晏殊"朱弦悄。知音少。天若有情应老"、毛泽东"天若有情天亦老，人间正道是沧桑"，等等。

（周啸天）

●徐寅，生卒年不详，寅一作夤，字昭梦，莆田（今属福建）人。
唐昭宗乾宁元年（894）登进士第，授秘书省正字。为闽王审知辟为掌书
记。后归隐延寿溪。著作颇多，有《钓矶文集》五卷存世。

◇开元即事

曲江真宰国中讹，寻奏渔阳忽荷戈。

堂上有兵天不用，幄中无策印空多。

尘惊骑透潼关锁，云护龙游渭水波。

未必蛾眉能破国，千秋休恨马嵬坡。

“安史之乱”在唐史上是件大事，它导致唐朝由盛转衰，也是中国
封建制鼎盛时代的结束。那么“安史之乱”的原因是什么呢？历代史家
多认为是女人误国：唐玄宗贪恋杨贵妃美色，重用奸相杨国忠，从而导
致“安史之乱”。其实，这只是问题的一个方面。“安史之乱”的原因
很多，最主要的原因是皇帝昏庸。这表现在唐玄宗重用奸相李林甫、杨
国忠，改府兵制为募兵制，设节度使，重用野心将帅，等等。把祸乱推
给女人杨贵妃，实属封建士大夫的迂腐之见。本诗即从史家角度，实事
求是地指出这点，故为咏唐史诗中见解独到的杰出诗篇。

“开元”，为唐玄宗年号，即公元713—741年，史称“开元盛

世"。诗题告诉我们，本七律是写开元时代的事情的，就史发论。"即事"，指眼前的事。

全诗首三联为一个层次，写"开元即事"，末联为一层次，发表作者的见解。

开元时期发生的事很多，作者重点叙述说明两件事：一是张九龄罢相，一是"安史之乱"。首联出句是写张九龄罢相。"曲江真宰"指张九龄。张九龄（673—740），一名博物，字子寿，韶州曲江（今广东韶关西南）人。长安二年（702）进士，官右拾遗。开元二十一年（733）任中书侍郎同中书门下平章事，迁中书令（宰相）。因唐玄宗信任奸人李林甫，张九龄遭谗毁，张又直谏犯上，三年后即被罢相，后又被贬为荆州长史。"国中讹"，"讹"，怪异、怪诞也。张九龄罢相，李林甫上台，是开元间怪诞事，朝廷（国中）朝政逐渐昏乱。天宝十一载（752）杨国忠为相，大权独揽，更是天昏地黑。他一人自侍御史至为相，凡领四十余使，三十二印，独断专横，无所不用其极。由于皇帝昏聩，奸佞当权，政治愈趋黑暗。安禄山认为时机已到，便于天宝十四载（755）起兵范阳反唐，"寻奏渔阳忽荷戈"，即言其事，不多久便奏报渔阳八郡荷戈造反了。"渔阳"，唐郡名，是范阳节度使安禄山统帅的八郡之一。"寻奏"，言时间很短促。其实，从张九龄罢相的开元二十四年到安禄山反唐的天宝十四载，其间有十九年时间。"寻奏"，用夸张修辞，也表明奸邪当道，祸乱发生很快。"堂上有兵天不用"一联，是说唐军战斗力很差，皇帝和以宰相为首的唐朝大批官吏，面对安史叛军的猖狂进攻，束手无策，无能为力。唐军久不征战，战斗力极差。史载叛军攻荥阳（今河南郑州），守城士卒"乘城者，闻鼓角声，自坠如雨"（《资治通鉴》卷二百一十七）。因此叛军一路势如破竹，很快攻下洛阳，攻下潼关，长安不保，唐玄宗只有带着杨贵妃等一班人马放弃都城，去蜀地避难了。颈联"尘惊骑透潼关锁，云护龙游渭水波"，就是生动地叙述描写这件事。"潼关锁"，潼关西薄华山，南临商岭，北据黄河，东接桃林，为关中门户，是历代兵家必争之地。锁，锁钥也。潼关之重要有如锁钥。但安史叛军来势凶猛，唐军不敌，在尘土飞扬中敌骑直透潼关锁钥之地。潼关一破，关中平原无险可守，长安即在叛军掌握之中了。唐玄宗等便在龙武大将军陈玄礼率六军保护下西渡渭水去蜀。走到兴平马嵬坡，陈玄礼兵变，杀死杨国忠，勒死杨贵妃，禁卫军才平息了愤怒。

末二句是作者议论。"未必蛾眉能误国，千秋休恨马嵬坡"，作者一反历代封建士大夫"女人是祸水，可倾城倾国"的腐论，指出误国者不是杨贵妃。因此，千百年来，再别提到马嵬坡就愤恨女人杨贵妃误国了。"蛾眉"，此指代美人杨贵妃。史家多认为在马嵬坡诛杀了杨家兄妹是对女人误国的惩处，这是没有道理的。在男尊女卑的封建专制时代，女人一般来说根本不能左右国家政治，怎么能说"蛾眉误国"呢！

此诗见解深刻，论据充分，属对工整，确为咏史上乘。

（李坤栋）

●许浑，生卒年不详，字用晦，一作仲晦，润州丹阳（今属江苏）人。唐大和进士，官虞部员外郎，睦、郢二州刺史。有《丁卯集》。

◇金陵怀古

玉树歌残王气终，景阳兵合戍楼空。
松楸远近千官冢，禾黍高低六代宫。
石燕拂云晴亦雨，江豚吹浪夜还风。
英雄一去豪华尽，唯有青山似洛中。

大唐王朝进入晚唐时代，朝野动荡，内外危艰，纷乱迭起，犹若临风之烛、将朽之木，世相人心都笼罩在悲风残照间。曾经云蒸霞蔚、高歌入云的开元气象，对这个时代的诗人而言，已成为遥远而微茫的记忆了。面对日益衰颓的国势，他们常常聆风含泪，听雨生悲，见落日而惆怅，因怀古而伤今，无奈的末世之叹和无助的悲凉之感弥漫于字里行间。许浑，便是这一时期的重要代表之一。

许浑，为高宗朝宰相许圉师之六世孙。因诗人李白曾娶许圉师孙女为妻，所以他家先辈与李白有亲戚关系。不过经过一百多年的光阴流逝与岁月流水冲刷，这些家族的昔日荣光对生于晚唐的许浑来说，除了在吟诗遣愁时平添几许惆怅，还能带来什么呢？可以说，他的一生都是淡淡的，没有过"仰天大笑出门去"（李白《南陵别儿童入京》）的豪情万丈，没有过"收取关山五十州"（李贺《南园十三首》其五）的凌云壮志，甚至也没有过"明朝散发弄扁舟"（李白《宣州谢朓楼饯别校书叔云》）的愤世嫉俗，先是淡淡地读书应试，接着淡淡地入仕升迁，然后淡淡地退居丹阳丁卯涧桥村舍，最终淡淡地将毕生诗作汇编成《丁卯集》传至今天，这也许能称为晚唐文人的典范仕途履历。

但是，淡淡的生活并没有淹没许浑炽热的内心。生于日薄西山的晚唐，目睹风雨飘摇的山河，伤感靡烂不堪的时局，思索王朝兴衰的缘由，他常常登临怀古，感叹兴废，将对家国山河的深深关切与沉重忧虑写进自己的怀古诗。一千多年过去了，我们今天仍能从这首《金陵怀古》中感受到他的忧国伤时之情，仍能从字里行间听到他沉重的叹息。

金陵，即今江苏省南京市。东吴、东晋、宋、齐、梁、陈，短短三百多年间六个王朝在此建都，但都匆匆而来，匆匆而去。金陵这个六朝故都可谓繁华摇落，阅尽沧桑，成了后世文人墨客慨叹兴废之地，如杜牧的"六朝文物草连空"（《题宣州开元寺水阁》）、韦庄的"六朝如梦鸟空啼"（《台城》）、王安石的"六朝旧事随流水"（《桂枝香·金陵怀古》）等等，无不扼腕浩叹，惆怅无边。许浑以首联描绘了隋文帝杨坚大军灭掉南朝最后一个小朝廷陈的场景。陈后主可算得上风流浪子枉为人主，沉湎声色，诗酒终日，不理国政，却很懂艺术，自制《玉树后庭花》曲，选上千美丽宫女练习、演唱，新声艳曲，醇酒佳人，君臣陶醉其中。伴着"花开花落不长久，落红满地归寂中"的袅袅余音，隋朝大军踏过长江，攻陷金陵，直逼景阳宫，陈后主几乎儿戏般地举国请降。《玉树后庭花》从此成了著名的"亡国之音"，被后人屡屡征引，如杜牧的"商女不知亡国恨，隔江犹唱《后庭花》"（《泊秦淮》）。"玉树歌残"与"景阳兵合"的这种鲜明对比法，在唐人咏叹前代败亡的诗中很常见，如白居易"渔阳鼙鼓动地来，惊破霓裳羽衣曲"（《长恨歌》），李商隐"小怜玉体横陈夜，已报周师入晋阳"（《北齐》）等，都是将君主的耽于声色与亡国这一"因"一"果"省略所有中间环节，直接"剪辑"到一起，触目惊心。

到陈灭亡，金陵就真正成了六朝"故"都，颔联着力描绘这种亡国故都的凄凉。达官墓地满目凄楚，六朝宫殿衰败荒凉。"禾黍"句用《诗经》典，《诗经·王风》有《黍离》一诗，被认为是最早的哀悼亡国之作，据《毛传》，两千多年前的一个夏天，东周大夫行役路过西周旧都镐京，看到宗庙宫室的废墟上长满了禾苗，作了这首感伤的诗。许浑此处的"黍离之悲"既是对景伤怀，感叹六朝之覆辙相循，更是警策当政者勿再蹈覆辙，可谓用心良苦。

颈联由眼前景物联想到传说，写景亦实亦虚。晋罗含《湘中记》说，零陵有石燕，风雨时化为真燕飞翔，风雨止又化而为石。南朝宋沈怀远《南越志》说，江豚形状似猪，在水上跳跃时，预示江上会起风。二句貌似略有游离，其实仍是扣合六朝与当代，写尽世事的变幻莫测。

尾联声调颇为雄壮，有日后苏东坡"大江东去，浪淘尽，千古风流人物"（《念奴娇·赤壁怀古》）之态。南朝宋刘义庆《世说新语》载"新亭对泣"故事：西晋亡国后，司马氏朝廷从洛阳逃到金陵，贵族文士常在新亭野宴，周凯叹息说：这里风景与洛阳差不多，只是举目有"山河之异"啊，众人相对落泪。尾联用此典，借洛中青山为感怀与寓意的对象，再次慨叹繁华易逝，兴亡无定，高亢的声调中却透出对家国命运的深深担忧。

（王红）

◇咸阳城东楼

一上高城万里愁，蒹葭杨柳似汀洲。
溪云初起日沉阁，山雨欲来风满楼。
鸟下绿芜秦苑夕，蝉鸣黄叶汉宫秋。
行人莫问当年事，故国东来渭水流。

钱锺书先生在谈到古人登高之作时说："囊括古来众作，团词以蔽，不外乎登高望远，每足使有愁者添愁而无愁者生愁。"（《管锥编》）这种登高望远之愁，其实皆来自于理想与现实的纠结冲撞。古代士人胸怀远大，志在千里，奈何瓦砾遍地，荆棘遮道，刺足伤肉，疼痛异常。遥远的前方注定很难走到，哪怕走不到，看一眼也好呀。于是登上高楼，纵目瞭望，一望之下，目标在前，但环顾现实，周遭残酷，怎能抵达？结果自然是"遥岑远目，献愁供恨"（辛弃疾《水龙吟·登建康赏心亭》）。而更多时候，是无论如何瞭望，也不见目标何在，只是一片浩浩茫茫，"前不见古人，后不见来者，念天地之悠悠，独怆然而涕下"（陈子昂《登幽州台歌》），这般情形，当然只会是涕泗横流。许浑这篇登楼诗，写的正是这般心态。

"一上高城万里愁"，起笔即点出主题，"万里愁"，可见愁恨之浓、之厚，以及给人的沉重压抑之感。这种压抑来自何处？"溪云初起日沉阁，山雨欲来风满楼"，乌云腾起，红日下坠，山雨即来，大风满楼。这二句真可谓千钧笔力，裹风挟雷，震人眼目，撼人心魄。"鸟下绿芜秦苑夕，蝉鸣黄叶汉宫秋", 夕阳斜照, 当年秦的万重宫殿, 早已变成一片绿草, 成了鸟儿的栖息地; 秋风吹拂, 过去的汉家宫阙, 荒芜冷落, 秋蝉声中, 无边黄叶萧萧落下。

诗里写秦写汉, 看似怀古, 其实都有现实投射, 因为唐王朝也是建都长安, 秦、汉往往也成为唐人自况。王昌龄 "秦时明月汉时关" (《出塞》) 即是一例。诗里由此也充溢着对唐王朝的无奈和惋惜。结句 "行人莫问当年事, 故国东来渭水流", "当年" "故国", 指秦、汉, 实际就是当朝。国事如何? 何必纠缠, 就像渭河流水一般, 一任东去, 不可回还。

本诗中间两联写景状物, 寄托诗人无限感怆, 尤其是 "山雨欲来风满楼" 一句, 最为后人所称道, 这里暗示的是唐王朝面临天下大乱无可避免的悲怆命运。志在有为的士人, 无时无刻不在忧心国事, 对身边一草一木、一风一雨, 往往都敏感无比, 并和自己在忧心的国事十分贴切地萦系起来, 从而有了某种寓意。这首诗的丰富意蕴, 正是这般。就像龚自珍所写 "凭君且莫登高望, 忽忽中原暮霭生" (《杂诗, 己卯自春徂夏, 在京师作, 得十有四首》), 言中了清王朝注定的沉沦、颓废下去一样, 都好似一种时代的预言一般。

晚唐诗歌, 后人多将其看作末世之音, 衰飒而又萧瑟, 哀弱而又无奈, 其实误会颇多。晚唐诗歌, 同样颇具风骨, 李商隐、杜牧诗中都不乏劲健之气, 元辛文房《唐才子传》言许浑: "亦慷慨悲歌之士, 登高怀古, 已见壮心。" 可谓十分在理, 许浑诗的雄浑悲郁, 见出的正是雄奇阳刚。

这样一种劲健阳刚, 在末代衰势, 弥足珍贵, "风雨如晦, 鸡鸣不已" (《诗经·郑风·风雨》), 这类诗歌, 看似悲情, 其实在骨子里, 颇有一种 "子规夜半犹啼血, 不信东风唤不回" (王令《送春》)

的不畏风雨的果敢和迎难而上的豪迈。这一风骨，也许正是中华民族屡仆屡起、一阳来复的血脉精神之所在。

（黄全彦）

◇学仙二首（录一）

> 心期仙诀意无穷，采画云车起寿宫。
> 闻有三山未知处，茂陵松柏满西风。

这是一首咏史诗，讽刺汉武帝学仙之愚妄。首句谓汉武帝求仙之心甚奢。次句承之，极言其"意无穷"。"云车"，绘饰云彩的车。"寿宫"，奉神之宫。《史记·封禅书》载，汉武帝拜少翁为文成将军，以客礼礼之。文成言曰："上即欲与神通，宫室被服非象神，神物不至。"乃作画云气车。又置寿宫、北宫，张羽旗，设供具，以礼神君。此即"采画云车起寿宫"，谓武帝一心求仙而竟不惜劳民伤财。三、四两句转笔点出旨意。"三山"，《史记·秦始皇本纪》："齐人徐市等上书，言海中有三神山，名曰蓬莱、方丈、瀛洲，仙人居之。请得斋戒，与童男女求之。于是遣徐市发童男女数千人，入海求仙人。""茂陵"，汉武帝陵墓，在今陕西兴平东北。两句谓三山终未觅得，而汉武帝墓木已拱矣。"闻有"二字，悠谬其词，盖耳听为虚，不言学仙愚妄而愚妄已见，寓冷隽嘲讽于轻描淡写之中，而显得委婉深沉，耐人含咀。

晚唐好几个皇帝热衷于神仙之道，服食丹药，妄求长生，乃全于有服金丹中毒送命者，故而此诗虽咏汉武事，却实与晚唐诸帝密切关联——用曲折深婉之笔，以唤醒痴愚之人，许是出之于诗人不便明言而又欲一吐为快之苦心吧！

诗之架构可谓先扬后抑、抬高跌重。一、二句前呼后应，极写汉武帝求仙之心奢、行奢，似乎真能感动神仙度其升天；三、四句笔锋陡转，"闻有"—"未知"—墓木萧瑟，这一反跌之笔，使飘飘欲仙之汉武帝一下跌入黄泉——现实的嘲弄是多么无情啊！这振聋发聩、垂戒无穷的神来之笔，措辞却隽不伤雅，因而全诗一扬一抑、一抬一跌，比照鲜明，意味悠长，可称杰构。

（周慧珍）

●杜牧（803—853），字牧之，京兆万年（今陕西西安）人。宰相
杜佑之孙。唐文宗大和二年（828）登进士第，登贤良方正能直言极谏
科，授弘文馆校书郎。同年应沈传师之辟，为江西团练巡官，后随沈赴宣
州。七年应牛僧孺之辟，在扬州任淮南节度府推官，转掌书记。九年回京
任监察御史，后分司东都。开成中回京任左补阙，转膳部、比部员外郎，
皆兼史职。武宗会昌二年（842）后出为黄州、池州、睦州等地刺史。宣
宗大中二年（848）擢司勋员外郎，转吏部员外郎，四年复守池州。五年
入为考功员外郎、知制诰，次年为中书舍人。有《杜樊川集》（《樊川文
集》）。

◇过华清宫绝句三首(录一)

长安回望绣成堆，山顶千门次第开。
一骑红尘妃子笑，无人知是荔枝来。

原三首，此其一。华清宫是开元中建于骊山的行宫，原名温泉宫，
天宝六载（747）改今名，是唐明皇、杨贵妃当年行乐处所。《新唐
书·杨贵妃传》载"妃嗜荔枝，必欲生（鲜）致之，乃置骑传送，走数
千里，味未变已至京师"，李肇《唐国史补》亦载其事，据苏轼等意
见，天宝间进贡荔枝系涪州（今重庆涪陵区）所产。

　　前二句写过华清宫所见景色，骊山有东、西绣岭，岭上广种林木花卉，望之宛若锦绣，"绣成堆"，措语极妙。"千门"即"千门万户"之省，在唐诗特指宫门。据《长安志》载，华清宫有津阳门、开阳门、望京门、昭阳门及无数台殿楼阁环列山谷，"次第开"极言其繁复而有法度。

　　后二句就势将当年飞骑传送荔枝以博杨妃一笑之事，以轻描淡写的口吻表过，而寄慨遥深。妙在"一骑红尘"的紧急，与"妃子笑"的轻松连文，复以"无人知是"反衬，言下有褒姒烽火，一笑倾周之慨，妙在不说尽，表现出作者才俊思活的本色。

（周啸天）

◇江南春

千里莺啼绿映红，水村山郭酒旗风。

南朝四百八十寺，多少楼台烟雨中。

大和七年春，诗人奉沈传师命由宣州经建康往扬州聘问牛僧孺，诗即作于往返途中。

前二句写千里江南之明媚风光，妙在十四字中包举山水、城乡（村郭）、花鸟、红绿等等，得句又自然浑整。杨升庵曾对"千里"二字表示不然："千里莺啼，谁人听得？千里绿映红，谁人见得？若作十里，则莺啼绿红之景，村郭楼台，僧寺酒旗，皆在其中矣。"何文焕驳曰："即作'十里'，亦未必尽听得着、看得见。题云《江南春》，江南方广千里，千里之中，莺啼而绿映焉；水村山郭，无处无酒旗，四百八十寺，楼台多少烟雨中也。此诗立意既广，不得专指一处，故总而命曰《江南春》。"诗是可以思接千载而视通万里的，杨升庵一时糊涂也。

后二句之妙在写最具特色的江南烟雨，以烟雨楼台映衬明媚春光，笔致灵妙，余音悠远。且写景有弦外之音，南朝统治者多佞佛，一朝有一朝建筑，无怪江南佛寺之多也（四百八十乃数目堆垛，是杜牧惯用的营造气势的手法）。

造寺者佞佛乞求保佑的目的没有达到，而点缀在山水红绿之间的这些金碧辉煌的佛寺，却形成一种特殊的人文景观，为江南之春生色不少，这实在是太有意思了。这一重诗味不是政治讽刺，而是对一种历史

文化现象的玩味和沉思，而这沉思又与诗人对自然美的歌咏水乳交融，也就更加耐人玩味。

（周啸天）

◇润州

　　向吴亭东千里秋，放歌曾作昔年游。
　　青苔寺里无马迹，绿水桥边多酒楼。
　　大抵南朝皆旷达，可怜东晋最风流。

月明更想桓伊在，一笛闻吹《出塞》愁。

这首诗当是重游润州（今江苏镇江）之作，润州在六朝为京都近辅，人文荟萃，杜牧时已今非昔比。首联点明故地重游，向吴亭在丹阳东面，"放歌"是昔游情态，略加表过。

颔联用倒腾句法，谓先朝遗寺冷落，长满青苔；桥边临水出现了许多的酒楼。一衰一盛，形象地反映了润州一带风物人情的沧桑变化。

颈联怀古为诗中可圈可点之名句，盖魏晋名士好清谈，崇尚老庄，行为旷达，这种风气一直贯彻东晋南朝。曾几何时，这些名士们便成历史上匆匆过客，令人抚事感怆。

尾联由月下闻笛（吹奏《出塞》），而念及东晋江左第一笛手桓伊，上承东晋风流而作结。全诗抒发因不得意而产生的人生无常的悲慨，特托意于怀古耳。然全诗语言清新，意象疏朗，洗净藻饰，在艺术上具有俊爽的特色。

（周啸天）

◇题宣州开元寺水阁

六朝文物草连空，天淡云闲今古同。
鸟去鸟来山色里，人歌人哭水声中。
深秋帘幕千家雨，落日楼台一笛风。
惆怅无因见范蠡，参差烟树五湖东。

　　此诗作于文宗开成三年（838），杜牧当时在宣歙观察使崔郸幕，任宣州团练判官。《大清一统志》载宣城陵阳三峰上有景德寺，晋名永安，唐名开元，兰若中之最盛者，本篇题咏，满怀惆怅，驰骋古今，与前诗略同。

　　宣州为六朝京都近辅，寺亦六朝文物，故前四句从六朝说起，设想超脱，落笔高远，"今古同"直贯以下三、四句所写开元寺水阁附近山光水色、风土人情。题下原注曰"阁下宛溪，夹溪居人"，"歌""哭"语出《礼记·檀弓下》"晋献文子成室，晋大夫发焉。张老曰'美哉轮焉，美哉奂焉，歌于斯，哭于斯，聚国族于斯'"，即生聚（庆婚吊丧）之意。这里明说的是"今古同"，然同中有异矣。吴汝纶谓前四句琢制奇语，以其概括凝练而一气贯下也。

五、六句写宛溪雨晴景色，为传诵之名句。"千"与"一"对，乃多少之相映成趣；"雨"与"风"对，乃自然现象之别具情韵。此为诗人对宛溪风光的综合印象。

末二句即因山水风光的感召，而产生了对抛弃禄位而乘扁舟隐于五湖的范蠡的企慕。五湖指太湖及其周围的四个卫星湖。

本篇与前诗皆一时登览引起的感兴，客观风物描写极美，其中织入了江南明丽的景象，节奏明快而语调流畅。诗中明朗健爽的因素与低回惆怅相互作用，体现出杜牧诗歌拗峭不平的特色。

（周啸天）

◇泊秦淮

> 烟笼寒水月笼沙，夜泊秦淮近酒家。
> 商女不知亡国恨，隔江犹唱《后庭花》。

秦淮河经过金陵城内流入长江，六朝以来为游览胜地，诗人夜泊秦淮闻歌女唱陈后主时流行的颓靡歌曲，不禁触景生情，作此诗。

前二句写秦淮夜景，盖流经闹市中心的河流，两岸是商业集中的地带，都有"酒家"，月夜上灯后，景色自胜日间。近人朱自清、俞平伯各有一篇《桨声灯影里的秦淮河》，蜚声文坛，得历史与江山之助也。而本篇一开始即写"夜泊"，及秦淮夜景"烟笼寒水月笼沙"，可知不是偶然的。月下沙岸尤明，水上则弥漫着一层轻纱似的烟雾，用句中排比的形式，写景空灵细腻且有唱叹意味。有人说此句"写景萧寥冷寂，泊舟处当非繁华喧闹之处"，恐未必然。

后二句写闻歌有感，秦淮河不宽，故在舟中可以清楚地听到对岸的歌声。唐崔令钦《教坊记》录有《后庭花》曲，可见唐时《后庭花》尚在流行。六代兴亡之感慨，忧国忧民之情怀，一时涌上心头。诗只言"商女不知亡国恨"，而那些座中颇有身份的听众呢，则不言而喻，世风之日下，时局之可忧，亦见于言外。旨意委婉，感慨转觉深沉。沈德潜、管世铭等均推此诗为唐人七绝之绝唱，乃至压卷之作。

按关于"商女"，《辞源》释为歌女是正确的（"商"是宫商之商），"不知亡国恨"，是指不知所唱歌曲产生的历史背景，并无费解之处。《元白诗笺证稿》认为诗中"商女"是扬州歌女而在秦淮商人舟中，扬州与金陵"隔江"，所以"不知亡国恨"，把本来简单的问题反而搞复杂了，虽出自方家之口，仍不能不说是千虑一失。还有人说"商女"即商人女眷，与"酒家"无涉，恐未必然；从整首诗看，还是联系秦淮酒家，释为歌女，措意为深。

（周啸天）

◇题桃花夫人庙

细腰宫里露桃新，脉脉无言几度春。
至竟息亡缘底事？可怜金谷坠楼人。

清人吴乔在《围炉诗话》中提出咏史诗两条标准，一是思想内容要"出己意"，一是艺术表现要"用意隐然"——有含蓄的诗味。他举为

范例的作品之一是杜牧的"息妫诗"，就是这首《题桃花夫人庙》。

息妫是春秋时息君夫人（息，古国名，在今河南息县西南），故称息夫人，又称桃花夫人。据《左传》载，因蔡哀侯向楚王称赞了息夫人的美貌，导致楚灭息。息夫人被掳进楚宫，后来生二子，即堵敖与成王。但她始终不说话。楚王追问其故，她答道："吾一妇人而事二夫，纵弗能死，其又奚言？"息夫人的不幸遭际及她无言的抗议，在旧时一向被传为美谈，唐时还有祭祀她的"桃花夫人庙"。

"细腰宫里露桃新，脉脉无言几度春。"这一联用诗歌形象概括了息夫人的故事。这里没有叙述，事件是通过描述性的语言和具体意象表现的。"细腰宫"即楚宫，它是根据"楚王好细腰，宫中多饿死"的传说翻造的，也就间接指斥了楚王的荒淫。这比直言楚宫自多一层含意。息夫人的不幸遭遇，根源也正系于楚王的荒淫，这里，叙事隐含造语之中。

"细腰宫"内，桃花又开了。"桃新"意味着春来，挑起下文"几度春"三字：时光多么容易流逝，然而时光又是多么难挨啊。"桃生露井上"本属成言（《宋书·乐志》），而"露桃"却翻出新的意象，似暗喻"看花满眼泪"的桃花夫人的娇面。"无言"是本事中主要情节，古语又有"桃李无言"，这是另一层双关。"无言"加上"脉脉（含情）"，形象生动，表现出息夫人的故国故君之思及失身的悲痛。而在无可告诉的深宫，可怜只有"无言"的桃花做她苦衷的见证了。这两句中，桃花与桃花夫人，景与情，难解难分，水乳交融，意境优美，诗味隽永。

诗人似乎要对息夫人一掬同情之泪了。及至第三句突然转折，由脉脉含情的描述转为冷冷一问时，读者才知道那不过是欲抑先扬罢了。"至竟（到底）息亡缘底事？"息亡不正因为夫人的美色吗？她的忍辱苟活，纵然无言，又岂能无咎无愧？这一问是对息夫人内心创伤的深刻揭示。这一点在息夫人回应楚王诘问时有所表现，却一向未被人注意。

末句从对面着墨，引出另一个女子来。那就是晋代豪富石崇家的乐妓绿珠（"金谷"即石家名园）。权贵孙秀因向石崇求绿珠不得，矫诏收崇下狱。石崇临捕时对绿珠叹道："我今为尔得罪。"绿珠含泪回答："当效死于君前。"遂坠楼而死。其事与息妫颇类，但绿珠对权势的反抗是那样刚烈，相形之下息夫人只见懦弱了。这里既无对绿珠的一字赞语，也无对息妫的一字贬词，只是深情一叹："可怜金谷坠楼人。"然而褒贬俱在此中，令人觉得语意深远。此句之妙，《瓯北诗话》说得透彻："以绿珠之死，形息夫人之不死，高下自见而词语蕴藉，不显露讥刺，尤得风人之旨耳。"

　　直接对一位古代软弱女子进行指斥不免有过苛之嫌，而诗人把指责转化为对于刚者的颂美，不但使读者感情上容易接受，也使诗意升华到更高的境界。它意味着：软弱的受害者诚然可悯，怎及得敢于以一死抗争者令人钦敬！

（周啸天）

●刘威，生卒年不详，唐武宗会昌时人，终生不得志，漂泊南北。曾远至塞上，后穷老而终。有《刘威诗》。

◇三闾大夫

三闾一去湘山老，烟水悠悠痛古今。

青史已书殷鉴在，词人劳咏楚江深。

竹移低影潜贞节，月入中流洗恨心。

再引《离骚》见微旨，肯教渔父会升沉。

"三闾大夫"本为春秋时楚官名，此指屈原，其职责是掌管王族昭、屈、景三姓。

这首七律是歌咏屈原的。屈原是战国时代楚国最伟大的爱国者，他是卓越的政治家与文学家。千百年来，他一直受到人们的景仰、追悼与怀念，成为中华民族之魂。

首联用拟人手法写出楚国人民对屈原的思念。屈原忠贞报国，对外主张联齐抗秦，对内倡导改革弊政，举贤任能。但昏庸的楚王（包括楚怀王和楚顷襄王）在党人的蛊惑下对屈原无情打击，将他多次流放。屈原不堪国破家亡，在秦军攻破楚国郢都后不久自沉汨罗江，以身殉国。对屈原的死，楚国人民十分悲痛。"湘山"，在湖南岳阳市西南洞庭湖中，也叫君山。此以湘山代表楚地山河。一个"老"字写出因极度悲痛而变得苍老之态。此以湘山变苍老，说明人民对屈原的离去的无限悲痛。"烟水悠悠痛古今"，烟水指洞庭湖浩瀚的烟波微茫的状态，"痛古今"，仍以拟人手法，写出楚人对屈原殉国的悲痛。"古今"二字妙，即从古到今之谓。屈原作为伟大的爱国者，古时受人尊敬痛惜，今天仍受人尊敬痛惜，可见其影响之巨大与深远。

那么，如何评价屈原？颔联二句即以议论简述屈原的伟大。屈原的伟大表现在两大方面：一是伟大的政治家。"青史已书殷鉴在"，即从政治上肯定屈原。历史已经证明，屈原联齐抗秦主张以及改革楚国弊政的措施是完全正确的。楚国在秦军的攻势下土崩瓦解，也从反面证明了屈原内政外交策略的正确。这一切，已经有如殷鉴一般写入历史。"殷鉴"，本指殷灭夏，殷的后代应以夏之灭亡为鉴戒，总结政权兴亡的原因。楚王不听忠臣屈原劝诫导致灭亡，是已成定论的殷鉴。二是屈原是伟大的文学家，"词人劳咏"，指屈原苦吟创作了大量的诗歌。屈原是中国文学史上第一个专业作家，一生创作了《离骚》《九章》《九歌》《天问》《招魂》等诗篇，质量极高数量也大，成为后世学习借鉴的光辉典范。"楚江深"，用比喻说明屈原作品的丰富内涵与卓越的艺术造诣，有如楚江之深湛。

颈联承接颔联，进一步用细节描写，歌颂哀悼屈原。楚地属江南，多竹。竹中空有节，象征人的胸襟宽阔与节操贞刚。潜，藏也。楚地到处都是竹子，在月光下竹影低移，丰姿绰约，潜藏着屈原的贞节。天上的明月，影入流水，好像要洗掉屈原冤死的痛恨之心。这二句也是拟人手法，天上月地上竹，好像都具有人的感情，要发扬屈原精神，要为屈原鸣不平而痛悼。

尾联用反衬法。"微旨"，指隐微的旨意、主旨。《离骚》是屈原现实主义与浪漫主义结合的杰作，是中国第一首政治抒情长诗。该诗代表了屈原的政治思想与抱负，抒发了他坚持节操、爱国爱民、九死不悔的坚定志向。据说屈原流放江南时，见一渔父。渔父劝他要随世俗浮沉，别那么执着。屈原拒绝渔父意见，坚持真理永不悔改，直至以身殉国，事见《楚辞·渔父》篇。此以渔父做陪衬，进一步歌颂屈原作为政治家那坚定不移的执着胸襟。全诗融情入景，情景交融，善用拟人手法写人叙事，议论深刻有力。

（李坤栋）

●温庭筠（约801—866），本名岐，字飞卿，太原（今山西太原西南）人。少负才华，"能逐弦吹之音，为侧艳之词"，因忤权贵而累试不第，曾为方城尉、隋县尉、国子监助教等微职。为晚唐词坛巨擘，亦有诗名，与李商隐齐名，称"温李"。有《温庭筠诗集》，近人王国维辑《金荃词》。

◇苏武庙

苏武魂销汉使前，古祠高树两茫然。
云边雁断胡天月，陇上羊归塞草烟。
回日楼台非甲帐，去时冠剑是丁年。
茂陵不见封侯印，空向秋波哭逝川。

苏武是中国古代的英雄人物，其事迹见《汉书·李广苏建传》。

这首七律诗写苏武虽然坚贞有气节，但待遇不厚，作者借古人之酒杯浇心中之块垒。

首联，面对苏武庙的古祠高树，便想起数百年前的苏武在接他归汉的汉使面前高兴激动的场面。上句写苏武，属想象之词，下句写自己参观苏武庙，为写实。"茫然"，写出作者心中的困惑。二字为全诗诗眼，乃揭示主题的词汇。作者为什么会茫然、困惑？因为像苏武这

样大义凛然的伟大英雄，回汉后却命运坎坷，位不过封侯而已，说明许多封建统治者是靠不住的、刻薄寡恩的。下面作者就苏武事继续阐明这个问题。

颔联写苏武在匈奴牧羊之艰辛境况。"云边雁断胡天月"，写他对故国的思念。由于苏武不降，匈奴对他百般折磨，如"绝不饮食。天雨雪，武卧啮雪，与旃毛并咽之"。就是断绝他的饮食，他只有和着雪吞咽身上穿的毛织物以维持生命。匈奴又把他押到北海无人处，强迫他放牧公羊，规定公羊能生育小羊了才能回去。由于没有食物吃，他便挖掘野鼠收藏的草食充饥。在这样的苦日子里，他多么希望天边的大雁能给他带来一点故国故乡亲人的消息啊！但一点消息也没有，他只有日复一日、年复一年地在荒烟蔓草的土岗子上与羊为伴。这样的日子，不是三年五载，而是漫长的十九年！可见苏武的意志何等坚强！

颈联写世事的沧桑。苏武最终回到了汉朝，但汉武帝死了，自己大半辈子的青春年华也丧失殆尽了。"回日楼台非甲帐"，写汉武帝已死，世事皆非。《汉武故事》载：汉武帝很迷信，用琉璃珠玉、明月夜光珍珠等宝物建造帐幕，供神居住，称甲帐；装饰次一点的帐幕供自己居住，称乙帐。汉武帝一死，甲、乙帐均归乌有。苏武回汉时汉武帝已死，所以，"回日楼台非甲帐"。而苏武自己呢，"始以强壮出，及还，须发尽白"。就是说回汉时候的苏武已经是头发、胡须皆白的老头了。为了国家民族的尊严与利益，他什么都奉献了。"去时冠剑是丁年"，说苏武离汉出使匈奴时正当壮年。"丁年"，丁壮之年。

对于这样一位大义凛然的英雄人物，汉统治者是怎样奖励他的呢？武帝子汉昭帝封他为典属国，赏点钱，给套住房，大概属于中层干部的待遇。第二年因有人谋反，苏武受牵连，儿子被杀头，自己也差点被逮捕，虽然未坐牢，但官被免了。几年后，因谋立汉宣帝有功，才官复原职，封了侯，死后图像入麒麟阁，供人瞻仰，如此而已。

对于苏武的遭遇，作者温庭筠是颇有感慨的。末二句即是抒发自己的感慨。"茂陵不见封侯印"，是谴责汉武帝刻薄寡恩，也包括指责汉昭帝刻薄寡恩。"茂陵"，本是汉武帝死后的埋葬之地，在今陕西兴平东北，此代指武帝。武帝是以刻薄寡恩著称的，对李广就是显例。当然苏武回汉时武帝已死，不能全怪他。但其子汉昭帝同样刻薄寡恩，苏武回汉连侯都没有封上，只有"空向秋波哭逝川"了。末句哭的主语既指苏武，也指作者温庭筠。汉朝廷赏罚不公，苏武待遇低下，肯定是有牢骚的。而处于晚唐的温庭筠仍然落魄无为，因不注重儒家礼教，不修边幅，遭指责、鄙弃，只能出入歌楼妓馆，为侧艳之词自娱。所以说，本诗既是为苏武抱不平，也为自己落魄无为发牢骚。

　　本诗在艺术上也很有特点。沈德潜在《唐诗别裁集》卷十五说此诗用"逆挽法，律诗得此，化板滞为跳脱矣"。逆挽法就是在写作时处理题材可颠倒时空，可把历史先后次序颠倒来写，这样可避免律诗呆板，显得活络灵便。这首诗中，首联上句设想苏武回汉时的惊喜，下句却将时空拉到作者的时代晚唐参观苏武庙的情景，两句时空跳跃极大。颈联"回日"对"去时"，也拉大了时空距离，形成了强烈对比，这种用法使全诗结构灵活。此外，对仗精工也是本诗特点，中间两联堪称工对。修辞上除了对偶，还有对比反衬，既有古与今的对比，也有苏武前与后的对比，还有苏武的杰出与汉统治者赏罚不公的对比。经过对比衬托，孰是孰非，泾渭分明，对苏武的同情，对封建统治者的谴责，也就一目了然了。

（李坤栋）

●李商隐（813—858），字义山，号玉谿生。怀州河内（今河南沁阳）人。九岁丧父，从堂叔学习古文。唐大和三年（829）为令狐楚辟为幕僚。开成二年（837）登进士第。三年入泾原节度使王茂元幕，且入赘王家。为牛党中人所忌，致使仕途蹭蹬，长期辗转于幕府。有《李义山诗集》。

◇贾生

　　宣室求贤访逐臣，贾生才调更无伦。

　　可怜夜半虚前席，不问苍生问鬼神。

　　此诗咏史，选材独到。前人咏及贾生多就其贬长沙事发感慨，而诗人却选取贾谊从长沙召回、宣室（汉未央前殿正室）夜对的情节为诗材，讽刺君主徒有爱才之名，而无善任之实。此事见《史记·屈原贾生列传》："贾生征见，孝文帝方受釐（举行祭祀祈求福祐），坐宣室。上因感鬼神事，而问鬼神之本，贾生因具道所以然之状。至夜半，文帝前席（膝行而前）。既罢，曰：'吾久不见贾生，自以为过之，今不及也。'"

　　前二句叙事，言贾生才调绝伦，故以逐臣见召，而夜对宣室也。倒装出之，强调其"才调更无伦"，为后文反跌张本。

后二句以反跌作议论，"可怜"即可惜，"虚"即徒然，意谓人主于人臣能前席问道，固然大好，只可惜不问苍生而问鬼神，舍本而逐末，枉然有此虚心也！亦倒腾出之，出句先置一叹以为悬念，对句方补叙理由，饶有唱叹之音。此即清人施补华所谓"以议论驱驾书卷，而神韵不乏"。

逐臣获访，幸乎不幸，贾生当知之。诗中表现出不以个人荣辱作为衡量遇合与否的标准，胸襟超卓，立意固不凡也。

（周啸天）

◇齐宫词

永寿兵来夜不扃，金莲无复印中庭。
梁台歌管三更罢，犹自风摇九子铃。

这首诗与其《咏史》作于同一时期，即宣宗大中十一年（857），诗人游历江东时。此诗直接讽刺南齐废帝荒淫误国，还捎带讽刺了梁朝统治者。

"永寿兵来夜不扃"二句，叙述南齐亡国史实，一切都像发生在昨天。"永寿"是宫殿名。南齐废帝萧宝卷宠爱潘妃，修建永寿、玉寿、神仙等宫殿，四壁都用黄金涂饰。又凿金为莲花贴地，令潘妃行其上曰："此步步生莲花也。""兵来"指南齐和帝中兴元年（501），雍州刺史萧衍（即梁武帝）率兵攻入南齐京城，时萧宝卷正在含德殿吹笙作乐，故曰"夜不扃"。"金莲无复印中庭"，是说南齐废帝耽于歌舞声色，到此为止。

"梁台歌管三更罢"二句，写梁朝皇帝的声色享乐正在进行，暗示历史的悲剧即将重演。这层意思在诗中未直接挑明，诗人的高明之处，在于找到了一个南齐故物为意象，那就是"九子铃"。"九子铃"本是庄严寺檐前的风铃，南齐废帝剥取之以为潘妃殿饰。(《南史·齐废帝东昏侯纪》)上句"梁台"即旧时之齐宫，"歌管三更罢"，指夜宴既毕。"犹自风摇九子铃"，妙在只是刻画一个情景，以"九子铃"将齐宫与梁台联结，却深刻表达了"后人哀之而不鉴之，亦使后人而复哀后人也"(杜牧《阿房宫赋》)的意思。清人姚培谦说："荆棘铜驼，妙从热闹中写出。"纪昀则说："意只寻常，妙从小物寄慨，倍觉唱叹有情。"(《李义山诗集辑评》)所谓"小物"，就是作为意象的景物。

沈德潜道："此篇不着议论，'可怜夜半虚前席'竟着议论，异体而各极其致。"(《唐诗别裁集》)俞陛云道："人去台空，风铃自语，不着议论，洵哀思之音也。"(《诗境浅说续编》)都指出了此诗以形象思维代替议论、含蓄耐味的特点。

(周啸天)

◇北齐二首

一笑相倾国便亡，何劳荆棘始堪伤。
小怜玉体横陈夜，已报周师入晋阳。

巧笑知堪敌万机，倾城最在著戎衣。

晋阳已陷休回顾，更请君王猎一围。

　　这两首诗通过讽刺北齐后主高纬宠幸冯淑妃这一荒淫亡国的史实，从而借古鉴今。

　　第一首前两句是以议论发端。"一笑"句暗用周幽王宠褒姒而亡国的故事，讽刺"无愁天子"高纬荒淫的生活。"荆棘"句引典照应国亡之意。晋时索靖有先识远量，预见天下将乱，曾指着洛阳宫门的铜驼叹道："会见汝在荆棘中耳！"这两句意思一气蝉联，谓荒淫即亡国取败的先兆。虽每句各用一典故，却不见用典痕迹，全在于意脉不断，可谓巧于用典。但如果只此而已，仍属老生常谈。后两句撇开议论而展示形象画面。第三句描绘冯淑妃（"小怜"即其名）进御之夕"花容自献，玉体横陈"（司马相如），是一幅秽艳的图画，与"一笑相倾"句映带；第四句写北齐亡国情景。公元577年，北周武帝攻破晋阳（今山西太原），向齐都邺城进军，高纬出逃被俘，北齐遂灭。此句又与"荆棘"映带。后两句实际上具体形象地再现了前两句的内容。淑妃进御与周师攻陷晋阳，相隔尚有时日。"已报"两字把两件事扯到一时，是着眼于荒淫失政与亡国的必然联系，运用"超前夸张"的修辞格，更能发人深省。这便是议论附丽于形象，通过特殊表现一般，是符合形象思维的规律的。

如果说第一首是议论与形象互用，那么第二首的议论则完全融于形象，或者说议论见之于形象了。"巧笑倩兮，美目盼兮"，是《诗经》中形容美女妩媚的表情的句子。"巧笑"与"万机"，一女与天下，轻重关系本来一目了然。说"巧笑"堪敌"万机"，是运用反语来讽刺高纬的昏昧。"知"实为哪知，意味尤为辛辣。如说"一笑相倾国便亡"是热讽，此句便是冷嘲，是不议论的议论。高纬与淑妃寻欢作乐的方式之一是畋猎，在高纬眼中，穿着出猎武装的淑妃风姿尤为迷人，所以说"倾城最在著戎衣"。这句仍是反语，有潜台词：古来许多巾帼英雄，其飒爽英姿确乎给人很美的感觉，但淑妃身着戎衣的举动，不是为天下，而是轻天下。高纬迷恋的不是英武之姿而是忸怩之态。他们逢场作戏，穿着戎衣而把强大的敌国忘在九霄云外。据《北史·后妃传》载：周师取平阳（晋阳），帝猎于三堆，晋州告急。帝将还，淑妃请更杀一围，从之。在自身即将成为敌军猎物的情况下，帝妃仍不忘记追欢逐乐，还要再猎一围。三、四句就这样以模拟口气，将帝、妃死不觉悟的淫昏性格刻画得入木三分。

尽管不加以议论，但通过具体形象的描绘及反语的运用，即将议论融入形象之中，批判意味仍十分强烈。

　　第一首三、四两句把一个极艳极秽的镜头和一个极危急险恶的镜头组接在一起，对比色彩强烈，产生了惊心动魄的效果。单从"小怜玉体横陈"的画面，也可见高纬生活之荒淫，然而，如果它不和那个关系危急存亡的"周师入晋阳"的画面组接，就难以产生那种"当局者迷，旁观者清"的惊险效果，就会显得十分平庸，艺术感染力将大为削弱。第二首三、四句则把"晋阳已陷"的时局，与"更请君王猎一围"的荒唐行径作对比。一面是十万火急，形势严峻；一面却是视若无睹，围猎兴浓。两种画面对照出现，令旁观者为之心寒，从而有力地表明当事者处境的可笑可悲，不着一字而含蓄有力。这种手法的运用，也是诗人巧于构思的具体表现。

　　　　　　　　　　　　　　　　　　　　（周啸天）

◇南朝

　　　地险悠悠天险长，金陵王气应瑶光。
　　　休夸此地分天下，只得徐妃半面妆。

　　人到晚年喜欢回忆，而怀古咏史诗亦即对过去历史的回忆。晚唐犹如人生的晚年，故多回忆性的怀古诗。李义山与杜牧都有许多咏史怀古诗，杜牧咏史好为翻案，往往从反面往更深一层去写。义山则好用对比手法，展现历史的实质与规律。

　　此诗最显著的特征就是采用了拼接组合的对比手法，揭示南朝之所以短命的原因。前两句谓六朝建都的金陵有虎踞龙盘之固，且面临长江天堑，南朝统治者自恃天地之险，王气上应天象，可以江山永固，划江而立，长保均分天下之势，这是自嬴政以来，特别是江东孙吴以降的固有说法。然除了东晋，其他政权存在都不算长，六个朝代像走马灯一样不停更换，这又是什么原因呢？它往往引起史家与诗人深入的思考。义山此诗在六朝亡国的万千头绪中只拈出一端："休夸此地分天下，只得徐妃半面妆。""徐妃半面妆"，谓梁元帝与妃子徐昭佩不和。事见《南史·元帝徐妃传》："妃无容质，不见礼，帝三二年一入房。妃以帝眇一目，每知帝将至，必为半面妆以俟，帝见则大怒而出。妃性嗜酒，多洪醉，帝还房，必吐衣中。"徐妃以妒出名，后被元帝逼死，见诸史册。此本宫闱异闻，无关乎南朝兴亡之国事。再则梁元帝建都江陵，亦非建康。义山本意以萧梁事概括江左南朝，采用以点代面方式；徐妃以"半面妆"的异样讽刺梁元帝眼瞎，发泄对元帝冷置的不满，原本属于帝妃不和，琴瑟失调，属于后宫争宠琐事，义山诗则大而化之，以偏概全，借徐妃以半面妆接待之事，讥讽梁元帝，包括南朝只拥有半壁江山的可悲。"半面妆"与半壁江山在艺术上采用隐喻式的对换，由此大而化之为后者，可谓巧妙智慧之至。

不仅如此，晚唐藩镇割据气焰日炽，宦官口含天宪的权力愈加膨胀，朋党相互倾轧的紧张局势绷得更紧，唐政权的力量日益衰微，辖区的范围日渐削减，甚至实力尚不及南朝中分天下的半统局面。所以，义山作此诗不只怀古而已，实为现实当局而发，忧国忧民的忧患意识，才是此诗更重要、更深刻的用心所在。正如他在二十四岁所作的《行次西郊作一百韵》所说："国蹙赋更重，人稀役弥繁"，"国蹙""人稀"，在他心中是种多么严重的创伤与痛苦！

结构上前两句先从负面蓄势，第三句的"休夸"为全诗枢纽，逼出下句，而"此地分天下"则承上二句。末句以"只得"限制，宾语"徐妃半面妆"配合得横岭侧峰，使此句言外有言，语脉摇曳而用意深邃，且匠心独运。

此诗首句"地险悠悠天险长"，句内反复出现两个"险"字，这正是此诗负面的"关键词"，再加上叠音词"悠悠"的拖腔拉调，更显露了对自以为有险可守、固若金汤者的批驳讥讽。义山诗深情绵邈，沉博绝丽，措辞深婉，似乎都与喜用的反复修辞手法相关，最爱置于发端，创设了种种特别气氛。诸如"君问归期未有期"（《夜雨寄北》）、"相见时难别亦难"（《无题》）、"天东日出天西下"（《燕台四首》）、"他生未卜此生休"（《马嵬》）、"成由勤俭破由奢"（《咏史》）、"昨夜星辰昨夜风"（《无题》）、"一夕南风一叶危"（《荆门西下》）、"山上离宫宫上楼"（《楚吟》）、"杜牧司勋字牧之"（《赠司勋杜十三员外》）、"二月二日江上行"（《二月二日》）、"一弦一柱思华年"（《锦瑟》）、"日日春光斗日光"（《日日》），均为其例，亦可见其诗风之一斑。

（魏耕原）

◇隋宫

紫泉宫殿锁烟霞，欲取芜城作帝家。
玉玺不缘归日角，锦帆应是到天涯。
于今腐草无萤火，终古垂杨有暮鸦。
地下若逢陈后主，岂宜重问后庭花？

　　本篇约作于大中十一年作者游江东时。隋宫指隋炀帝在江都营建的行宫江都、显福、临江等宫。诗写隋炀帝肆意淫游，昏顽拒谏，贪欲无穷，至死不悟，足为覆亡之殷鉴。

　　首联点题。"紫泉"即紫渊（长安水名），出自司马相如《上林赋》，此借指长安；"芜城"乃广陵之别名，语本鲍照《芜城赋》，指隋之江都。这两句隐含转折关系，即尽管长安宫殿高入烟霞，炀帝之心仍然不足，还想以江都作为"帝家"。以"芜城"代江都，是大有深意的，就像"汉皇重色思倾国"一样，思倾国者果倾国，欲以芜城为帝家者终以帝家为芜城。此所谓皮里阳秋。

　　颔联撇开一笔，未承上写游幸江都事，而以虚拟语气推想道：若不是皇帝的玉玺归了李渊（额骨中央部分隆起，形状如日，即日角，旧以为大贵之相。此指李渊），炀帝的锦帆还怕不到天边！意谓他是不会以游江都为餍足的。这就揭示了炀帝昏淫成性，至死不悟，即所谓"不见棺材不落泪"，"带着花岗岩脑袋见上帝"。

颈联于写景中寓隋宫故实：一是炀帝曾在洛阳景华宫征求萤火虫数斛，夜出游山放之，光遍岩谷，在江都还修了"放萤院"；一是沿运河栽柳，所谓"西至黄河东至淮，绿影一千三百里"。诗人巧妙地融入"腐草"（传说萤乃腐草所化）、"暮鸦"，于一"无"（古有今无）一"有"（古无今有）的对比中感慨今昔，寓无限沧桑之感，冷峻之讽刺与深沉之感喟融合无迹。

尾联活用故实揭示主题。据《隋遗录》载，陈后主叔宝亡国后入隋，与当时为太子的杨广相熟，杨广做了皇帝后游江都时，梦中与死去的陈叔宝相遇，还请张丽华舞了一曲《玉树后庭花》。两句意谓隋炀帝过去不能接受陈后主亡国殷鉴，终于重蹈前车覆辙。这番与陈后主地下重逢，还有脸再向他重问《玉树后庭花》么？诗对隋炀帝固然是冷嘲，对当时统治者却含热讽，何焯云："前半展拓得开，后半发挥得足，真大手笔。"

（周啸天）

●曹邺，生卒年不详，字邺之，桂州阳朔（今属广西）人。屡试不第，唐宣宗大中四年（850）始登进士第，与刘驾、郑谷等为诗友。曾任天平军节度判官、太常博士、祠部郎中、洋州刺史、吏部郎中等职。中年辞官南归，隐居以终。宋人辑有《曹祠部集》。

◇读李斯传

一车致三毂，本图行地速。不知驾驭难，举足成颠覆。欺暗尚不然，欺明当自戮。难将一人手，掩得天下目。不见三尺坟，云阳草空绿。

李斯传，此指司马迁作的《史记·李斯列传》。作者通过读传，对李斯的为人作评价。诗对李斯多作贬抑。

对李斯的评价，西汉时代就有争论，司马迁在《史记·李斯列传》末即有评说。或认为李斯极忠而被杀，甚为冤屈。但从司马迁起，历代对李斯多作贬抑。从《史记·李斯列传》所记看，李斯值得肯定的地方也不多。

李斯从小就羡慕功名富贵，从荀卿学帝王之术，目的是游说诸侯，取卿相之位。他成功了。帮助秦始皇吞并天下，有功，被封为丞相。但在治理天下的过程中，继续协助秦始皇对百姓横征暴敛，"不务明政以补主上之缺，持爵禄之重，阿顺苟合，严威酷刑"，怂恿秦始皇焚书坑儒。始皇死，阿附赵高，废长立幼，继续实行暴政，造成民不聊生，终使秦王朝在农民大起义的洪流中覆灭，自己也终为赵高所害，身受五刑而死。诗歌首四句即指责李斯不善辅佐君王，有失丞相职责。一辆车子，只能两毂（车轮中心的部位，周围与车辐的一端相接，中有圆孔，用以插轴），因古代车子一般是两轮，如果一车三毂，主观上想使车子跑得快些，但驾驭起来就困难了，反而会导致车辆颠覆。这里用驾车比喻治政，批评李斯不善辅佐君王治理天下，有如要求一车三毂一样，造成灾难。"欺暗尚不然"以下四句，批评李斯伙同赵高篡改秦始皇遗命，废长立幼，以及种种欺君欺天下之事，最后自己也无好下场，阐明谎言终有一天是要被揭穿的。"不见三尺坟，云阳草空绿"，末二句以李斯死后的凄凉作结，使全诗余味无穷。"云阳"，本地名，在今陕西淳化县西北。桓宽《盐铁论·毁学》云："李斯相秦，席天下之势，志小万乘，及其囚于囹圄，车裂于云阳之市，亦愿负薪入东门，行上蔡曲街径，不可得也。"后世常以"云阳"为行刑地之代称。李斯被腰斩于咸阳，夷灭三族，连三尺坟墓都没有留下，后世只见其受刑地的野草空绿而已。"草空绿"，草徒然地、白白地绿，没有意义价值的草绿，说明李斯之死毫无价值，是对李斯的否定。末二句的议论兼描写，言尽而意不尽，深得诗家含蓄之妙。

（李坤栋）

●罗隐（833—910），字昭谏，杭州新城（今浙江杭州富阳区西南）人。举进士十余年不第。唐懿宗咸通十一年（870）始为衡阳主簿。广明元年（880）黄巢攻陷长安，罗隐归隐池州（今安徽池州市贵池区）梅根浦。天祐三年（906）充节度判官。后梁开平二年（908）授给事中。有《罗昭谏集》。

◇西施

家国兴亡自有时，吴人何苦怨西施。

西施若解倾吴国，越国亡来又是谁。

自古就有女人是"祸水""尤物"的说法。在男尊女卑的旧社会，女人是不被看成人的，只是一个生儿育女的工具，是男人的玩物。一些正统的封建文人，都错误地认为是妹喜亡了夏，妲己亡了商，褒姒亡了周，张丽华亡了陈，杨贵妃毁了盛唐……其实，这些论调都是极荒唐的，正如鲁迅在《且介亭杂文·阿金》中讲的："我一向不相信昭君出塞会安汉，木兰从军就可以保隋；也不信妲己亡殷，西施沼吴，杨贵妃乱唐的那些古老话。我以为在男权社会里，女人是绝不会有这种大力量的，兴亡的责任，都应该男的负。但向来的男性的作者，大抵将败亡的大罪，推在女性身上，这真是一钱不值的没有出息的男人。"这真是振

聋发聩。鲁迅是现代人而且是伟大的思想家，有这样的高论理所当然。然而，在一千多年前的晚唐时代的罗隐，也有类似的高论，那就难能可贵了。

在众多咏西施的作品中，本诗是极优秀的。它一反"女人是祸水"的陈腐观念，把国家兴亡与女人的关系分开，确实是有识之见。

首句"家国兴亡自有时"就极为精警。纵观历史，家与国的兴亡，是与当时的天时、地利、人事相关联的，这样讲，就排除了女人是祸水、败家乱国的腐论。在古代分封制下，家与国是不同的概念：诸侯统治的地方叫"国"，大夫统治的地方叫"家"。不论国与家，政权兴衰更替的主观原因还在于男人，因为自原始社会母系氏族解体以来，一直是男尊女卑的男权社会。因此，"吴人何苦怨西施"呢？

西施作为一个弱女子，因为长得漂亮，被越王勾践选中，把她作为一个上等玩物，献给吴王夫差。主观上虽然有让吴王迷恋女色、荒废国政的企图，但在女人没有任何地位的男权社会里，西施怎么能够左右吴国的政治？因此，吴国的败亡无论如何不能归罪于西施。吴王夫差才是吴亡的罪魁祸首。晚唐时代的另一位诗人陆龟蒙在《吴宫怀古》中就论定"吴王事事堪亡国"，指出亡吴的是吴王，而非西施。

"西施若解倾吴国，越国亡来又是谁？"二句反问得妙！"解"，会也，得也，能也。假如西施一弱女子能够倾覆吴国，那么越国的灭亡又是哪一个女人干的呢？这儿的"西施"，既指西施，也泛指女人。这问得理直气壮，使"女祸亡国"之类的谬论不攻自破。几千年的历史证明，无论吴国的灭亡，还是越国的灭亡，以及一切家与国的灭亡，均与女人没有直接的关系。这一反问，极有气势，遂为不刊之论。

（李坤栋）

●陆龟蒙（？—约881），字鲁望，号天随子，姑苏（今江苏苏州）人。曾任苏、湖二州从事，后隐居甫里。与皮日休友善，世称"皮陆"。有《甫里集》。

◇范蠡

平吴专越祸胎深，岂是功成有去心？
勾践不知嫌鸟喙，归来犹自铸良金。

范蠡，春秋时楚国宛（今河南南阳）人，字少伯，仕越为大夫，辅佐越王勾践刻苦图强，最后灭掉吴国。后去越入齐，改名"鸱夷子皮"。后来他又迁居至陶地，自称"陶朱公"，经商致富。十九年中，治产多次积累千金之富，把金钱分散给贫交与疏远的兄弟。其事迹见《史记·越王勾践世家》及《史记·货殖列传》等。

范蠡是极有才学的人，深知封建社会君臣之间那种"兔死狗烹""敌破臣亡"的残酷现实，便真能做到功成身退。本诗首二句即阐述这个道理。"平吴专越"指范蠡功高，他为越王勾践出谋划策，终于消灭了吴国。平吴后，勾践尊范蠡为上将军，甚至还许诺与范蠡"分国而有之"，位极人臣。但往往物极必反，功高压主，并非好事，因而"祸胎深"。功高压主，君王不安，害怕能臣夺权，兼之勾践"为人可与同患，难与处安"，这就迫使范蠡主动离开越国最高权力中心而泛游江湖，以达全身远祸的目的。"岂是功成有去心？"难道只是一般的功成身退吗？不完全是。此句诗内涵丰富，说明范蠡是深思熟虑过的。最主要原因是他深知勾践为人。此人只可同患难而不可同富贵，所以下决心离他而去。

范蠡后来成了大富翁，也属于侥幸。为什么呢？因为勾践并不深知范蠡内心及其所作所为。范蠡平吴后，曾经写信劝说同样功高权重的文种退隐江湖，书曰："蜚鸟尽，良弓藏；狡兔死，走狗烹。越王为人长颈鸟喙，可与共患难，不可与共乐。子何不去？""勾践不知嫌鸟喙"，就是说勾践还不知道范蠡曾写信给文种说他的坏话，说他是不可共富贵的小人，所以范蠡才能"归来犹自铸良金"。如果勾践知道这一切，范蠡必死于勾践之手，哪里还做得了富翁？所以范蠡也属侥幸。

本诗揭露了封建君王残忍的心地以及封建朝廷君臣间"伴君如伴虎"的残酷关系，是很有认识价值的。议论深刻是本诗的特点。

（李坤栋）

●皮日休（约838—约883），字逸少，后改袭美，襄阳（今属湖北）人。早隐鹿门山，自号间气布衣、鹿门子等。唐懿宗咸通七年（866）举进士不第，退居寿州（今安徽寿县），自编诗文为《皮子文薮》。八年始及第。十年为苏州军事判官。僖宗乾符二年（875）任毗陵副使。黄巢军入江浙，劫以从军，为翰林学士。《全唐诗》存诗九卷。

◇汴河怀古

尽道隋亡为此河，至今千里赖通波。

若无水殿龙舟事，共禹论功不较多。

汴河，即通济渠。隋炀帝时，发河南淮北诸郡民众开掘了通济渠，此为大运河的一段。自洛阳西苑引谷、洛二水入黄河，经黄河入汴水，再循春秋时吴王夫差所开运河故道引汴水入泗水以达淮水。故运河主干在汴水一段，习惯上也呼之为汴河。隋炀帝开大运河的动机，是为满足一己的淫乐。唐诗中有不少作品是吟咏这个历史题材的，大都指称隋亡于大运河云云。

大运河是隋代的重要工程，而长城是秦代的重要工程。长城的名气更大，但从造福后代的角度而言，则不可与大运河同日而语。大运河与都江堰一样，是以水利造福民族的工程，虽然其兴建的初衷不一样。

诗一开始就说：很多追究隋朝灭亡原因的人都归咎于运河，视为一大祸根，然而大运河的开凿使南北交通显著改善，对经济联系与政治统一有莫大好处，历史作用深远。用"至今"二字，以表其造福后世时间之长；说"千里"，以见因之得益的地域之广；"赖"字则表明其为国计民生之不可缺少，更带赞许的意味。此句强调大运河的百年大利，一反众口一词的论调，使人耳目一新。

大运河固然有利于后世，但隋炀帝的暴行还是暴行，皮日休是从两个不同角度来看开河这件事的。当年运河竣工后，隋炀帝率众二十万出游，自己乘坐高达四层的"龙舟"，还有高三层、称为浮景的"水殿"九艘，此外杂船无数。船只相衔长达三百余里，仅挽大船的人几近万数，均着彩服，水陆照耀，所谓"春风举国裁宫锦，半作障泥半作帆"（李商隐《隋宫》），其奢侈靡费实为史所罕闻。第三句"水殿龙舟事"即指此而言。作者对隋炀帝的憎恶是十分明显的，然而他并不直说。第四句忽然举出大禹治水的业绩来相比，甚至说就其对后代作出的贡献而言，就是用大禹治水的功绩作比，也是不过分的。

不过，这番评论是以"若无水殿龙舟事"为前提的。然而"若无"云云这个假设条件事实上是不存在的，极尽"水殿龙舟"之侈的炀帝终究不能同躬身治水、"三过家门而不入"的大禹相与论功，流芳千古。故作者虽用了翻案法，实际上只为大运河洗刷不实的"罪名"，而将运河的功与炀帝的罪划分界限。这种把历史上暴虐无道的昏君与传说中受人景仰的圣人并提，是欲夺故予之法。说炀帝"共禹论功不较多"似乎是最大恭维奖许，但有"若无水殿龙舟事"一句的限制，又是彻底的驳斥。"共禹论功"一抬，"不较多"再抬，高高抬起，把分量重重地反压在"水殿龙舟事"上面，对炀帝的批判就更为严正，斥责更为强烈。这种手法的运用，比一般正面表达效果更好。

作者生活的时代，政治腐败，已走上亡隋的老路，对于历史的鉴戒，一般人的感觉已很迟钝了，而作者却有意重提这一教训，是寓有深意的。此诗以议论为主，在立意的新颖、议论的精辟和"翻案法"的妙用方面，自有其独到处。

（周啸天）

●周昙，生卒年不详，唐末诗人，曾为国子直讲。有《咏史诗》
八卷。

◇孙武

理国无难以理兵，兵家法令贵遵行。

行刑不避君王宠，一笑随刀八阵成。

据《史记·孙子吴起列传》载，孙武为齐国人，著兵法十三篇，
献于吴王阖闾。吴王要他用妇人来操练，孙武同意了，便就宫中美女
一百八十人，分二队，以吴王宠姬二人为队长。三令五申后，"鼓之
右，妇人大笑"，"复三令五申而鼓之左，妇人复大笑"，孙武乃斩二
队长以示众，众美人方行止井然，无敢出声，阵容整饬，与男兵无异。

本诗首二句即就上述故事发表议论。"理"，治也，唐人避唐高宗
李治讳，改治为理。治理国家本是困难之事，诗偏说"无难"，那么，
相对来说治理军队更难。而治军最重要的是"法令贵遵行"。孙武在其
《孙子兵法·计篇》中首先提出"五事七计"的用兵纲领，强调执法严
明，强调赏罚分明。

基于上述认识，后二句便顺理成章了："行刑不避君王宠，一笑随
刀八阵成。"据载，当时孙武要斩两个女兵队长以执法，吴王大骇，认

为"非此二姬，食不甘味"，要求勿斩。孙武说："臣既已受命为将，将在军，君命有所不受。"遂斩二姬示众，"于是复鼓之，妇人左右前后跪起皆中规矩绳墨，无敢出声"。"王宠"，即吴王宠姬。孙武练兵大功告成，"一笑随刀八阵成"。"一笑"即笑，指前文所云"妇人大笑"的笑，"一"字无义，妇人笑，随后就是刀起头落，人人惊骇，令行禁止，各种阵势排练成功。"八阵"原指八种兵阵：方阵、圆阵、牝阵、牡阵、冲阵、轮阵、浮沮阵、雁行阵（见《文选·封燕然山铭》"勒以八阵"李善注），此泛指各种兵阵。在严密的组织纪律之下，各种兵阵皆演练成功，可见严刑峻法、赏罚分明是治兵之首务，也是孙武演练成功之妙诀。

　　一首七绝小诗，以孙武训练妇女为例，说明治兵"法令贵遵行"的道理，十分深刻有力。治兵如此，治国亦然。没有纪律约束的军队是不能打胜仗的，一个没有法制的国家也是治理不好的。全诗语言通俗，议论深刻。

（李坤栋）

◇范增

智士宁为暗主谋？范公曾不读兵书？

平生心力为谁尽？一事无成空背疽。

这首七绝咏史诗是批评范增的。批评指责范增的同时，对他的不幸遭遇深表同情与惋惜。

古时有"良禽择木而栖，贤臣择主而事"的话，有志之士，一定要选择一个英明的君主，而不能为那些昏庸的不能重用自己的君主卖命。贤能之人在入世之前，犹如待字闺中的少女，一定要选择一个靠得住的能干精明的好丈夫，否则一生的幸福是没有保障的，命运是可悲的。本诗主题，就是批评范增在择主时犯了错误，选择了昏庸的项羽，自己也没有好下场。

首二句都是表否定的反问。明智的读书人，难道愿意为昏聩的君主出谋划策吗？答案是否定的。但遗憾的是范增就糊涂地心甘情愿为只有匹夫之勇的项羽谋划。范增难道没有读过兵书吗？答案也是否定的。范增好奇计，极善于出谋划策，不可能没有读过兵书。那么范增不会择主而事，"为暗主谋"，就是他一生悲剧的关键原因了。

　　"平生心力为谁尽？一事无成空背疽"。"平生"句是设问，范增一辈子的心力为谁耗尽呢？这本是路人皆知的，就是为项羽耗尽，但费力不讨好。项羽刚愎自用，逞匹夫之勇，"以力征经营天下"，虽然范增多次在关键时刻为他出谋划策，但他都不听从，反而糊涂地中了陈平的反间计，怀疑范增与汉有私，削其权，激怒范增，迫使他离去，范增"未至彭城，疽发背而死"（见《史记·项羽本纪》）。范增尽心竭力一事无成，成为悲剧人物。作者对他表达了深深同情。

　　元人张宪《行路难》对范增的悲剧也有诗论定："马援不受井蛙囚，范增已被重瞳误。良禽择木乃下栖，不用漂流叹迟暮。"项羽是重瞳子（一只眼睛里有两颗眸子），"被重瞳误"，就是被项羽误。良禽择木应攀高枝，范增却下栖，就是不善择主，张宪诗更明确地批评范增不善择主的悲剧。周昙此诗更含蓄有味，善用反问、设问修辞，意已尽而情不已。

（李坤栋）

●欧阳炯（约896—971），益州华阳（今四川成都）人。少事前蜀后主王衍，为中书舍人。又事后蜀，累迁门下侍郎，兼户部尚书同平章事。后从孟昶归宋，为左散骑常侍。近人王国维辑有《欧阳平章词》一卷。

◇江城子

晚日金陵岸草平，落霞明，水无情。六代繁华，暗逐逝波声。空有姑苏台上月，如西子镜，照江城。

此词咏史，是以六朝兴亡为例，抒发繁华易逝的感慨。

"晚日金陵岸草平，落霞明，水无情"，一开篇，作者就把我们带到了金陵黄昏的意境中。"金陵"，今江苏南京，是六朝（吴、东晋、宋、齐、梁、陈）的故都，十里秦淮，花香草茂，历史上有多少繁华往事在此发生。而正当黄昏晚照时，江岸边花草繁茂，天边晚霞飘舞，浩瀚的江水静静地、悠悠不断地往东方流淌，似乎在诉说历史上那兴衰成败的无情往事。这个意境，是衰败的、凄凉的、寂寞的、缺乏生气的。词中"平"字说明岸边草木与河岸一样高（实际上是河岸被繁茂的草木掩蔽），人迹罕至，象征衰飒。"落"下去的太阳映照天边云彩，大有黄昏迟暮的感觉，"无情"之水东流，不以人的主观意愿为转移，好似要流走历史、流走繁华。所以写景之句实也抒情，王国维说"一切景语皆情语也"，良然。

"六代繁华，暗逐逝波声"，二句揭示全词主题，在结构上也是承接首三句之意，表达上属议论。金陵属江南大都会，六个朝代定都于此，竞相奢侈，花天酒地，享不尽的荣华富贵。由于统治者都骄奢淫逸，政治腐败，六个朝代的时间多很短暂，除了东晋，每个朝代经历短短的几十年就灭亡了，消逝得无影无踪。"暗逐逝波声"，此句极为形象生动，随着浩荡的江水流淌的声音，六朝繁华暗暗地转瞬不见了。这六代短暂的历史说明，一味追逐繁华享乐者，政权都不可能长久。此二句议论非常深刻。

"空有姑苏台上月，如西子镜，照江城。"末三句以典为喻，进一步说明贪图享乐、荒淫无度的统治者享国短暂。"姑苏台"，在今江苏省苏州市西南姑苏山上，相传为战国吴王夫差所筑，为美女西施与吴王享乐之处。吴国终为越王勾践所灭，与吴王竞逐繁华、享乐腐化相关。六朝政权的丧失，也如当年吴王夫差一样。姑苏与金陵虽非一地，但都被天上之月一样地笼罩着，历史悲剧一样地发生着。"西子"，西施。"姑苏台上月"，是很美的，她象征繁华、美好，但空有而已。"空有"，枉有也，徒有也。就有如西施江城照镜，那也是美的，令人艳羡的，但时间都极为短暂，转瞬归于乌有。繁华不可恃，一味追逐繁华者也转瞬灰飞烟灭。全诗写景而带情韵，议论深刻，结构严密。

（李坤栋）

●李煜（937—978），南唐后主。初名从嘉，字重光，号锺隐。李璟第六子。宋灭南唐后，封违命侯，被毒死。能诗文、音乐、书画，尤以词著名。后人将他与其父李璟的词合刻为《南唐二主词》。

◇虞美人

春花秋月何时了，往事知多少？小楼昨夜又东风，故国不堪回首月明中。　　雕栏玉砌应犹在，只是朱颜改。问君能有几多愁？恰似一江春水向东流。

本篇作于亡国被迁汴京的幽囚生活之中，是后主词的代表作。后主词大都吟咏着一种恋旧情怀，即"惜往日"的情愫。"春花秋月何时了，往事知多少"，充满对美好昔日的追忆、痛悼和忏悔之情。将亡国的深哀巨痛与宇宙人生的哲理感喟熔为一炉，而后世的不幸者和失意者都不难在其中照见自己的影子。王国维说："词至李后主而眼界始大，感慨遂深。"（《人间词话》）李词的眼界大，并不表现为内容题材的丰富，而表现为忧患意识的普遍性和深刻性。

调名本意是歌咏霸王别姬，其调属声酸词苦一类。首句以"了"字入韵，是句中之眼。《红楼梦》第一回道："可知世上万般，好便是了，了便是好。若不了，便不好；若要好，须是了。"红尘中最苦恼的事，莫过于既不好，又不了，磨折未尽，苟且偷生，"春花秋月"，皆足供愁。李商隐诗云："纵使有花兼有月，可堪无酒又无人。"冯浩笺注："无酒无人，反不如并花月而去之。"二语沉痛。词人说"春花秋月何时了"，就是希望春花秋月快快完结，以结束痛苦的人生。也就是李商隐《寄远》诗所谓："何日桑田俱变了，不教伊水向东流。"是对现实完全绝望之词。同时无形中，也把宇宙的永恒，与人事的无常作了一种对比，有物是人非之感。而这种物是人非之感，在下两句则无形中重复了一次，却又以"故国"二字，并入亡国之痛。"小楼昨夜又东风"着一"又"字，可见春花秋月一时还不得遽了，语较含蓄；下句"故国不堪回首月明中"作放笔呼号，遂有吞吐擒纵之致。

下片承故国明月，再揭物是人非之意，将亡国之深哀剧痛与宇宙人生感慨熔为一炉。一篇之中，反复唱叹，感情的积蓄至于不可遏止。最末的问答语，如开闸放洪，令心中万斛愁恨滔滔汩汩奔迸而出，"恰似一江春水向东流"，不仅是说愁多愁不尽，而且是对词情消长所构成的内在韵律的绝妙象喻。全词一气盘旋，复能曲折冲荡，流畅之中潜藏着沉痛的低回唱叹，如怨如慕，如泣如诉，流畅之中得深远宕逸之神，洵天才之杰作，实词章之神品。

李后主通过选调或创调，在词中成功地将短而急促和长而连续的两种句式，妥帖地安排在一起，来表现十分强烈复杂的感情。他的九言句写得特好，如"别是一般滋味在心头""无奈朝来寒雨晚来风""自是人生长恨水长东"，以及《虞美人》中的九字句"故国不堪回首月明中""恰似一江春水向东流"，都是传诵不衰的名句。特别是出现在短句之后，真是备极恣肆，嗟叹有余。《虞美人》原本作七五七七三双调，在李煜词中首次成为现在的样子，这是后主在词体形式上的贡献。以长短错综的形式尽传长吁短叹之致。

词语言本色，朴素自然，写景言情皆用白描，不假雕饰，不用典故，语言凝练概括，富于表现力。所谓"粗服乱头，不掩国色"。

（周啸天）

◇忆江南

多少恨，昨夜梦魂中。还似旧时游上苑，车如流水马如龙，花月正春风。

李后主词的卓越成就表现在它能引起不同时代人们强烈的共鸣，王国维甚至夸张道："后主则俨有释迦、基督担荷人类罪恶之意。"即从《忆江南》这首小词，也能窥一斑而见全豹。

此词当作于后主被俘归宋后，词的内容看来不过是在臣虏生活中回忆旧游之盛，悲痛不已。可它具有的一种不可抗拒的令读者认同的情感力量是从何而来的呢？

首先，词中虽然表现亡国之痛，却抛开了帝王生活的具体情事，而只在流逝的春花秋月、过往的车水马龙等往昔繁华盛事上做文章。虽然提到"上苑"（御苑），但那一分风月繁华，却是经历过世道沧桑的世人都曾经领略过，从而似曾相识的。这样，个人的深哀剧痛便带有了普遍的性质，使得不同时代在生活中失去美好事物的人们都能领略词中那种凄怆和悔恨，从而产生强烈共鸣。

其次，词在艺术表现方面有诸多创新。本来是运用对比手法，"当年之繁盛，今日之孤凄。欣戚之怀，相形而益见"（俞陛云《南唐二主词辑述评》)。然而，对比的两个方面，作者只举一隅即梦中游乐的情景："还似旧时游上苑，车如流水马如龙，花月正春风。"说到"花月正春风"就戛然而止，然而今日之孤凄，自能让人从对比的语气中去揣测。起句"多少恨"采用喷发式的抒情，更让人觉得全词对比的分量之重。

"车如流水马如龙"并非后主的创语，它出自唐苏颋的绝句《夜宴安乐公主新宅》，诗云："车如流水马如龙，仙史高台十二重。天上初移衡汉匹，可怜歌舞夜相从。"语本《后汉书·明德马皇后纪》"车如流水，马如游龙。"但苏诗全首平庸无奇，连"车如流水"句也不见得怎么精彩。而后主将它放在梦魂中，又配以"花月正春风"的背景，则如李光弼将郭子仪军，精彩十倍了。

（周啸天）

●王禹偁（954—1001），字元之，济州巨野（今属山东）人。世代务农。太平兴国八年（983）进士。历任右拾遗、翰林学士、知制诰。遇事敢言，屡以事贬官。真宗时，预修《太祖实录》，直书史事，为宰相不满，降知黄州，后迁蕲州，病卒。有《小畜集》。

◇读汉文纪

西汉十二帝，孝文最称贤。百金惜人力，露台草芊眠。千里却骏骨，鸾旗影迁延。上林慎夫人，衣短无花钿。细柳周将军，不拜容橐鞬。伯业固以盛，帝道或未全。贾生多谪宦，邓通终铸钱。谩道膝前席，不如衣后穿。使我千古下，览之一泫然。赖有佞幸传，贤哉司马迁。

这是首五言古体诗。主要是对汉文帝作评判，既赞颂他的仁政，又批评他帝道未全，在用人上的一些不公正。

诗分两部分，前十句为第一部分，赞颂汉文帝仁德贤能。"西汉十二帝，孝文最称贤"，开篇即肯定在整个西汉十二个皇帝中，汉文帝是最贤能的，这二句是总述。"十二帝"，是指西汉一朝除去吕后和王莽摄政时的孺子婴外的十二个皇帝。那么汉文帝之"贤"具体体现在哪儿呢？下面一一分说。"百金惜人力，露台草芊眠"二句，写他为政节俭，爱惜民财民力。据《汉书·文帝纪》载：汉文帝刘恒"即位二十三年，宫室苑囿车骑服御无所增益"。曾经想修建露台（一作灵台），招工匠预算造价，达百金之多，觉得耗资太巨，作罢。"草芊眠"指露台未修，原址草木很茂盛。"芊"，草木茂盛貌。"千里却骏骨，鸾旗影迁延"二句，赞颂汉文帝善于用人，天下治理得好，一片太平盛世。

"骏骨"本指骏马之骨，比喻贤才，典出《战国策》和《文选》。《战国策·燕策一》：燕昭王欲强国报仇，问计于郭隗，郭隗给他讲要招聘贤人，以古君人得千里马的故事为喻："三月得千里马，马已死，买其首五百金，反以报君……于是不能期年，千里之马至者三。"《文选》卷四十一孔融《论盛孝章书》："燕君市骏马之骨，非欲以骋道里，乃当以招绝足也。"即以"骏骨"关联贤才。唐元稹《去杭州》诗："骏骨凤毛真可贵，冈头泽底何足论。"也可证"骏骨"指贤才。"却"，还也。文帝实行仁政，对内重用周勃、陈平、周亚夫等文武官员，均称其职，国泰民安。由于宽以待人，周边少数民族也很少滋事，甘愿臣服。如"南越王尉佗自立为武帝，然上召贵尉佗兄弟，以德报之，佗遂去帝称臣"（见《史记·孝文本纪》）。由于内政外交政策好，文帝时代成为中国历史上少有的太平盛世。"鸾旗影迁延"，便是这种太平盛世的形象写照。"鸾旗"，皇帝仪仗队中的旗。"迁延"，此指逍遥自在之状。"上林慎夫人，衣短无花钿"二句，极写汉文帝生活节俭。《史记·孝文本纪》载文帝最宠幸的慎夫人，"令衣不得曳地（即只能穿短装，以此可节省布料），帏帐不得文绣，以示敦朴，为天下先"。朝廷为他在霸陵修建坟墓，"皆以瓦器，不得以金银铜锡为饰，不治坟，欲为省，毋烦民"。"无花钿"，指慎夫人连金银镶嵌的首饰都没有。这样的节俭，作为皇帝，在中国历史上可能是仅见的。"细柳周将军，不拜容纛鞬"二句，明赞周亚夫，实际是赞颂文帝知人善任。周勃的儿子周亚夫治军极有法度，驻军细柳（在今陕西咸阳西南），皇帝劳军到营，其守门卫兵不让皇帝进门，后周亚夫下令了才让进。这成为历史上治军严整的千古佳话。周亚夫后来成为平定吴楚七国之乱的三军统帅，一代名将，建立了卓越的战功。櫜鞬，古代军人佩带在身上的藏箭与弓的器具。櫜是用以装箭的，鞬是用以藏弓的。櫜鞬也泛指武将的装束，如《新唐书·李愬传》：李愬"乃屯兵鞠场以俟裴度，至，愬以櫜鞬见"。周亚夫因戎装见驾，不便跪拜，故云"不拜容櫜鞬"。

　　但文帝就没有一点缺点了吗？不是。作者在诗的后面部分就实事求是地指出了文帝为君之不足。"伯业固以盛，帝道或未全"二句，总括文帝王霸之业是极盛的，但为君之道还没有完善，并非十全十美。"伯"，通"霸"，"伯业"即霸业，指王霸之业。"帝道"，为帝为君之道。那么为君之道"未全"在何处？这主要指汉文帝在用人上有失误。"贾生多谪宦"以下四句，便以贾谊、邓通二人为例，批评文帝用人上的失误。贾谊年轻有为，是西汉时代著名的政治家与政论文作家，写过著名的《过秦论》三篇，深知治国之道。文帝本欲重用贾谊，但遭到周勃、灌婴等一批曾跟随刘邦打天下的开国元老的反对，认为贾谊太年轻，不可重用，文帝便贬贾谊为长沙王太傅，致使贾谊忧郁而亡，年仅三十三岁。"贾生多谪宦"，贾谊多作谪臣之谓。"谩道膝前席"，指文帝曾召见贾谊，很亲切地听他的意见，但文帝问的是鬼神事，不是关于国计民生的大事。李商隐《贾生》诗："可怜夜半虚前席，不问苍生问鬼神。"即感叹其事。"谩"，谩诞，浮夸。"前席"，移坐而前。古人席地而坐，因谈话投机，不自觉向前移动座席，靠近对方，表示亲切。在用贾谊问题上不能独断，受制于周勃等元老，不能不说是文帝在用人上的瑕疵。据《史记·佞幸列传》载，蜀郡南安（今四川乐山）人邓通，没有什么本事，只因文帝梦中见到一个"其衣后穿"的人把他推上了天，后来发现邓通就像梦中之人，就对他大加奖赏，"赏赐（邓）通巨万以十数，官至上大夫"，又"赐邓通蜀严道铜山"，允许他自铸钱币。仅凭梦幻之事而重加封赏一个无用的人，事近荒唐，这不能不说是汉文帝在用人上的一个过错。"衣后穿"，《汉书·邓通传》作"衣尻带后穿"，颜师古注："谓衣当尻上而居革带之下处也。"

末四句是作者直接抒情。"泫然"，流泪貌。写出作者读史时感情激动得流泪的样子。末句高度赞赏司马迁，称他贤明。班固在《汉书·司马迁传赞》中对司马迁写《史记》作了高度评价："然自刘向、扬雄，博极群书，皆称（司马）迁有良史之材，服其善序事理，辨而不华，质而不俚，其文直，其事核，不虚美，不隐恶，故谓之实录。"这种"实录"精神，就是实事求是地评判历史人物，对后世影响极大，成为千古撰史者之极则。正因《史记》贯穿了这一"实录"精神，才将每一个人都写得真实可信，栩栩如生。以汉文帝为例，通过"互现法"，结合《屈原贾生列传》《佞幸列传》《绛侯周勃世家》等考察汉文帝，就很全面，他不但是"最称贤"的英主，也是有缺点、"帝道或未全"的皇帝。这又告诉我们一个真理：读史不能囿于史，不能囿于某一点资料。要考察一个历史人物，要尽量将其资料收罗净尽，方能作较准确的评判。王禹偁在诗中贯穿了辩证的批判精神，是司马迁写作《史记》的"实录"精神的诗化，是非常可贵的。

王禹偁在宋初诗坛是"白体"的代表之一，其诗有白居易平易流畅之风，更兼简雅古淡。此诗语言也多浅白，虽也用了不少典故，但不生僻，准确自然，很能说明事理。叙事简直，议论畅达，从本诗已可看出王诗渐开宋诗散文化、议论化的风气的特点。此外，善用典型事例说理和善用对比，也是本诗一个特点。讲文帝仁德，以停止修建露台为例；

讲文帝能够以身作则节俭治政，以宠姬慎夫人"衣短无花钿"为例：都是以一当百的典型事实。诗中用比较，首先把汉文帝与西汉十二帝相比，肯定汉文帝最贤能。然后以贾谊之能干被贬与邓通之无能被重用作对比，批评汉文帝在用人上的失误。这些都可见出作者在构思上的巧妙和用心。

（李坤栋）

●范仲淹（989—1052），字希文，苏州吴县（今江苏苏州市吴中区）人。真宗大中祥符八年（1015）进士及第。仁宗宝元三年（1040）任陕西经略安抚招讨副使，兼知延州。庆历三年（1043）任参知政事，推行新政。后因夏竦等中伤，罢政，出任陕西四路宣抚使。卒谥文正。有《范文正公集》。

◇剔银灯·与欧阳公席上分题

　　昨夜因看蜀志，笑曹操、孙权、刘备。用尽机关，徒劳心力，只得三分天地。屈指细寻思，争如共刘伶一醉。

　　人世都无百岁，少痴騃，老成尪悴。只有中间，些子少年，忍把浮名牵系。一品与千金，问白发、如何回避！

　　由于中国几千年的封建专制制度，知识分子的命运常非常可悲。帮凶者不说了，就说帮闲者，也分两大类：帮得上闲的，为统治者青睐，命运较好；能力低下帮不成闲的，或虽有本事但统治者不让你帮闲的，这样的知识分子终将一事无成，哪怕你有天大的本事也无所作为。失意落魄的知识分子常用道家思想作为精神寄托，选择归隐田园，终老于山林，是多数人的选择。入世与出世，往往就在此二者中交替。

　　范仲淹此词，就是一个有本事的知识分子在失意落魄时的思想流露。这并不影响他作为政治家与文学家的伟大。

本词标题是"与欧阳公席上分题"。欧阳公，指欧阳修。据《宋史·范仲淹传》等记载，范仲淹于庆历三年入朝任参知政事（副宰相），主持"新政"，欧阳修也回京做他的重要帮手。但"新政"并不顺利，政治革新触及宋旧官僚的利益，遭到反对和抵制，"新政"实行一年多即告失败。庆历五年初，宋仁宗下诏罢废新法，范仲淹被罢免。本词写作时间，大致就在庆历五年前后，了解此词的写作时代背景，对此词内容就易把握了。

全词几乎都是牢骚语，也是在席间喝醉时讲的真心话。

上片说昨晚读《三国志》，曹操、孙权、刘备的事真可笑。为什么呢？他们叱咤风云，用尽机关，皆徒劳心力而已，到头来各自争得三分之一的地盘（三国鼎立），谈不上什么丰功伟业。认真细想起来，与其如他们那样白费移山心力，倒不如和刘伶一块喝个酩酊大醉，或许还快活些。上片是怀古咏史的内容，也是对历史人事的评判。把功名富贵、建功立业看得一钱不值，这是典型的道家出世思想。词中"蜀志"，指《三国志·蜀志》。此以《蜀志》代称《三国志》。《三国志》分《蜀志》《魏志》《吴志》，是陈寿分国别记史的历史书。"争"，怎也。"刘伶"，为西晋时嗜酒如命的狂士，事见《世说新语·任诞》。

下片就在论史的基础上抒情。主题是人生有限，名利皆空。下片用典，出《列子·杨朱》："杨朱曰：百年，寿之大齐，得百年者千无一焉。设有一者，孩抱以逮昏老，几居其半矣；夜眠之所弭，昼觉之所遗，又几居其半矣；痛疾哀苦，亡失忧惧，又几居其半矣。量十数年之中，逌然而自得，亡介焉之虑者，亦亡一时之中尔。则人之生也奚为哉？奚乐哉？……乃复为刑赏之所禁劝，名法之所进退，惶惶尔，竞一时之虚誉，规死后之余荣，偊偊尔，慎耳目之观听，惜身意之是非，徒失当年之至乐，不能自肆于一时。重囚累桎，何以异哉！"杨朱的意见，人一生即使活一百岁，除去少时愚笨不知乐、老年的病弱，睡觉去一半，疾病忧伤去一半，一生即使百年也只十多年时间可称快意而已。而这期间，又受功名之牵累，受法律道德礼教的约束，还有几多快乐可言呢？与那戴着刑具的囚犯有何不同？范仲淹就此继续生发：即使做了一品大官，有千金之富也逃不掉衰老死亡的自然规律，既然人生短暂，名利虚空，那么，人生当若何？杨朱认为应当"从心而动"，"从性而游"，"不违自然所好，当身之娱，非所去也"，换言之，要及时行乐，享受人生。范仲淹此时是赞成这个意见的。

范仲淹是"先天下之忧而忧，后天下之乐而乐"的积极奋进的政治家，何以有如此似乎消极的词作？其实这也很正常。人生本来就是追求幸福的，正当的行乐与享受也为人之常情。何况人的思想是复杂的。在中国古代的知识分子的思想意识里，往往儒道共存。达则兼济天下时，儒家思想占统治地位，穷则独善其身时，道家思想又占统治地位。能写出《岳阳楼记》的范仲淹，也能写出《剔银灯》词，这才是范仲淹的真正面目。

本词语言通俗流畅，用典准确自然，善用反问修辞。

（李坤栋）

●柳永（约987—约1053），字耆卿，原名三变，字景庄，世称柳七，崇安（今福建武夷山市）人。景祐进士。官至屯田员外郎，故又称柳屯田。卒于润州。有《乐章集》。

◇望海潮

东南形胜，三吴都会，钱塘自古繁华。烟柳画桥，风帘翠幕，参差十万人家。云树绕堤沙，怒涛卷霜雪，天堑无涯。市列珠玑，户盈罗绮，竞豪奢。　　重湖叠巘清嘉，有三秋桂子，十里荷花。羌管弄晴，菱歌泛夜，嬉嬉钓叟莲娃。千骑拥高牙，乘醉听箫鼓，吟赏烟霞。异日图将好景，归去凤池夸。

词咏北宋时的杭州，属汉唐京都诗、赋一路，在题材上已突破花间、尊前的传统。

上片描绘杭州湖山之美与都市繁荣。"东南形胜"三句先从地理与人文上予以总的赞美。"形胜"这个双声叠韵词，兼有位置重要、风光优美两重含义，王勃《滕王阁序》起云"南昌故郡，洪都新府，星分翼轸，地接衡庐，襟三江而带五湖，控蛮荆而引瓯越"，无非是"形胜"二字。"都会"即都市，然而更有人文荟萃、财货聚集的含义。"东南""三吴"是空间的、地理的展开，"自古"二字则是时间的、历史的追溯，说明杭州不仅是地灵人杰的所在，而且是历史悠久的名城——在春秋时名钱塘，汉属会稽，为西部都尉治所，陈置郡，隋唐置州，是其大致的历史沿革。

"烟柳画桥"是对"都会"的铺陈描写，从城市交通（"烟柳画桥"）、市容市貌（"风帘翠幕"）、城市人口（"十万人家"）几个方面写来，可见城市的规模之大，不愧"东南第一州"（仁宗诗语）。"参差"二字，兼关民居建筑，备极生动。"云树绕堤沙"以下三句是对"形胜"作具体刻画，从西湖堤沙、钱塘潮汐、长江天堑几个方面写来，大处落笔，将湖山特色与地位之重要，概括俱足。"市列珠玑"三句将杭州作为东南商贸中心和消费城市的特点勾勒得相当有力。

下片歌咏杭州呈现的国泰民安之承平景象。"重湖叠巘"以下三句再描湖山，然而不是强调其"形胜"的一面，而是突出其"清嘉"，为一篇警策所在。"清嘉"亦作"清佳"，即"清丽"也，而有双声叠韵之美。"重湖"二字，尽揽内湖与外湖之胜；"叠巘"二字，则尽收山外青山之奇。"三秋桂子"以下两句，则一偏山色，一偏湖景，盖杭州灵隐寺多桂，相传是月中桂子落地所生，故白居易有"山寺月中寻桂子"之句；而西湖的荷花是大面积盛开，不同于别处荷塘，故杨万里有"接天莲叶无穷碧，映日荷花别样红"之句。"三秋""十里"以时空为对，"桂子"秋实，"荷"为夏花，亦自然工整而有概括之妙。南宋罗大经《鹤林玉露》载："此词流播，金主亮闻歌，欣然有慕于'三秋桂子，十里荷花'，遂起投鞭渡江之志。近时谢处厚诗云：'谁把杭州曲子讴？荷花十里桂三秋。那知草木无情物，牵动长江万里愁。'"这不是事实，却是关于此词的一段佳话。

再以下写杭州人游乐风俗之盛（可参《武林旧事》）。"羌管弄晴"以下三句写市民的游乐，"弄晴""泛夜"是夜以继日，"钓叟""莲娃"概尽男女老少,"羌管""菱歌"兼写演奏与清唱,语言组织颇妙。"千骑拥高牙"以下三句写长官的游乐,也就是与民同乐。按通常情况,行政长官事务繁忙,没工夫,也不可以随便游山玩水。然而杭州有得天独厚的自然条件,人在画图中,不必远出即可观游,此其一。同时杭州经济繁荣,市民富足,社会风气及治安情况良好,也就减轻了长官的负担,使之有"醉听箫鼓,吟赏烟霞"的时间,此其二。当然,这也是长官政绩的表现。

结尾顺理成章,预言郡守"异日"将提拔到中央("凤池"为唐中书省)供职,这当然是好事,但离开杭州,又不免生出许多留恋。不得已的办法,就是把杭州风景画下来,挂在"凤池"办公室,一方面可以夸耀于人,一方面也可以随时像白居易那样看着画儿,唱一唱"江南忆,最忆是杭州"。这个结尾应该说是偶得妙想,相当精彩,极富情趣。其意之远,直到汉唐人着想不到之处。

(周啸天)

◇少年游

　　参差烟树霸陵桥,风物尽前朝。衰杨古柳,几经攀折,憔悴楚宫腰。　夕阳闲淡秋光老,离思满蘅皋。一曲阳关,断肠声尽,独自凭兰桡。

此词上片怀古,下片伤别。

"参差烟树霸陵桥,风物尽前朝。""霸陵",汉文帝陵,位于今陕西西安市灞桥区白鹿原西端。霸陵桥即霸桥，也在此。《三辅黄图》载："霸桥在长安东，跨水作桥。汉人送客至此桥，折柳赠别。"王莽时更霸桥为长安桥，隋时以石为之，唐人以送别者多于此，因亦谓之"销魂桥"。此二句通过想象写景叙事：霸陵桥边，暮霭笼罩，烟树参差，阅尽无数前朝风物。"衰杨古柳，几经攀折，憔悴楚宫腰。"三句写景兼抒情。霸陵桥边，从古以来，发生了多少令人"黯然销魂"的送别场面。看吧，眼前的那些衰杨古柳，经过多少人的无数次攀折，已经衰败憔悴了，好像长期饿饭的追求细腰的纤纤楚女，在那桥边亭亭而立。"楚宫腰"即细腰，泛指纤腰美女。《韩非子·二柄》："楚灵王好细腰，而国中多饿人。"典故出此。

如果说上片是怀想古人在霸陵桥伤别的几多感伤史事，那么，下片就是典型的伤别场面的特写了。秋天本已是肃杀的令人伤感的季节，更值夕阳西下的黄昏，离别场面显得更为凄凉。看吧，那水边地上长满蘅芜香草，不也充满离别的悲思吗？听着那一曲曲离别的哀歌《阳关三叠》，更是叫人痛断肝肠，哪里还说得出一句离别的话啊，我只有独自靠着船浆，支撑着瘫软的病躯悲泣。下片是写实，是实写作者自己的遭遇，还是通过想象，虚景实写，描绘古人离别的悲苦场面呢？我觉得两种理解都可通。如果本词理解为怀古题材，则为古人设局似更确切些。怀古实为讽今，借古人酒杯浇自己心中的块垒。柳永一生落魄，长期混迹歌楼妓馆，作侧艳之词以自娱，感同身受，体会颇深，下片为古人设想如此生动，也就顺理成章了。

本词语言通俗流畅，意境浑融，把烟柳、夕阳、蘅皋等典型风物有机组合，并以移情手法，物皆着我之色彩，读之如临其境，如闻其声，如睹其色，因此极具感染力。

（李坤栋）

●王安石（1021—1086），字介甫，晚号半山，抚州临川（今江西抚州）人。宋仁宗庆历二年（1042）进士。嘉祐三年（1058）上万言书，提出变法主张。神宗熙宁二年（1069）任参知政事，行新法。次年拜同中书门下平章事。七年罢相，次年再相，九年再罢相，退居江宁（江苏南京）半山。封舒国公，旋改封荆，世称荆公。卒谥文。有《王临川集》等。

◇桃源行

　　望夷宫中鹿为马，秦人半死长城下。避时不独商山翁，亦有桃源种桃者。此来种桃经几春，采花食实枝为薪。儿孙生长与世隔，虽有父子无君臣。渔郎漾舟迷远近，花间相见惊相问。世上那知古有秦，山中岂料今为晋。闻道长安吹战尘，春风回首一沾巾。重华一去宁复得，天下纷纷几经秦。

陶渊明《桃花源诗并记》创造了一个超越现实、富于魅力的乌托邦，唐宋诗人往往通过再创作，对桃源世界的性质、意义予以文化的阐释，其中较有名的是王维的《桃源行》、韩愈的《桃源图》和王安石的这篇《桃源行》。王安石诗晚出，然极富新意，体现出宋诗的特色。

前四句全翻陶诗开篇的"嬴氏乱天纪，贤者避其世。黄绮之商山，伊人亦云逝"，但用了两个形象的事例来概括秦纪之乱：指鹿为马，是朝纲乱矣；大筑长城，是民心失矣。可谓扼要，还不是新意。此节新意在把桃源人称为"种桃者"——陶渊明从来没有这样说过，也没有暗示过。王安石把创造和平世界的桃源人称为"种桃者"，与陶渊明诗所谓"相命肆农耕""菽稷随时艺"虽不尽吻合，却很有诗意。

紧接四句写桃源与世隔绝，没有剥削压迫的社会生活。最令人耳目一新的是"虽有父子无君臣"句，虽然是基于陶诗"秋熟靡王税"的话，但单刀直入，提法更加明快，指出桃源世界并不否定血缘关系，它的本质在于没有封建等级制度。

以下四句概括《桃花源记》故事主要内容，写武陵人与桃源人交换信息，各有一番感叹。记中只说桃源人"不知有汉，无论魏晋"，此诗则补足武陵人感慨——"世上那知古有秦"，是说世人不入桃源，故难确切知道秦时的具体情况。

末四句借桃源人之口对因天下无道，不断进行改朝换代的战争表示感慨。"长安吹战尘"指西汉末年的天下大乱及其后的战乱频仍。经过秦末大乱的桃源人听得如痴如醉，流了不少眼泪，"天下纷纷几经秦"亦是发前人所未发的妙语，盖一经秦已不堪其苦，况"几经秦"耶！"纷纷"形容亦佳。

本篇故事新咏，非为作诗而作诗。"重华一去宁复得"云云，反映出作者对圣君治世的向往，间接表现出杜诗所谓"致君尧舜上，再使风俗淳"的高远理想。此诗与晋唐人诗格调不同：一是重整体把握而不作具体描绘，所谓大处落笔；二是叙述往往以议论出之，并靠议论警拔、语意出新取胜。诗中"虽有父子无君臣""天下纷纷几经秦"等语，皆前所未道而精刻过人。

（周啸天）

◇明妃曲二首（录一）

　　明妃初出汉宫时，泪湿春风鬓脚垂。低徊顾影无颜色，尚得君王不自持。归来却怪丹青手，入眼平生几曾有。意态由来画不成，当时枉杀毛延寿。一去心知更不归，可怜着尽汉宫衣。寄声欲问塞南事，只有年年鸿雁飞。家人万里传消息，好在毡城莫相忆。君不见咫尺长门闭阿娇，人生失意无南北！

　　北宋时辽夏交侵，岁币百万，诗人反思历史，昭君出塞成为热门的诗歌题材。此诗作于嘉祐四年（1059），一时梅尧臣、欧阳修、司马光、刘敞皆有唱和之作。诗人多借汉言宋，如梅、欧直斥汉计之拙便是。王安石此诗却极意刻画王昭君爱国思乡的纯洁深厚感情，和她不幸而生彼时的哀怨，是独具卓见之作。

　　王昭君的悲剧本从入汉宫伊始，诗从"出汉宫"写起，突出了昭君和番的主题。前四句极力渲染她的美丽和悲痛，句中"春风"即"春风面"（出自杜甫《咏怀古迹》）的省语。这里过人之处，是将昭君的美放到"低徊顾影无颜色"，即悲痛的、最不足以显示其美丽的时刻来写。以一"尚"字转折，意指在这当儿，她的美丽还能使君王动心如此，那么平时也就可想而知了。这是此诗的一处妙笔。

　　以下四句写汉元帝迁怒于画工。"杀画师"一事出自《西京杂记》，杂记将昭君出塞悲剧归罪于画师，历来很多文人都为画师辩冤。

如清刘献廷诗云："汉主曾闻杀画师，画师何足定妍媸？宫中多少如花女，不嫁单于君不知。"王安石的翻案更早也更有意思，"意态由来画不成"是出人意表之句，因为人们通常认为画图是能达到形神兼备的境界，即意态也是可以画成的，说意态画不成，也就强调了昭君之美非同一般。更是暗示调查研究需掌握第一手材料的重要性。所以高步瀛称其"托意甚高，非徒以翻案为能"。

以下有一跳跃，概写出塞后数十年事。"一去心知更不归"以下四句极写昭君眷念故国之思，却通过着衣不改汉服的细节来表现，是又一妙笔。如陈寅恪说，我国古代所言胡汉之分，重文化甚于重血统。而在历史上尤其是文学上，用为文化标志的常常是所谓"衣冠文物"，如《左传》上讲南冠，《论语》中讲左衽，后来均用为典故。"可怜着尽汉宫衣"的细节表现出昭君爱乡爱国的真挚深厚的民族感情。

诗末四句用家人万里传语相慰,极写昭君之怨。奇怪的是,家人怎么倒劝她"好在毡城莫相忆",还拿陈皇后作反例,说"人生失意无南北"——王安石思想是不是出了点问题?王安石的许多政敌正是这样攻击他的。使得回护他的注家蔡上翔千方百计为他辩诬,仍难以说清。其实那只是一句很无可奈何、很怨艾的话,有点像《离骚》中女媭劝屈原的话,说是强为宽解也可。正因是强解,其效果是愈解愈悲,将昭君的怨苦,抒写得入木三分。全诗多有出人意表的妙笔,在同一题材的作品中当然出类拔萃了。

(周啸天)

◇谢安墩

> 我名公字偶相同,我屋公墩在眼中。
> 公去我来墩属我,不应墩姓尚随公。

游戏之作,然而从中可以看出作者的个性和才情。

谢公墩在钟山报宁寺之后,谢安与王羲之尝登此,超然有高世之志。王安石即退居于此。谢安字安石,王安石名安石,所以首句言彼此名字偶同。王安石居近谢公墩,可以望见,所以说"在眼中"。

"公去我来墩属我,不应墩姓尚随公。"是说谢公墩今虽易主,却仍叫谢公墩,何不叫王公墩呢?这是开玩笑的话。

全诗四言公、我,搬砖弄瓦,妙趣横生。全诗不主情景主意思,是典型的宋调。宋代有人评此诗道："介甫性好与人争，在庙堂与诸公争新法，归山林则与谢安争墩。"《苕溪渔隐丛话》以为善谑。

（周啸天）

◇乌江亭

<blockquote>
百战疲劳壮士哀，中原一战势难回。
江东子弟今虽在，肯与君王卷土来？
</blockquote>

杜牧曾有一首《题乌江亭》的名诗："胜败兵家事不期，包羞忍耻是男儿。江东子弟多才俊，卷土重来未可知。"诗批评项羽气量小，没有包羞忍耻的男子汉大丈夫的海量，他如果不计胜败，回江东起兵卷土重来，历史或将改写。杜牧见解不可谓不新颖有见地，但王安石此诗针对杜牧新论，提出批评，认为项羽兵败后即使回江东也不一定能达到目的。

此诗反驳杜牧，提出了两条理由。一条是"百战疲劳壮士哀"，此句内涵较丰富，至少包含两方面内容："百战疲劳"和"壮士哀"。二者是有因果关系的，前者是因，后者是果。疲劳而厌战的军队战斗力差，很难打胜仗。由此可推知，长期战争也给广大民众带来物质的破坏和精神的创伤，人民也是反战的。得民心者得天下，一支失掉民心而又疲劳厌战的军队（假使项羽突破垓下之围回江东东山再起）怎么能打胜仗呢？第二条理由是："中原一战势难回"，这是从当时的军事形势分析项羽很难东山再起。"中原一战"，主要指垓下之围，韩信十面埋

伏，项羽全军覆没，只剩二十八骑。汉军势大，能征善战，又是得胜之师，即使项羽回江东招募新兵，岂能与之抗衡？所以"势难回"。当然，作者更多的是从民心向背角度分析当时的形势，所以末二句说："江东子弟今虽在，肯与君王卷土来？"由于项羽刚愎自用，连一个范增都不能用，谁再肯为你卖命？

　　作为政治改革家的王安石，看问题确实不同凡响，新颖独到。他所讲的理由，的确说到要害。首句讲政治问题，讲人心军心，次句讲军事问题，讲力量强弱对比。从政治、军事两方面分析，说明项羽即使能东山再起也不一定能扭转乾坤，挽回败局。分析问题的深刻性使本诗成为咏史名作。

（李坤栋）

◇桂枝香·金陵怀古

　　登临送目，正故国晚秋，天气初肃。千里澄江似练，翠峰如簇。征帆去棹残阳里，背西风、酒旗斜矗。彩舟云淡，星河鹭起，画图难足。　念往昔、繁华竞逐。叹门外楼头，悲恨相续。千古凭高对此，谩嗟荣辱。六朝旧事随流水，但寒烟衰草凝绿。至今商女，时时犹唱，《后庭》遗曲。

　　这是王安石的怀古杰作，作于宋英宗治平四年（1067），当时王安石被任命为江宁知府。"金陵"，宋时为江宁府，今江苏南京市，为六朝（东晋、东吴、宋、齐、梁、陈）故都。

　　词的上片写景，描绘金陵傍晚的壮丽景色，特点是境界壮阔，形神兼备，极有立体感。作者很可能是登临金陵城楼纵目远望，晚秋季节，天朗气清，万物收敛萎缩。首三句总写金陵秋色，是宏观概括。以下便从微观方面撷取晚秋金陵极有特色的景物一一分写。特点是极有层次感，由远而近，又由近而远。"千里澄江似练，翠峰如簇"二句写远景。金陵面临浩瀚的长江，江水从千里之外流来，浩浩汤汤，横无际涯，江面宽阔，清波静淌，远看有如长长的白练。此用谢朓《晚登三山

还望京邑》"澄江静如练"之典。而远峰苍翠，层峦叠嶂，簇拥拱卫着
金陵城。"征帆去棹残阳里，背西风、酒旗斜矗"二句，有如摄影镜
头，慢慢地由远拉近，呈现的是金陵的中、近景。"征帆去棹"句，指
长江中来来往往的船只，在残阳映照下不断开行。近处酒店的屋檐上斜
挂着的布帘酒旗，在秋风中不断飘扬摇曳。"彩舟云淡，星河鹭起"二
句又由近景向远景慢摇、展现，江面上的彩船渐渐隐没在天边淡淡的云
霞里，白鹭洲上的成群白鹭鸣叫着飞向远方，没入天际。"星河"，本
指银河，此指远方浩瀚的江水。长江进入江汉平原就很阔大，流经金陵
更是江面宽阔，江水流入远方，水天一色，有如天上的银河。《西洲
曲》中描写武昌的江面有"海水摇空绿"的句子，把江水称海水，表明
其浩瀚，即为明证。"画图难足"是总结：这真是一幅壮美的图画啊！

但再美的图画也难于完整地将金陵美景描绘出来。

面对如此壮阔绚丽的美景，作者心潮澎湃，感慨万千，情不自禁地想起金陵这六朝古都在历史上发生的一系列兴亡事件。"念往昔、繁华竞逐"，是总括。六个朝代定都的金陵，统治者们都争相追逐奢华，最终多享国短浅，归于灭亡。这是多么深刻的历史教训啊！比如陈朝的陈后主吧，兵临城下了，还与妃子们寻欢作乐，只留下国破家亡的千古悲恨。"门外楼头"，用杜牧的《台城曲》的典故："门外韩擒虎，楼头张丽华。"韩擒虎为隋兵统帅，从朱雀门攻入建康（即金陵），俘虏了陈后主及其宠妃张丽华，陈朝宣布灭亡。"楼头"，指陈后主专为张丽华修建的别墅结绮阁。千百年来，多少文人墨客在金陵登高怀古，枉自嗟叹其兴亡成败！六朝的往事已随江水流去，只剩下寒凉晚霞映照中的衰败的一片碧波野草而已。直到现在，歌女们还时时唱着陈后主留下的《玉树后庭花》的亡国歌曲。词末三句颇耐人寻味。它用了陈后主的典故。《玉树后庭花》为陈后主所作，有"玉树后庭花，花开不复久"之语，属于缠绵悱恻的亡国之音，陈后主特欣赏此曲。晚唐时面对统治者的骄奢淫逸，杜牧写过《泊秦淮》诗，有"商女不知亡国恨，隔江犹唱《后庭花》"的名句，揭露讽刺晚唐统治者的骄奢淫逸，抒发对国事的隐忧。王安石此词，应该说也有对现实的针对性。北宋统治者对外屈辱退让，对内横征暴敛，骄奢淫逸，其程度不亚于六朝统治者。作为政治改革家的王安石，对此深为忧虑。因此，此词的末三句，内涵深刻，既有对历史的批判，又有对现实的讽谏。"繁华竞逐"是六朝亡国的主因，也是北宋弊政之一。此词认识极为深刻，难怪一出即称绝唱。杨湜《古今词话》载："金陵怀古，诸公寄调《桂枝香》者，三十余家，独介甫为绝唱。东坡见之叹曰：'此老乃野狐精也！'"（《词林纪事》卷四引）

　　王安石曾反对倚声填词的传统，这首词突破了词为艳科的藩篱，"一洗五代旧习"（刘熙载《艺概》卷四），熔写景、怀古与抒情为一炉，沉郁顿挫，写景如绘，意境高远，堪称一流。

（李坤栋）

●苏轼（1037—1101），字子瞻，一字和仲，号东坡居士，眉州眉山（今属四川）人。苏洵子。嘉祐进士。曾上书力言王安石新法之弊，后以作诗"谤讪朝廷"下御史狱，贬黄州。哲宗时任翰林学士，曾出知杭州、颍州，官至礼部尚书。后又贬谪惠州、儋州。历州郡多惠政。卒谥文忠。有《东坡七集》《东坡易传》《东坡书传》《东坡乐府》等。

◇骊山三绝句（录一）

功成惟欲善持盈，可叹前王恃太平。
辛苦骊山山下土，阿房才废又华清。

骊山，在今陕西省西安市临潼区东南，因古代骊戎居之，故名骊山。苏轼中举入仕，任凤翔府判官，三年任满还朝，过骊山，作绝句三首，此为其一。

作为政治家的苏轼，时刻都关心国家的兴亡，政治之得失，写诗为文，一以贯之。此诗通过咏史，感叹历史的兴亡，总结成败得失教训，也结合北宋现实，有感而发，微含讽谏。因此，这首绝句的容量是很大的。

首句"功成惟欲善持盈"，是对历史兴亡规律的总结。"持盈"，出《国语·越语下》："夫国家之事，有持盈，有定倾，有节事。"韦

昭注："持，守也；盈，满也。"诗句是说夺取政权大功告成后最重
要的是保持住江山。打天下难，保江山更难。历代封建王朝为什么一个
个都灭亡了呢？这不是历史的残酷现实吗？可是，令人悲叹的是，许多
统治者并不在前代灭亡的历史中吸取教训，反而在夺得政权后，一味骄
奢淫逸，享乐腐化。这样的结果，必然导致政权的丢失，重蹈前代统治
者灭亡的覆辙。此处的"前王"，明写前代君王，也暗讽当代君王。
"恃"，仗恃、依赖的意思。由于恃太平，放松警惕，不再励精图治，
政权必然在腐败堕落中丧失。

　　"辛苦骊山山下土，阿房才废又华清。"末二句就骊山事发议论。
作者十分巧妙地用拟人法，不说历史上在骊山发生过多少次事关兴亡的
大事，只为山下土抱不平：骊山土好辛苦啊，辛辛苦苦地才建起了阿
房宫，就被项羽一把火烧光了，唐朝皇帝又在这儿修建华清宫，耗费了

国家多少人力和财力啊！"阿房"，指秦始皇建造的阿房宫，"规恢三百余里，离宫别馆，弥山跨谷，辇道相属，阁道通骊山八十余里"（见《三辅黄图·秦宫》）。而华清宫也不逊色：宫治汤井为池，环山筑宫室，筑罗城，壮丽辉煌（参《唐会要》三十《华清宫》、《新唐书·地理志》等）。这些豪华的建筑，耗掉的都是民脂民膏啊！老百姓不堪苛捐杂税重赋，必然揭竿而起，统治者的江山还坐得牢靠吗？这里语气舒缓，看似平平道来，却字字千钧。北宋统治者的奢华与历代统治者无异。为此，苏轼在《御试制科策一道并策问》中曾指责仁宗"后宫之费，不下一敌国，金玉锦绣之工，日作而不息，朝成夕毁，务以相新"。那么，此诗显然就不是单纯的咏史诗了，是有很强的对现实的讽谏作用的。

（李坤栋）

◇念奴娇·赤壁怀古

大江东去，浪淘尽、千古风流人物。故垒西边，人道是、三国周郎赤壁。乱石穿空，惊涛拍岸，卷起千堆雪。江山如画，一时多少豪杰！　　遥想公瑾当年，小乔初嫁了，雄姿英发。羽扇纶巾，谈笑间，樯橹灰飞烟灭。故国神游，多情应笑我，早生华发。人生如梦，一樽还酹江月。

本篇题为"赤壁怀古"，作于元丰五年（1082）谪居黄州时，时年作者四十五岁。同期所作大都摆脱切近的功利目的，显示出对人生透

彻的静观姿态，达到了很高的境界。此词因而越过荆公"金陵怀古"之作。

上片由身游而入神游。开篇就有大江奔流气势。刘禹锡曾在《浪淘沙》中写道，"君看渡头淘沙处，渡却人间多少人"，妙在语带双关，但在气势上远不敌"大江东去，浪淘尽、千古风流人物"。"风流人物"是要害。此语本指英俊风雅之士，与"大江东去"连属，平添多少阳刚辞采！以下从容转入怀古。黄州赤壁本非三国赤壁，但词人感兴所至，亦何须要准确出处！"人道是"三字下得合宜。周瑜乃一代人物之选，以少年得志，吴中皆呼周郎。此一昵称，适足传"风流人物"之神韵。以下写赤壁景色，其实无非渲染烘托人物。那"乱石穿空、惊涛拍岸，卷起千堆雪"，不正是因为说到英雄鏖战，感应于自然，而导致的风起水涌么？若是不信，请看同样是大胡子兼豪放派的陈维崧"话到英雄失路，忽凉风索索"之句，可悟情以景染之奥妙。于是煞拍就势以

"江山如画，一时多少豪杰"挽住。

下片由神游回到身游。既然"一时多少豪杰"，值得怀念的就不只周郎一个。《赤壁赋》不就偏重一世之雄曹孟德么？为何到词中就反复说周郎呢？个中奥窍就在体裁不同，赋者古诗之流（班固），而"词之为体，要眇宜修"（王国维），诗庄而词媚呀。专说周郎，不仅因为他是胜利的英雄，更因为他是个少年英雄。由这个少年英雄更引出个绝代佳人。史载建安三年（198），孙策亲迎不过二十四岁的周瑜，授以建威中郎将之职，并与他攻下皖城，分娶二乔，成为连襟。而赤壁大战，乃在十年后。然而人生快意之事，莫过于"洞房花烛夜，金榜题名时"，那么词人把周郎的爱情得意与军事成功扯到一处来写，又有何妨？同时，以小乔衬托周郎，还使人联想到铜雀春梦的破灭，尤多一重意味。词中羽扇纶巾，谈笑破敌的周郎，儒雅之至，潇洒之至；而初嫁佳婿的小乔，则漂亮之至。于豪放词中着如许风流妍媚的人物，谁能说东坡此词以豪放胜，就不当行本色呢？

"'月明星稀，乌鹊南飞'，此非曹孟德之诗乎？西望夏口，东望武昌，山川相缪，郁乎苍苍，此非孟德之困于周郎者乎？方其破荆州，下江陵，顺流而东也，舳舻千里，旌旗蔽空，酾酒临江，横槊赋诗，固一世之雄也，而今安在哉？"（《赤壁赋》）本篇中，不仅对于"樯橹灰飞烟灭"的曹公有这样的感慨，对于周郎也有同样的感慨。然而词人神游故迹，并不完全是替古人感伤，"早生华发""人生如梦"等语隐有抚今追昔、不胜空度年华之慨。这一点读者是不可忽略的。

本篇是词史上划时代的杰作。从温韦到花间，从晏欧诸公到柳耆卿，词中曾有过这样的壮采么？没有，从来没有。这首百字令览胜怀古，大笔驰骋，从题材到手法上对传统都有突破。在词史上影响之深远，对辛派词人固不必说，元曲大家关汉卿《单刀会》关羽唱词云：

"大江东去浪千叠，引着这数十人，驾着这小舟一叶。又不比九重龙凤阙，可正是千丈虎狼穴。大夫心别，我觑这单刀会似赛村社。水涌山叠，年少周郎何处也？不觉的灰飞烟灭。可怜黄盖转伤嗟，破曹的樯橹一时绝，鏖兵的江水犹然热，好教我情惨切。这也不是江水，二十年流不尽的英雄血。"即得力于本篇。词在豪放中寓风流妩媚之姿，最是当行本色，后辛弃疾《摸鱼儿》亦得个中深致。毛泽东《沁园春》亦豪放，然于过片和煞拍着丽句云"须晴日，看红装素裹，分外妖娆""江山如此多娇，引无数英雄竞折腰""俱往矣，数风流人物，还看今朝"，风格措辞，皆有此词影响。

（周啸天）

●苏辙（1039—1112），字子由，一字同叔，号颍滨遗老，眉州眉山（今属四川）人。宋嘉祐二年（1057）进士。哲宗时官至尚书右丞、门下侍郎。徽宗时辞官。与父洵、兄轼并称"三苏"，有《栾城集》。

◇和子瞻濠州七绝·涂山

娶妇山中不肯留，会朝山下万诸侯。
古人辛苦今谁信？只见清淮入海流。

涂山，相传为禹娶涂山女及会诸侯处。具体地点说法颇多，一般认为在今安徽怀远东南八里淮河东岸，又名当涂山，与荆山隔淮相对。《左传·哀公七年》载："禹合诸侯于涂山。"首二句即檃栝大禹这两件大事。同时，也赞扬大禹一心为国为民牺牲小我小家的高尚道德。《孟子·滕文公上》载禹"八年于外，三过其门而不入"。《楚辞·天问》"焉得彼涂山女，而通之于台桑"句下洪兴祖补注："《吕氏春秋》曰：禹娶涂山氏女，不以私害公，自辛至甲四日，复往治水。"诗首二句即言其事，"不肯留"三字，写出大禹为治水公而忘私的坚决态度。

"古人辛苦今谁信？"此句写大禹治水的艰辛。禹处于生产力极不发达的远古时代，虽为国君，但什么都要身先士卒。《韩非子·五蠹》

载："禹之王天下也，身执耒臿，以为民先，股无完胈（大腿上没有丰满的肌肉），胫不生毛（小腿上没有汗毛，原因是长期腿陷泥淖中劳作，汗毛都磨掉了），虽臣虏（奴隶与战俘）之劳，不苦于此矣。"的确，如果没有可靠的古代文献记载，说做国君的大禹如此辛劳是没有多少人会相信的。

末句，"只见清淮入海流"，写实，也是对大禹治水的歌颂。今天，清澈的淮河水通畅地流入大海，为人类造福，这是大禹治水的丰功伟绩啊！《孟子·滕文公上》说："禹疏九河，瀹济、漯，而注诸海；决汝、汉，排淮、泗，而注之江；然后中国可得而食也。"可见，大禹是何等伟大，的确值得歌颂。

千百年来，大禹一直作为圣人圣君，受人歌颂与爱戴。苏辙此诗，更形象地写出了大禹的伟大。诗能提纲挈领，用典型事例说话，虽议论多，但有历史事实为依据，令人信服不疑。

（李坤栋）

●黄庭坚（1045—1105），字鲁直，自号山谷道人，晚号涪翁，洪州分宁（今江西修水）人。"苏门四学士"之一。治平进士。哲宗时以校书郎为《神宗实录》检讨官，迁著作佐郎，以修史"多诬"遭贬。有《山谷集》《山谷琴趣外篇》等。

◇读曹公传

> 南征北伐报功频，刘氏亲为魏国宾。
>
> 毕竟以丕成霸业，岂能于汉作纯臣。
>
> 两都秋色皆乔木，二祖恩波在细民。
>
> 驾驭英雄虽有术，力扶宗社可无人！

曹公传，即《三国志·魏书·武帝纪》，也即曹操传记。本诗是黄庭坚读史，揭露曹操奸诈为臣，终致其子曹丕篡汉的历史事实。

首四句，写曹操之奸诈。据裴注《三国志》，曹操从小就奸诈，在讨董卓、镇压黄巾军起义中壮大实力，剪灭诸侯，统一北方，封丞相，挟天子以令诸侯，在东汉末年成了实际上的掌权者。首二句即讲曹操的上述事实。"刘氏亲"，刘氏的亲人，此指汉皇室刘家的皇孙汉献帝刘协。按传统观念，刘协是皇帝，曹操是臣子，但实际上刘家的正宗皇帝成了魏氏国家的陪衬，此即曹操"挟天子以令诸侯"，揭露曹操把皇帝玩弄于股掌之中。"毕竟",必定,最终。"丕"指曹丕,曹操次子,即后来代汉的魏文帝。曹操操纵了东汉末年的朝廷,奠定了曹氏霸业。曹丕即父位,逼汉献帝让位。曹丕篡汉后,尊封曹操为魏武帝。表面上看是曹丕篡汉,实际上是曹操一手造成的定势。因此无论是生前还是死后,曹操对汉朝来说都谈不上是"纯臣"。

后四句是感叹汉朝后继乏人。前四句讲曹操奸诈桀骜,造成汉政权的丧失。那么原因何在呢?追溯汉之开国之君,无论西汉东汉,不论是汉高祖刘邦,还是汉世祖光武帝刘秀,均一代英主,驾驭有术。遗憾的是其后代子孙能力差劲,无力扶助宗社,造成政权丧失。"两都秋色皆乔木"二句写实。"两都"即西都长安与东都洛阳,分别是西汉京都与东汉京都,都曾经辉煌一时,但汉末遭董卓之乱后,两都几乎成为废墟,如今在秋色里能见的就是高大的乔木象征的一片荒凉衰败之景而已。"二祖(汉高祖刘邦与汉世祖刘秀,均为开国皇帝)"皇恩的流波,对中国历史来说,无非是建立了大一统的中国,使社会得到安定,老百姓脱离战争苦海,能过上几天安稳的日子而已。"细民",平民,小民百姓。言外之意是,他们(刘邦、刘秀)虽泽被民间,是杰出的英雄,却不能让子孙后代都像他们那样英武,确保宗庙社稷长治久安。这样评价历史人物,实事求是,公允恰当。同时在字里行间也抒发了作者对世事无常、人类对古今多变的历史无法驾驭的悲叹。

(李坤栋)

●秦观（1049—1100），字少游，又字太虚，号淮海居士，高邮（今属江苏）人。"苏门四学士"之一。宋元丰八年（1085）进士。曾任秘书省正字，兼国史院编修官等职。坐元祐党籍，累遭贬谪。有《淮海集》等。

◇望海潮

梅英疏淡，冰澌溶泄，东风暗换年华。金谷俊游，铜驼巷陌，新晴细履平沙。长记误随车，正絮翻蝶舞，芳思交加。柳下桃蹊，乱分春色到人家。　　西园夜饮鸣笳，有华灯碍月，飞盖妨花。兰苑未空，行人渐老，重来是事堪嗟。烟暝酒旗斜，但倚楼极目，时见栖鸦。无奈归心，暗随流水到天涯。

此词提到金谷、铜驼等地，系虚拟洛阳，实写汴京，虚虚实实，乃有忧谗畏讥之意在焉。前三句说梅花渐稀，冰河解冻，年华暗换，又到早春时节，然后引起对往事的回忆。

"金谷俊游"到"飞盖妨花"，追忆往日文人盛会：一是元祐三年（1088）的西园雅集，与会者还有苏轼兄弟、黄庭坚、晁补之、陈师道等；一是元祐七年的西城宴集，与会者有三十六人之多。词中选取了春游和夜饮两个场面来写：于春游写了误随车，偶遇恋情等；于夜饮写了园中灯彩使明月减色，众多车马于花枝有损，而月明花繁之意一并见于句下。

"兰苑未空"以下写眼前的冷落，与往日繁华形成对照，引起茫茫愁绪。烟暝、栖鸦象征着人事的萧条，与上文絮翻、蝶舞、柳下、桃蹊等形成对比。由此逼出"归心"，可见汴京已不可久居，而这"归心"又无着落，只好"暗随流水到天涯"，句下流露出找不到归宿的失落感。

全词起结皆抚今，中间插入追昔内容。追忆越是美好，越是富于情趣，眼前景况就越是难堪，词意也越耐咀嚼。

（周啸天）

●贺铸（1052—1125），字方回，号庆湖遗老。卫州（治今河南卫辉）人。宋太祖孝惠皇后族孙。授右班殿直。元祐中，曾任泗州、太平州通判。晚居苏州。有《庆湖遗老集》《东山词》。

◇天门谣

牛渚天门险，限南北、七雄豪占。清雾敛，与闲人登览。　　待月上潮平波滟滟，塞管轻吹新《阿滥》。风满槛，历历数，西州更点。

此词为贺铸的咏史抒怀之作。据王灼《碧鸡漫志》，词牌应为"朝天子"，"天门谣"为作者改题的新名，目的是与歌咏的内容吻合。"天门"，即天门山，在今安徽当涂县与和县之间，耸立于长江两岸，在江西者称西梁山，江东者称东梁山（又名博望山），两山夹江对峙，形似天门，故名。天门山与牛渚（即牛渚矶，在当涂县西北，陡峭挺拔，突出于长江之中），均为天险，是金陵上游的屏障。历史上偏安建康的小朝廷，凭借长江天险和天门、牛渚屏障，以阻止北方强敌的进攻，因此这里在军事上极具战略地位。

词的上片写景，突出一个"险"字。牛渚、天门为什么险？从地理位置上讲它们"限南北"。"限"，此为限定、阻隔之意，此字有千钧之力，显得气势磅礴。再加"七雄豪占"，进一步用历史事实证明其险与极其重要的战略地位。"七雄"指六朝再加上一个南唐，均鉴于金陵地理位置之险，易守难攻而定都于此。"豪占"，雄踞也。"清雾敛，与闲人登览"，二句写眼前景，抒心中情。用拟人修辞，赋予清雾以人格力量，好像它也懂得人的愿望感情，有意收敛扫清雾霭，现出天门、牛渚，给作者登临游览的便利。"与"，赐予也，此为给予、赐予的意思，主观色彩极浓。

词的下片属想象，用一个"待"字领起。想象金陵城内在"月上潮平波滟滟"映衬下的景况。张若虚《春江花月夜》有"春江潮水连海平，海上明月共潮生。滟滟随波千万里，何处春江无月明"之句，此用七字概括，尤显精练。夜中的金陵，沉浸在月色里。江平波滟，意境开阔、朦胧，给人神秘感，令人陶醉。此时，又传来"塞管轻吹新《阿滥》"，尤令人神往。"塞管"，即羌管，西北塞上多用，故名。"《阿滥》"，笛曲名。阿滥即阿滥堆，鸟名，长安骊山飞禽，鸣声优美，唐明皇采其声，翻为笛曲，远近传诵。其典见南唐尉迟偓《中朝故事》。夜晚的金陵城除了景美、曲美，还有风美、更点美。"风满槛，历历数，西州更点"，即言其事。"槛"者，栏杆也。作者想象登楼倚栏，眼眺江月美景，耳听《阿滥》笛曲，还享受夜风吹拂，心旷神怡，听着城内那更鼓声，按时而起，极有节奏，令人情不自禁地一一数记。"西州"，古城名，东晋置，为扬州刺史治所，故址在今江苏省南京市。西州即金陵。下片表达上是虚景实写，重点是从视觉、听觉和触觉方面写金陵夜景之美。

那么，此词主题仅仅是在咏史基础上抒发对金陵形胜美景的赞颂吗？联系作者贺铸一生的豪侠尚气，渴望建功立业，而终落魄无为的情况，词旨似有讽谏内涵。试想七雄雄踞金陵，以为江山险固，可保万世之基业，但一个个均奢靡竞逐，落得身死国灭的可悲下场。这说明保江山在德不在险，其意蕴之深刻，是值得读者玩味的。

（李坤栋）

●周邦彦（1056—1121），字美成，号清真居士，钱塘（今浙江杭州）人。宋元丰初，为太学生，以献《汴都赋》为神宗所赏识，命为太学正。后任庐州（今安徽合肥）教授、溧水县令。徽宗时，提举大晟府。有《清真居士集》，已佚，今存《片玉词》。

◇西河·金陵怀古

佳丽地，南朝盛事谁记？山围故国绕清江，髻鬟对起。怒涛寂寞打孤城，风樯遥度天际。　断崖树，犹倒倚，莫愁艇子曾系。空余旧迹郁苍苍，雾沉半垒。夜深月过女墙来，伤心东望淮水。　酒旗戏鼓甚处市？想依稀、王谢邻里。燕子不知何世，向寻常、巷陌人家，相对如说兴亡，斜阳里。

这是周邦彦的一首怀古词，檃栝了刘禹锡《金陵五题》中最著名的《石头城》《乌衣巷》和古乐府《莫愁乐》诗意。

一叠从金陵山川形胜说起，便较刘诗华丽雍容。首句采自谢朓《入朝曲》"江南佳丽地，金陵帝王州"，突出金陵之得地利，追起一问，令人遥想其为南朝故都时的繁华，已伏后文感慨。"山围故国"四句化用《石头城》一半诗意，"髻鬟""风樯"二句是添加的新词，从总体上展现的是一幅境界阔大高远、江山景物清华的画面，不为梦得所囿。"孤城"之于"空城"，一字之易，极有分寸——宋时金陵虽属废都，但到底还是北宋一大城市。

二叠才逐渐聚焦到断崖枯树、孤城女墙等更具有沧桑意蕴的景物上来，这里化用了古乐府"艇子打两桨，催送莫愁来"和《石头城》另一半诗意，写得悲凉之雾遍布秦淮，物是人非，怎能莫愁。以上两叠所写，都是金陵的外景，有由远推近的趋势。

三叠便写到金陵坊市，寓不胜今昔变迁之感。化用《乌衣巷》诗意，但颇有出新。"酒旗戏鼓甚处市"，就很有北宋的时代感，金陵已从六朝帝王之州变成了北宋商业、消费城市，秦淮上新添了不少勾栏瓦肆，寻欢作乐的红男绿女都是普通市民，而不是旧时王谢为代表的豪门世族，这是古无今有的新气象（或将此句解为忆昔，误）——"想依稀"句中包含有太多的沧桑。"燕子不知"以下四句从刘诗来，但刘诗只说"飞入寻常百姓家"，这里却变为更有意味的一幅情景：屋檐下燕语呢喃，好像饱经沧桑的过来人，在斜阳里闲话兴亡呢。

或云北宋危机四伏，作者外放时值方腊起义，遂有吊古伤今之情。然而此词作年难定，所谓伤今之意，并不像刘诗那样醒豁。其主要成就在艺术性，不必用思想性来提高其评价。周邦彦能事之一，是能融化古人诗句如自己出。《西河·金陵怀古》就是最好的实例，对于刘禹锡的《金陵五题》来说，有如李光弼将郭子仪军，号令一新。

一是结构，变虽好却小的绝句为洋洋洒洒的长调，具有与题面相称的气势感；二是具有北宋时代生活气息；三是句法声情，最短的"佳丽地"，和最末一韵"向寻常巷陌人家相对如说兴亡斜阳里"（各本断句不同，正因为一气蝉联），相差十余字之多，读来疾徐尽变，更觉声情并茂、姿态横生。在此词之前,王安石已先有《桂枝香·金陵怀古》题旨相同,评价很高。周词后出转精,让王词"独步不得"(沈际飞语),尤为难能可贵。

(周啸天)

●叶梦得（1077—1148），字少蕴，号石林居士，乌程（今浙江湖州）人。宋绍圣四年（1097）登进士第。历任翰林学士、尚书右丞、江东安抚使兼知建康府行宫留守。移知福州，提举洞霄宫。老居湖州弁山，有《建康集》《石林词》等。

◇八声甘州·寿阳楼八公山作

故都迷岸草，望长淮、依然绕孤城。想乌衣年少，芝兰秀发，戈戟云横。坐看骄兵南渡，沸浪骇奔鲸。转盼东流水，一顾功成。　　千载八公山下，尚断崖草木，遥拥峥嵘。漫云涛吞吐，无处问豪英。信劳生、空成今古，笑我来，何事怆遗情。东山老，可堪岁晚，独听桓筝。

寿阳即今安徽寿县，八公山在寿县城北，淝水流经其下。东晋孝武帝太元八年（383）十月，谢安命谢石、谢玄以八万兵巧胜号称百万之众的前秦苻坚大军，这就是历史上以少胜多的著名战例"淝水之战"。八公山即为当时的战场，苻坚败北，仓皇逃窜，"八公山上，草木皆兵"，典即出此。此词大约作于宋绍兴三年（1133）前后，当时作者被排挤出朝，任江东安抚大使，兼知建康府，并寿春等六州宣抚使（寿春即寿阳）。作者有感而发，写下此词。

　　词上片写景怀古，歌颂东晋谢玄等人率兵击败苻坚的卓越战功。
首两句写景：长长的淮河围绕寿阳城流淌，河边岸地，杂草丛生。那些
茂盛的野草好似要掩藏高峙的河岸。一个"迷"字，写出寿阳周围荒凉
的景况、朦胧的境界，表达作者追怀往昔的壮烈情怀。对"故都"的理
解，前人有建康、开封、寿阳几说，笔者以为应以寿阳为是，那样讲更
切词意一些。公元前241年，楚、赵、魏、韩、燕等国合攻秦，楚为纵
长，至函谷，兵败于秦，楚东徙都于寿春，命曰郢。称寿阳为故都有
据。"想乌衣年少"以下七句写淝水之战，歌颂谢玄等人的丰功伟绩。
"乌衣"，黑色衣，古时为贱者之服。此处的"乌衣年少"，指谢石、
谢玄等人，当时地位不高，与元老重臣谢安比，属子侄辈，年纪又轻，
故云。"芝兰秀发，戈戟云横"，极写其雄姿英发、叱咤风云的英雄气
概。"芝兰"为香草，比喻年轻杰出的志士。"秀"者，花也。"秀
发"，以开花比喻青春勃发、朝气蓬勃之态。由这些年轻将帅统军，横
戈立马，军容格外壮观。"坐看骄兵南渡，沸浪骇奔鲸"二句，写谢
石、谢玄等面对前秦百万虎狼之师从容不迫、指挥若定的儒将风度。
"坐"者，正也。"坐看"二字写出晋军统帅成竹在胸、稳操胜券的

精神风貌。"骄兵南渡"，指前秦苻坚军队。苻坚出兵前不听朝臣劝谏，嚣张狂妄至极，曾说，"今以吾之众旅，投鞭于江，足断其流"，"以吾击晋，校其强弱之势，犹疾风之扫秋叶"（见《资治通鉴》卷一百四），可为"骄兵"注脚。"沸浪骇奔鲸"用比喻，以奔鲸掀起巨浪鼎沸之势，喻前秦军之不可一世的骄兵形象。但在强敌面前，晋军以逸待劳。首先谢石部将刘牢之以精兵五千人破秦军前锋于洛涧，斩首一万五千，挫其锐气。然后，晋军浩荡进军，前至淝水东岸，要求秦军略向后退，以便晋军渡河决战。苻坚想利用晋军半渡时袭击（这是合乎兵法原则的，而且往往成功），就命令秦军后退。由于秦军组成庞杂，各怀异心，一经后退，不可阻止。晋军乘胜追击，苻坚败北。"转盼东流水，一顾功成"，即写出了晋军巧胜秦军的轻松与愉悦。

词的下片是抒情，感叹英雄不再、自己有志不获骋的悲慨。"千载八公山下"以下三句是过片，在词的结构上起承上启下的作用，由上片的怀古过渡到下片的抚今。"淝水之战"离作者作此词时已相距近八百年，此云"千载"，是说其略数。千载而还，此时的八公山下，尚且多断岸草木，环绕簇拥着陡峭的山峰。作者目睹眼前之景，把怀古的思绪拉回到当前的现实：天上的云彩如江中波涛一样汹涌澎湃，流逝变幻，往日的英雄业绩犹存，但如今又在何处去寻找如谢石、谢玄似的英雄豪杰？"漫云涛吞吐"二句，既是承接过片三句的写景，也是抒发对古时英雄的景仰之情，感叹当今人才不济。特别是面对北方金人的进攻，南宋王朝与当年东晋王朝的处境是一样的。但南宋统治者一味投降苟安，对抗战派打击摧残，与东晋谢石、谢玄等敢于迎击强敌是不同的。这也是作者深为忧虑的。下面，作者又联系自己的遭遇抒发感慨。"信劳生、空成今古，笑我来，何事怆遗情"，既感叹历史之变幻莫测有如虚幻，又感伤自己有志不骋的遭遇。"信"者，诚也。"劳生"，指辛劳的人生。古人辛劳一世，建功立业，如今已成虚幻。古今多少事，何事不如此！而可笑的我，在朝廷遭到排斥，遭遇既已如此，为什么还吊古伤今为国事身世而悲怆呢？真如那东山老谢安（谢安曾隐居东山，故称），曾经英雄一世，谁知晚年遭忌，只能独自听桓伊弹奏《怨诗》而已啊！末三句用谢安典，见《晋书·桓伊传》，言谢安晚年遭奸人所陷，为晋孝武帝猜疑。一次皇帝设宴，谢安侍坐，桓伊弹筝而歌《怨诗》曰："为君既不易，为臣良独难。忠信事不显，乃有见疑患。"此诗极深刻地道出了在专制制度下个人命运无法把握的悲剧，不只谢安如此，叶梦得如此，成千上万的志士仁人均如此。作者引此典故收束全词，感慨极为深重。叶梦得文武双全，既能带兵打仗，还极善于管理财务。但在南宋统治者投降苟安、对主战派长期排斥打击的情况下，自己只能无所作为。想到这一切，怀古抚今，怎不悲慨万千！

后人评叶梦得词："能于简淡时出雄杰。"此词可称代表。上片写景怀古，写淝水之战，写得气势磅礴，豪放劲健。下片抒情，壮怀激烈，慷慨悲歌，沉郁顿挫，一波三迭，千载而下，读之仍凛凛有生气。全词语言淡雅，落尽繁华，写景简明白描，读后令人精神爽朗，荡气回肠。

（李坤栋）

●李纲（1083—1140），字伯纪，邵武（今属福建）人。宋政和二年（1112）进士，累官至太常少卿。靖康元年（1126），金兵围攻汴京，以尚书右丞任亲征行营使，坚主抗战，反对迁都，被主和派排挤，罢官。高宗即位后为相，七十余日而罢。著有《梁溪集》等。

◇六幺令·次韵和贺方回金陵怀古，鄱阳席上作

　　长江千里，烟澹水云阔。歌沉玉树，古寺空有疏钟发。六代兴亡如梦，苒苒惊时月。兵戈凌灭，豪华销尽，几见银蟾自圆缺。　　潮落潮生波渺，江树森如发。谁念迁客归来，老大伤名节。纵使岁寒途远，此志应难夺。高楼谁设？倚栏凝望，独立渔翁满江雪。

　　此词作年不可考，贺方回（铸）原词已佚。根据词意，大致作于南宋初被贬途中。全词借金陵怀古之名，抒抗敌报国之实。

　　上片写景怀古。鄱阳，郡名。宋时为饶州鄱阳郡，作者在鄱阳席上为贺方回（铸）所作《金陵怀古》词写和词。首二句写长江之景。鄱阳城在鄱阳湖边，距长江还有一段不短的距离，二句属于想象之词，眼见鄱阳湖烟波浩渺，长江与湖相连，联想到长江的千里浩瀚、烟波浩渺。而金陵城就在长江边上，六朝的古事浮上心头。"歌沉玉树"以下

七句，即为怀古内容。"玉树"指陈后主所制《玉树后庭花》曲，是追求奢华、沉溺歌舞的亡国之音的代表作，而今已歌沉响绝，化为乌有，只听见古寺里的稀疏的钟声空发而已。"空"，空有、枉自之义。古寺的钟声对时事的兴亡漠不关心。此处以"空有疏钟发"，衬托金陵的荒凉，六代繁华的消泯。六代指吴、东晋、宋、齐、梁、陈六个朝代。六朝君主多竞逐奢华，治国无能，最终享国短暂，真是"兴亡如梦，苒苒惊时月"。"苒苒"，同"冉冉"，渐渐之意。"惊时月"，这迅速变幻的时月真令人吃惊啊！"兵戈凌灭"，战争消灭了腐朽的政权，或者说，腐朽的政权在外敌进攻下很快土崩瓦解，这是对六代兴亡的总结：腐朽的政权是不堪一击的。"凌灭"，侵凌消灭。"豪华销尽，几见银蟾自圆缺"指六个朝代的帝王，竞逐豪华，很快就被消灭，没有看见月亮几次圆缺，就成了历史。"几见"，几次见也，言其少，指六个朝代都很短暂。"银蟾"指月亮。上片写景怀古，重点是批判六朝君王在"歌沉玉树""豪华销尽"中灭亡。作者这首词是有针对性的，南宋王朝与六朝一样，竞逐豪华，苟且偷安，腐朽至极，作者怎么不深怀忧虑？

下片是作者抒怀，抒发虽遭遇贬谪，仍九死不悔的心志。"潮落潮生波渺，江树森如发"二句是过片，承接上片的写景怀古，思绪又从古时拉回现实。江潮（也可说是湖潮）起落，烟波浩渺，江边草树丛生，茂密如发。比喻兼夸张，极为生动。"谁念迁客归来"以下四句，直接抒发自身遭遇和表明志向。"迁客"，谪臣也。作者为相七十余日便因主战遭贬谪，想到自己年岁已大，名节未立，功业未建，不免悲从中来。这"念"，这"伤"，不只关自身荣辱问题，更为主要的是忧伤南宋朝廷如此腐败无能，面对强敌金人的进攻，有六朝岌岌可危的局势，因此，感慨显得更为沉郁。国势堪忧，征途遥远，前途未卜，即便如此，忧国忧民的情怀，抗战恢复中原的夙志，是永存难夺的。这几句是全词最重要的揭示主题的句子，事关南宋一朝的主旋律，作者感情也极为亢奋。末三句照应题目，"鄱阳席"设在高楼上，酒酣耳热，倚栏远望，作者感慨万千。如果说下片前几句感情极为亢奋高昂，那么，末三句便相对低沉。因为现实是残酷的，自己空有壮志，文韬武略虽多，但身遭贬谪，却无建功立业机会，有如柳宗元贬官永州，只能用写诗为文来发泄满腔悲愤而已！"独立渔翁满江雪"，化用柳宗元《江雪》诗句："千山鸟飞绝，万径人踪灭。孤舟蓑笠翁，独钓寒江雪。"那独钓寒江雪的渔翁，正是孤傲不群、宁折不弯的李纲人格形象的鲜明写照，也是他面对残酷现实无可奈何的选择。

（李坤栋）

●陆游（1125—1210），字务观，号放翁，越州山阴（今浙江绍兴）人。"中兴四大诗人"之一。南宋绍兴中应殿试，为秦桧所黜。孝宗即位，赐其进士出身，曾任镇江、隆兴通判。乾道六年（1170）入蜀，任夔州通判。乾道八年，入四川宣抚使王炎幕府。官至宝谟阁待制。晚居山阴镜湖。有《剑南诗稿》《渭南文集》《南唐书》《老学庵笔记》等。

◇读史二首（录一）

萧相守关成汉业，穆之一死宋班师。
赫连拓跋非难取，天意从来易可知。

陆游是南宋伟大的爱国主义诗人，一生反对投降，主张收复被金人占去的中原领土，鞠躬尽瘁，死而后已。在本诗中，他强调在历史兴亡中人事的重要性，但对于社会世态的千古变化，也流露出无可奈何的感叹。

这是首七绝，是陆游《读史》二首的第一首，作于南宋嘉定二年（1209），当时陆游闲居山阴家中，第二年便忧郁而死。

首二句，一言汉初萧何事，一言刘宋时刘穆之事，中心问题是在决定战争胜负的众多因素中，有巩固的后方支援是其中极为重要的因素。

楚汉战争中，刘邦与项羽逐鹿中原，因种种原因，刘邦老打败仗，连老父老婆都当了项羽的俘虏，败得很惨，常被项羽追得狼狈逃窜。但最后刘邦居然胜了，原因固然有多方面，但刘邦有巩固的后方根据地，兵员粮草能及时地源源不断地接济前线，是重要的原因。而总领刘邦后方军需供应的就是萧何。"萧相"指萧何，"汉初三杰"之一，被刘邦任命为丞相，故称萧相。"关"指函谷关，是关中通往关东各地的门户。此以函谷关指代整个关中地区，为刘邦的领地。据《史记·萧相国世家》载，刘邦兵定三秦，令萧何留守，"收巴蜀，填抚谕告，使给军食……转漕给军，汉王数失军遁去，（萧）何常兴关中卒，辄补缺"。刘邦定天下，论功行赏，排定位次，以萧何功最高，封酂侯，位列第一。故诗云"萧相守关成汉业"。

据《宋书·刘穆之列传》载，刘裕于晋安帝义熙十二年（416）北伐后秦，命刘穆之"内总朝政，外供军旅"。第二年，刘裕灭后秦，入长安。但不幸的是刘穆之病卒，刘裕闻之，"惊恸，哀惋者数日，本欲顿驾关中，经略赵、魏，穆之既卒，京邑任虚，乃驰还彭城"。这样，给夏赫连勃勃乘虚进攻的机会。第三年，赫连勃勃攻入长安，即皇帝位，中原腹地又陷于少数民族政权之手。这即"穆之一死宋班师"。当时刘裕仍是晋臣，未篡晋。但不久（420年）即废晋帝称皇帝，国号宋，故诗称"宋班师"。

上述二事，刘邦成功在于有巩固后方，刘裕先取关中后失中原在于后方失人（刘穆之已死），都说明成大业者必须要有巩固的根据地。但世事难料，如果刘裕不班师回南，以得胜之师北向，夏、北魏这样的少数民族势力是容易消灭的，统一北方是完全可能的。但事出意外，莫非"天意"难料？这即诗后二句所言，写出了作者无限感慨。"赫连"，即夏赫连勃勃。"拓跋"，即指拓跋氏建立的北魏政权。

　　陆游此诗是有一定的现实针对性的。宋宁宗开禧二年（1206）权臣韩侂胄在朝廷的允许下北伐，但因军事准备不够、用人不当等多种原因终归失败。陆游此诗有意以历史为鉴，对复杂的社会变化发出深沉的感叹。

（李坤栋）

●杨万里（1127—1206），字廷秀，号诚斋，吉水（今属江西）人。"中兴四大诗人"之一。绍兴二十四年（1154）进士。孝宗初，知奉新县，历太常博士、太子侍读等。光宗即位，为秘书监。有《诚斋集》。

◇读子房传

笑赌乾坤看两龙，淮阴目动即雌雄。

兴王大计无寻处，却在先生一蹑中。

子房传，即《史记·留侯世家》和《汉书·张良传》。二书所记张良事迹基本相同。

此诗主要歌颂张良"运筹帷幄之中，决胜千里之外"的大智大慧在"兴王业"中的巨大作用。

首句"笑赌乾坤看两龙"，写楚汉相争的形势。"两龙"，即刘邦和项羽。《史记·高祖本纪》：楚怀王"与诸将约，先入定关中者王之"。秦末陈涉首难，六国诸侯后裔蜂起，逐鹿中原，最后是刘邦、项羽"两龙"决斗。按，当时的形势，淮阴侯韩信也势力强大：据齐，拥兵数十万，又极善用兵。因此，当刘邦兵败求助于韩信时，辩士蒯通即给韩信分析了当时的形势，让韩信拥兵自立，坐山观虎斗，待刘、项残杀，消灭一方，再起兵将剩下之一方消灭，那天下就是韩信的了。但韩

信不听，自以为功大，刘邦不会薄待他，遂起兵助刘灭项，所以刘、
项相争中，特别是楚军围刘邦于荥阳一役，如果不是韩信兵至，刘邦
几乎不保。所以"淮阴目动即雌雄"。全靠韩信帮助才决定雌雄，刘
邦胜出。

　　末二句突出主题。"先生一蹑中"，"先生"，此指张良。
"蹑"，踩。此细节见《史记·淮阴侯列传》。韩信平定齐地，向刘邦
提出，由他代理做齐王，以镇抚该地。当时正值楚军围困刘邦于荥阳，
急需援兵之时，得知韩信的无理要求，刘邦当着韩信使者的面破口大骂
韩信"乃欲自立为王"。张良与陈平马上踩刘邦的脚，提醒他要沉住
气，"不然，变生"。刘邦顿悟，立即改口说："大丈夫定诸侯，即为
真王耳，何以假为！"在关键时刻，全靠张良提醒，为刘邦运筹帷幄，

所以，张良才是兴王大计的决策制定者，功莫大焉。

此诗突出特点是善用细节描写。"笑赌""看两龙""目动""一蹶"，均属细节描写。咏史诗最易抽象议论，枯燥乏味，此诗由于用了细节描写，就显得生动形象，把深刻的道理寄寓在生动的描写之中。

（李坤栋）

◇宿池州齐山寺，即杜牧之九日登高处

我来秋浦正逢秋，梦里重来似旧游。
风月不供诗酒债，江山长管古今愁。
谪仙狂饮颠吟寺，小杜倡情冶思楼。
问着州民浑不识，齐山依旧俯寒流。

首联记时地，并谓此来池州有如旧地重游。其所以如此，是因为从唐贤李、杜诗中已熟知其地，早已神游过了。首句叠用"秋"字，格调清爽流利；次句谓此来如梦里，新游如旧游，表现出池州风光给人的迷离、亲切之感。

颔联写池州江山风月，颇具妙语。两句中"不供""长管"意思似相反实相同。出句说池州风月激发诗人灵感与酒兴，使人欠下许多酒债。"诗酒债"字偏义于酒债，是说风月只供诗材，不供酒债。对句说池州江山引发游客对人事代谢、朝代兴衰的愁怀。出曰"不供"，对曰"长管"，各偏一义，说法不同，教人从正反两方面寻思，正是妙语。

颈联怀古，分咏李、杜二人在池州的活动，而皆系于寺楼所

在地，则想当然耳，是诚斋灵活处。这是两个名句，故给读者留下广阔的想象余地。"李白斗酒诗百篇"，以豪饮捷才著称，故谓之"狂饮颠吟"。杜牧曾"赢得青楼薄幸名"，颇有艳情之作，故谓之"倡情冶思"。此两句造语具复叠之妙，更妙的是把这两个片语置于"寺""楼"之前，若定语然。虚构而实写，挥洒自如，风度与所咏之人相称，故绝佳。

李白、杜牧留下丰富精神遗产，是属于人民的，人民应记住他们的名字。尾联言问本地掌故，州民居然一点不知，令人增慨。此暗用杜牧《九日齐山登高》"古往今来只如此，牛山何必独沾衣"诗意，语出刘禹锡《西塞山怀古》"人世几回伤往事，山形依旧枕寒流"，结得悠远。

（周啸天）

●辛弃疾（1140—1207），字幼安，号稼轩，历城（今山东济南）人。绍兴三十一年（1161），聚义抗金，归耿京，为掌书记。奉京命奏事建康，京为张安国杀害，擒诛安国。次年率部渡淮南归。历任湖北、江西、湖南、福建、浙东安抚使等职。有《稼轩长短句》。

◇永遇乐·京口北固亭怀古

千古江山，英雄无觅，孙仲谋处。舞榭歌台，风流总被，雨打风吹去。斜阳草树，寻常巷陌，人道寄奴曾住。想当年，金戈铁马，气吞万里如虎。　　元嘉草草，封狼居胥，赢得仓皇北顾。四十三年，望中犹记，烽火扬州路。可堪回首，佛狸祠下，一片神鸦社鼓。凭谁问：廉颇老矣，尚能饭否？

本篇作于开禧元年（1205）。两年前作者以六十三岁高龄，被执政韩侂胄召起为绍兴知府兼浙东安抚使，次年转镇江知府。词名曰怀古，其实针对韩侂胄准备北伐中原而作，表明作者主张抗金，同时反对盲目冒进，抒发了一腔老成谋国、忧深虑远的情怀。

上片缅怀本地英雄。京口即镇江，北固山下临长江，三面傍水，地势险要，山有北固亭。三国孙权曾建都京口，是曹操不敢小看的人物。故词作从孙权咏起。"千古江山"当特指江东而言，而气魄之大，颉颃"大江东去"；"英雄无觅，孙仲谋处"是词的特殊句法，还原散文语序当是"无处觅英雄孙仲谋"也。作者在另一首北固亭怀古词《南乡子》中写道："何处望神州？满眼风光北固楼。千古兴亡多少事？悠悠。不尽长江滚滚流。年少万兜鍪，坐断东南战未休。天下英雄谁敌手？曹刘。生子当如孙仲谋！"可与参读。"舞榭歌台"以下三句，选本通解为承上，言英雄的流风余韵无存。颇犯于复。事实上这三句有更广的含义，它是由京口而联系金陵，由东吴而推广到六朝，囊括了唐李山甫《上元怀古》"南朝天子爱风流，尽守江山不到头。总是战争收拾得，却因歌舞破除休"的诗意，又宋刘一止《踏莎行·游凤凰台》词云"六代豪华，一时燕乐，从教雨打风吹却"，亦可参证。而在六朝可以标举的英雄，除了孙权，更有一个宋武帝刘裕（字寄奴），乃本地人氏，起自草泽，晋末两度北伐，灭南燕、后秦，收洛阳、长安，后代晋自立。这是本篇怀古的中心内容。"想当年，金戈铁马，气吞万里如虎"，直接追思刘裕北伐的雄风，其中也蕴蓄着作者自己"年少旌旗拥万夫"、志在北伐的回忆。

下片重提历史教训。过片继续刘宋北伐的话题，总结其历史教训。盖刘裕之子宋文帝刘义隆承父志三次北伐，而未成功。特别是元嘉二十七年（450）最后一次北伐，他急于事功，未充分听取老臣宿将的意见，而轻信了"冒失鬼"彭城太守王玄谟的怂恿，所谓"闻玄谟陈说，使人有封狼居胥意"，轻启兵端，结果一败涂地，使小字佛狸的北魏太武帝拓跋焘饮马长江，大起行宫于长江北岸的瓜步山，后世改建为祠。忆刘宋"元嘉北伐"，实影射南宋孝宗时的"隆兴北伐"，由于起事仓促，将领失和，导致符离（今安徽宿州东北）之败和"隆兴和议"的签订。从隆兴元年（1163）北伐失败到作此词时，时间过四十二年，当时淮南东路（扬州路）烽火报警的情景，作者记忆犹新，这里现实和历史确实是打成一片的。和平苟安造成的严重后果，是沦陷区人民的民族意识日渐淡泊，竟至到佛狸祠下祭祀求福，长此以往，恢复无望。古代赵国名将廉颇晚年失意居魏，后赵屡为秦所败，赵王复思廉颇，派使者探望，使者为廉的仇家买通，还报赵王说廉尚善饭，然顷之三遗矢，遂不得召。词人以廉颇自况，感慨道：长期以来，朝廷又几曾关心过我们这些爱国老将呢？

本篇写成当年秋，稼轩又遭罢黜；明年夏，韩侂胄贸然下令北伐，终蹈隆兴覆辙，为稼轩不幸言中。与苏词比，辛词较少哲理意味，而更富于现实性。苏词清旷，是哲人词；辛词沉雄，为豪杰词。辛词特色之一就是用典。此词内容虽紧扣现实，语言材料却多出史籍，其间涉及孙权、刘裕、刘义隆、拓跋焘、廉颇等众多的历史人物，而以与本地联系最紧密的刘宋史实为主。而宋文帝"封（祭天）狼居胥"一语，则又含汉霍去病事。虽岳珂批评其曰"微觉用事多耳"，但作者左右逢源，无碍词气，非熟谙经史，而激情满怀，很难如此灵活用典，而不显堆砌也。前人谓周邦彦为"词中老杜"，而辛词音情抑扬顿挫，尤得杜诗沉郁顿挫之致。大而言之，怀孙权之英武而叹六朝柔弱是一顿挫，复于六朝碌碌中拈出气吞中原之刘裕又一顿挫，继金戈铁马之后叹元嘉草草又一顿挫，叹元嘉草草而忆隆兴北伐又一顿挫，谓战败之惕厉犹胜和平时期的麻木又一顿挫。此外还有小的顿挫，如千古江山而英雄无觅、寻常巷陌而豪杰曾居等等。总之千回百折又一气奔注，英词壮采，真可付铁绰板歌之。

（周啸天）

◇菩萨蛮·书江西造口壁

郁孤台下清江水，中间多少行人泪。西北望长安，可怜无数山。 青山遮不住，毕竟东流去。江晚正愁予，山深闻鹧鸪。

此词作于辛弃疾三十五六岁为官江西时。"造口"今名皂口镇，是南宋之初金人追隆裕太后最后到达的地方。太后被金人劫持而出逃，从南昌、吉安到赣县，一路上颠沛流离。词人身临此地，回思国耻，写下了这首悲愤之词。

"郁孤台下清江水，中间多少行人泪。"一句兴，一句比。台名"郁孤"，已令人不喜；又说其下江水竟是南渡宋人之泪，与《单刀会》（关汉卿）写江水是"二十年流不尽的英雄血"，同属警句。而比水作血者多壮烈，比水作泪者更凄苦。二句已定全词基调。

"西北望长安，可怜无数山。""长安"借指北宋都城汴京（今开封）。回望故国觉山水可怜，是因为山河破碎，故国难回。为什么会这样？那是因为外有强敌纵暴，内有妥协派作梗，恢复无望。

"青山遮不住，毕竟东流去"。二句显有比意，但不明朗。似说青山不能障百川而东之，我亦不能挽狂澜于既倒。孤掌难鸣，郁抑难舒。

"江晚正愁予，山深闻鹧鸪。"正在一筹莫展之际，又闻山中鹧鸪之鸣，"行不得也哥哥"，如助词人之浩叹。二句赋写中有兴味。"愁予"出自《九歌》"目渺渺兮愁予"，照应上文西北之望，写出一种企盼不及的孤独惆怅情绪。

　　辛词特点是多用典。但此词，一扫"掉书袋"的习气。字字血，声声泪，一气呵成而沉郁顿挫，"忠愤之气，拂拂指端"。梁启超以为"如此大声镗鞳，未曾有也"。

（周啸天）

◇南乡子·登京口北固亭有怀

　　何处望神州？满眼风光北固楼。千古兴亡多少事？悠悠。不尽长江滚滚流。　　年少万兜鍪，坐断东南战未休。天下英雄谁敌手？曹刘。生子当如孙仲谋。

　　据邓广铭先生《稼轩词编年笺注》，此词作于南宋开禧元年。嘉泰三年（1203）六月，辛弃疾被起用为知绍兴府兼浙东安抚使，四年三月，改派到镇江做知府。"京口"，即今江苏省镇江市，历史上曾经是孙权建都之地。"北固亭"又名北顾亭，在镇江市东北北固山上，面临长江，此词与《永遇乐·京口北固亭怀古》均作于开禧元年，同为怀古佳作。

　　词的上片写景写实，同时抒发历史悠悠，多少英雄业绩有如长江之水滚滚东流去的感慨。"何处望神州？满眼风光北固楼"，二句写景写实。登上高楼，神州的风光尽收眼底。词人用了夸张笔法、想象之词。神州大地，此指北方中原地区，此时已被金人占去大半。当时宋金以淮河为界，镇江处于边防二线。作者登临纵目，国事忧心，感情复杂，想到中原故土本为大宋王朝统治之地，如今被金人占领，而当朝统治者苟且偷安，作者怎不心潮澎湃？想到历史上多少兴亡之事，多少英雄业绩彪炳史册，有如眼前浩瀚的长江，滚滚东流。"悠悠"，遥远长久之貌。"滚滚"，大水奔流貌，二词极为形象，使议论显得极为深刻可感。

如果上片是从客观角度感叹历史之浩瀚，英雄业绩之众多，那么，下片就从微观角度就京口历史上曾经发生过的事迹为例证，歌颂英雄孙权，赞扬他敢于斗争、敢于胜利的英雄本色，借以鉴古讽今，批评南宋朝廷苟且偷安，无所作为。"年少万兜鍪"二句，直接歌颂孙权少年英发，雄踞一方。"兜鍪"，头盔，此指代士兵。"坐断"，占据也。据历史记载，孙权十九岁即继父兄基业雄霸江东，赤壁之战，大破曹兵二十余万，时孙权仅二十七岁。所以词有"年少万兜鍪"句，少年时代的孙权已是千军万马的统帅了。"战未休"说孙权敢于通过战争与强敌争夺天下。孙权新立，西征黄祖，大获全胜，拓展了地盘。面对强敌曹操的进攻，面对国内众多投降派的压力，决断当朝，敢于重用周瑜，联刘抗曹，终于取得了赤壁大战的胜利，奠定了三分据其一的局势。末三句用典故，用孙权受政敌称赞的事实，进一步赞扬了孙权英雄一世、叱咤风云的丰功伟绩。据《三国志·吴书·吴主传》裴注引《吴历》之说：曹操一次见孙权乘战舰出入从容，军容整肃，不禁感叹说："生子当如孙仲谋，刘景升（刘表）儿子若豚犬耳！"孙仲谋即孙权，"仲谋"是孙权字。刘表子刘琮是曹操下江南时的俘虏，不战而降，最后被曹操所杀。曹操非常鄙视他，骂他是猪狗（豚犬）。在这里，贬抑刘表之子的话未明说，意已包含于词中，形成强烈对比。而对南宋统治者的懦弱无能，也是通过这一褒一贬，批评现实当朝者，连孙权都赶不上，只能落得如刘景升子一样的可悲下场！这讽喻意义是很明显的。

设问是本词最突出的表达手法。上片二问，下片一问，通过三问三答来怀古抒情、议论，颇具波澜，显得沉郁顿挫。善用对比，也是本词的一大特点。孙权与历史上的众多英雄对比，既有典型性，又切合京口时地。借曹操的话，将孙权与刘琮对比，泾渭分明，是非显豁，使立论千古不易。

（李坤栋）

●刘过（1154—1206），字改之，号龙洲道人，吉州太和（今江西泰和）人。屡试不第，流落江湖间。有《龙洲集》《龙洲词》。

◇六州歌头·题岳鄂王庙

中兴诸将，谁是万人英？身草莽，人虽死，气填膺，尚如生。年少起河朔，弓两石，剑三尺，定襄汉，开虢洛，洗洞庭。北望帝京。狡兔依然在，良犬先烹。过旧时营垒，荆鄂有遗民。忆故将军，泪如倾。　　说当年事，知恨苦，不奉诏，伪耶真？臣有罪，陛下圣，可鉴临。一片心。万古分茅土，终不到，旧奸臣。人世夜，白日照，忽开明。衮佩冕圭百拜，九泉下，荣感君恩。看年年三月，满地野花春。卤簿迎神。

岳鄂王即岳飞。岳飞抗金，为投降派所忌，于高宗绍兴十一年（1141）被杀害。宋孝宗时昭雪，为其建庙于鄂（今武昌），宋宁宗嘉泰四年（1204）追封为鄂王。此词为作者在嘉泰四年西游汉沔（今武汉）时作。

本词上片以叙述岳飞生平为主，兼及他冤死后人们对他的悼念。首二句以问话起，实为对岳飞的高度赞扬。中兴诸将中谁是万人之英杰呢？当然应该是岳飞。以下就直接叙述岳飞的生平事迹。"身草莽"以下四句，承首二句而来，直接赞颂岳飞。岳飞出身草莽底层，但功劳卓著，人虽冤死，忠勇之气尚且积蓄胸中，如在生时一样。这几句，讲岳飞死犹未死。"年少起河朔"以下六句，讲岳飞的生平事迹。岳飞二十岁就在黄河以北地区投军卫国，武艺高强，能开两石之弓，手持三尺宝剑，收复襄阳府等六州，又收复虢州（今河南灵宝）、洛阳（今河南洛阳）、东虢（今河南荥阳）一带大片国土，还平定了洞庭湖一带的杨幺农民起义军。应当指出，词人因押韵需要，上述几件事在时间上有颠倒，"开虢洛"应在"洗洞庭"之后。作为封建士大夫的岳飞，出于本阶级的利益，镇压农民起义也属正常，今天看来，虽为他的瑕疵，但不能过分苛责古人。"北望帝京。狡兔依然在，良犬先烹"，三句写岳飞之死。岳飞所向披靡，金人连连失利。岳家军进军朱仙镇，离汴京（今开封）仅四十多里，此所谓"北望帝京"。但岳飞抗金的胜利与宋高宗、秦桧等投降派的主张背离，高宗便连下十二道金牌命令岳飞撤兵后退。回兵后，岳飞又被以"莫须有"的罪名处死。"狡兔依然在，良犬先烹"二句即用典喻此。典出《淮南子·说林训》："狡兔得而猎犬烹。""过旧时营垒"以下四句，是写实。作者几十年后经过当年岳飞旧时的营垒，见过荆鄂一带的遗民，人民仍然在怀念故将军岳飞，对他的冤死仍悲痛到"泪如倾"的地步，这是对岳飞抗金产生巨大影响的极力歌颂。

词下片是写岳飞被平反昭雪，也表达了作者和人民的欣喜之情。首先，对秦桧等诬陷岳飞时强加的种种罪名加以驳斥。"说当年事"以下四句，即此。说起当年将岳飞下狱治罪的事，谁都知道岳飞之冤、之恨、之苦。硬诬陷他"不奉诏"，真是"莫须有"之罪啊！但当时秦桧大权在握，煞有介事，弄得是非莫辨，此即"伪耶真"，"耶"，即邪。"臣有罪"以下四句，是对宋高宗的指责。大臣有罪与否，不能全听办案者胡言，皇帝陛下应当圣明，可鉴别岳飞的一片忠心啊！言外之意，指出皇帝为什么凭奸贼秦桧的诬陷而处死岳飞呢？这不是皇帝糊涂吗？作者激愤之情，溢于言表。最后，宋孝宗终于为岳飞平反昭雪，为他建庙，宋宁宗时，还追封岳飞为鄂王，奸臣秦桧也得到应有的处罚，说明天道圣明，人心终快。"万古分茅土，终不到，旧奸臣"，就是说明正义始终要战胜邪恶，真理终将大白于天下，坏人终无好下场。"分茅土"，古时君主用茅草包土赠受封者，表示封赏。"人世夜"以下六句，属想象。岳飞平反，深孚民意，成为南宋最大的喜事，有如人间黑夜突然被白日光照九天一样。而含冤地下的岳飞也穿上朝服，系着佩玉，戴着冠冕，拿着圭璧，在九泉下叩谢君恩。这几句写出岳飞昭雪后的欣喜之情。而普天之下的老百姓呢？更是欢欣鼓舞。不信请看每年的三月，春风吹拂，遍地野花盛开，人们以隆重的仪式，在岳鄂王庙祭奠英烈，迎接神灵。末三句，以生动传神之笔，形象地描绘出人民祭奠岳飞神灵的盛况，写得神采飞扬，充分表达了中原人民对岳飞的崇敬之情。

《六州歌头》短句多，能很好地表达激愤、慷慨、壮烈的情怀。词写岳飞的战功、冤死、昭雪，感情激烈，跌宕多姿，与词牌感情色彩极为吻合。下片又用浪漫主义手法，想象丰富奇特，描写真切感人。

（李坤栋）

●姜夔（约1155—1209），字尧章，号白石道人，饶州鄱阳（今属江西）人。少随父宦游汉阳。父死，流寓湘鄂间，诗人萧德藻以兄女妻之，移居湖州，往来于赣、皖、苏、浙间。终生不第，卒于杭。有《白石道人诗集》《诗说》《白石道人歌曲》等。

◇扬州慢并序

　　淳熙丙申至日，予过维扬。夜雪初霁，荠麦弥望。入其城，则四顾萧条，寒水自碧，暮色渐起，戍角悲吟。予怀怆然，感慨今昔，因自度此曲。千岩老人以为有《黍离》之悲也。

　　淮左名都，竹西佳处，解鞍少驻初程。过春风十里，尽荠麦青青。自胡马窥江去后，废池乔木，犹厌言兵。渐黄昏，清角吹寒，都在空城。　　杜郎俊赏，算而今、重到须惊。纵豆蔻词工，青楼梦好，难赋深情。二十四桥仍在，波心荡、冷月无声。念桥边红药，年年知为谁生？

本词作于淳熙三年（1176）。扬州在宋是淮南东路首府，又是历史文化名城。宋高宗在位时，金人曾两度大举南侵，扬州亦两遭焚掠。

十余年后，词人来到扬州，看到的还是一座荒城。词从"淮左名都"说起，自然包含许多追忆繁华、撷拾旧闻的内容。比如禅智寺的竹西亭，就是杜牧诗中歌咏过的名胜。"春风十里扬州路"也是杜牧诗中名句，这与词人眼前见到一片黍离麦秀的景象，构成多么大的反差啊！一切废池古木，都是铁的见证，无言地控诉着侵略的罪行。写胡马只言"窥江"，写荒城只言"厌兵"，却包含无限感时伤乱意，何等含蓄。

　　杜牧歌咏扬州的名句还多，除"娉娉袅袅十三余，豆蔻梢头二月初"外，还有"十年一觉扬州梦，赢得青楼薄幸名""二十四桥明月夜，玉人何处教吹箫"等等。词中运用之妙，在于不是一般地化用，而是虚拟情景：假如诗人故地重游，纵有天赋才情，怕再也找不到往日的灵感了吧？二十四桥中，有一座红药桥，桥边原种芍药花，眼下想必也无人经营，任其自生自灭了吧。

　　这是姜夔自创乐曲的一首歌词，作者笔端驱使杜牧奔走不暇，由于运用唐代大诗人留下的丰富语言材料，从而处处让人联想到扬州美好的过去，与衰落的现在形成对比，很好地表达了谴责侵略、揭露战争破坏性的主题。作为一首慢词，作者很注意领字的运用，如自、渐、算、纵、念等，在语气行文上起到很好的转接作用，同时也适当点缀骈语（"淮左名都，竹西佳处""豆蔻词工，青楼梦好"），更见工整。

（周啸天）

●史达祖，生卒年不详，字邦卿，号梅溪，汴京（今河南开封）人。尝为韩侂胄堂吏，韩败，坐受黥刑。有《梅溪词》。

◇满江红·九月二十一日出京怀古

　　缓辔西风，叹三宿、迟迟行客。桑梓外，锄耰渐入，柳坊花陌。双阙远腾龙凤影，九门空锁鸳鸾翼。更无人、撅（yè）笛傍宫墙，苔花碧。　　天相汉，民怀国。天厌虏，臣离德。趁建瓴一举，并收鳌极。老子岂无经世术，诗人不预平戎策。办一襟、风月看升平，吟春色。

宋宁宗开禧元年（1205），韩侂胄准备北伐，派遣李壁使金，史达祖陪同，以此了解金邦虚实。当年七月起行，闰八月抵金中都（今北京市），于九月返程，经汴京（今开封）。汴京为北宋旧都，作者睹物伤怀，写下这首词。

词的上片以写景为主，描写汴京的荒凉破败，抒发黍离之悲。"缓辔西风"以下两句用典故写离开汴京的依恋之情。在秋风习习的日子里，放缓辔头，让马慢慢行进，就像当年孟子游说齐王，"三宿而后出昼"，孟子希望齐王挽留自己一样，流露出恋恋不舍之情。又像孔子离开故乡鲁国时说："迟迟吾行也，去父母国之道也。"事见《孟子·万章下》。汴京既是旧都，也是史达祖故乡，史达祖对其感情特别复杂，特别依恋，用"缓"字、"迟迟"，作了充分的描绘。接下来，便以浓墨重彩，描写汴京的荒凉破败。"桑梓外，锄耰渐入，柳坊花陌"。"桑梓"，故乡也，二字感情极浓，自己的故乡城外，原来的繁华胜地柳坊花陌，而今逐渐变成了耕地。换言之，往日的兴盛繁华已不复存在了。"锄耰"，均为农具，"锄"为挖土工具，"耰"为碎土工具。"双阙远腾龙凤影，九门空锁鸳鸯翼"，二句对仗极工，生动地描绘出汴京宫殿的荒凉。作者离开汴京南行，不时回头望汴京的建筑，因渐行渐远，远远地只见双阙的龙凤影在腾跃、被空锁，九门的鸳鸯翼也在腾跃、被空锁。二句是互文见义。"远腾""空锁"，均指二句中的汴京建筑的荒败状态。作为京都，当年是何等繁华，张择端的《清明上河图》给后人留下了北宋京都汴京的繁华景象。但经"靖康之难"后，汴京惨遭破坏，昔日的楼台亭阁、花街柳院，已经残破不堪，而今只依稀见其轮廓而已。黍离之悲，亡国之痛，饱注字里行间。"更无人、撅笛傍宫墙，苔花碧"。上片末三句抬出盛唐时代长安的繁华与之比较，更从反面增添黍离之悲。中唐元稹《连昌宫词》云："李謩擪笛傍宫墙，偷得新翻数般曲。"元稹自注说，唐玄宗曾创制新曲一首，在上阳宫连夜演奏彩排，却被长安吹笛专家李謩听见，遂于"桥柱上插谱记之"，先于皇宫吹奏，使玄宗吃惊不小。元稹用这个故事渲染盛唐的盛世太平。史达祖用此典，从反面衬托汴京的萧条冷落。二者比较，反差极大，读之令人震撼。

下片议论抒情。"天相汉"以下六句，通过议论，阐述北伐收复中原的理由。理由有三：一是上天都相助汉民族，厌恨金邦。二是民心归宋。三是金国内部矛盾重重，有机可乘。"汉"与"虏"，这里分别代表宋与金。史达祖随同李壁使金，有侦察敌情的任务，上述几句即为侦探研究敌情后的结论。这也是与当时实际情况吻合的，罗大经《鹤林玉露》卷四、《永乐大典》卷一二九六六引陈桱《通鉴续编》等文献都有记载。金既有边患，为鞑（蒙古）所困，国内也"群盗蜂起，赋敛日繁，民不堪命"，所以北伐讨金正当其时。"趁建瓴一举，并收鳌极"即为结论。"建瓴"，即高屋建瓴，比喻居高临下、不可阻挡的形势。"建"通"瀽"，倒水、泼水也。"瓴"，盛水瓶。一说是瓦沟。典出《史记·高祖本纪》。"鳌极"，指四极边疆之地，典出《淮南子·览冥训》：女娲"断鳌足以立四极"。北伐收复中原是时候了，而自己应该做些什么呢？首先说明自己有经世术，但地位低下，只是一个诗人文士，不能也不可能参与高层决策。此即"老子岂无经世术，诗人不预平戎策"之意。作者以一"诗人"身份，虽不能"预平戎策"，但可以准备一腔襟怀诗情，在金风朗月下看天下统一的太平盛世，歌吟大好河山的遍地春色。词末，作者满怀激情，对未来，对北伐，充满必胜的信心，有着无限的憧憬。

（李坤栋）

●岳珂（1183—约1242），字肃之，号亦斋，又号倦翁。相州汤阴（今属河南）人。岳飞之孙，岳霖之子。曾知嘉兴府，历任户部侍郎、淮东总领兼制置使等。有《金陀粹编》《桯史》《玉楮集》等。

◇祝英台近·北固亭

澹烟横，层雾敛，胜概分雄占。月下鸣榔，风急怒涛飐。关河无限清愁，不堪临鉴。正霜鬓、秋风尘染。

漫登览，极目万里沙场，事业频看剑。古往今来，南北限天堑。倚楼谁弄新声，重城正掩。历历数、西州更点。

岳珂此词，历来评价甚高，甚至说它可与"辛幼安'千古江山'一词相伯仲"（见《词品》）。此词咏北固亭。北固亭在京口（今江苏镇江）东北北固山上，下临长江，形势险固，历来为兵家必争之地，历史上许多英雄豪杰占据它以成大业。此词打破常规，上下片在内容上并无大的区分，怀古与伤今、情感与景物、议论与抒情水乳交融，从而抒发作者复杂的内心感受。

"澹烟横"以下三句，写景怀古。景是眼前的，人在北固亭上，居高临远，下瞰长江，轻淡的烟雾笼罩，迷迷蒙蒙，不多一会儿，层层薄雾又随风消散。这是一幅动态的江天暮霭图。"胜概",指美丽的景色、佳景。"分雄占",分别被英雄们占据。三国时孙权曾定都于此,南朝刘裕也曾起兵京口,平定天下。回思历史,英雄们的业绩历历在目,令人景仰。"月下鸣榔,风急怒涛颭"二句,作者思绪从怀古又拉回现实,时间也由黄昏进到夜晚。在皎洁的月光下,江面渔火点点,打鱼船上不断传来木条敲打船舷发出的声音,那是渔人在驱鱼入网。不多一会儿,风急涛涌,江面呈现另一番景象。"颭",风吹使颤动。此指江面大风逐浪,汹涌澎湃的状态,作者触物兴情引出"关河"以下四句。"关河",指关塞与河防,此指事关抗金的军国大事。"无限清愁",十分堪忧之谓。南宋统治者一味投降苟安,文恬武嬉,收复中原无望。当时京口处于抗金二线,北边中原广大地区陷于金人之手,作者怎不感慨万千!"不堪临鉴",正是作者登临纵目时悲愤之情的流露。国事堪忧,自己也繁霜满鬓,未老先衰,"秋风尘染"。作者死时或才五十九岁,此词作年不可考,即使作于晚年,作者也时当壮盛,何以繁霜染尘?盖其忧国忧民,催其过早衰老之谓也。"漫登览"以下五句,继续就未老先衰,功业未就之意阐发。纵览古今,大丈夫应当以天下为己任,但极目远望,万里沙场非我能预料,事业无成,空自频频看剑而已。英雄无用武之地,溢于言表,正如辛弃疾"江南游子,把吴钩看了,栏杆拍遍,无人会,登临意"一样的心情。"古往今来"以下二句,说从历史看,长江阻限南北成为天险,既有天险保护后方,完全可以依靠江南的富庶,北图中原收复失地的。但现实如此,怎不令人扼腕长叹。作者倚楼聆听,重重城门已关闭的城里,正传出新制的歌曲,人们沉醉在一片歌舞升平之中,真是"山外青山楼外楼,西湖歌舞几时休。暖风熏得游人醉,直把杭州作汴州"(林升《题临安邸》)。此时的作者,情感跌入低谷,在失望与痛苦中,只有"历历数,西州更点"，以打发无聊的沉沉黑夜。末一句别有深意。"西州"，古城名，东晋置。故城在今江苏南京。南京为六朝故都，六朝的统治者大多花天酒地，不顾国政，除东晋外，各朝皆短短几十年便归灭亡，为千古殷鉴。南宋统治者与六朝皇帝无异，南宋灭亡是迟早的事，作者十分清楚。此用"西州"事喻南宋，十分准确，也十分沉痛。京口离西州数十公里，西州更点岂能"历历数"？因此，二句属想象之语，虚景实写。

全词围绕登临抒怀的主题，由景而起，经怀古、写实、忧国、叹世、悲功业未建壮志未酬、伤前途无望，错综复杂，内涵极为丰富。写作技巧也别具一格。它打破上下片分写的传统结构法，把写景、怀古、抒情融为一体，使得结构紧凑，尤值得推崇。

（李坤栋）

●吴潜（1195—1262），字毅夫，号履斋，宣州宁国（今安徽宁国西南）人。南宋嘉定十年（1217）中状元，授承事郎、签书镇东军节度判官。曾任兵部尚书、浙西制置使，拜左丞相，封许国公。有《履斋诗余》等，明代辑有《履斋遗集》等。

◇水调歌头·焦山

铁瓮古形势，相对立金焦。长江万里东注，晓吹卷惊涛。天际孤云来去，水际孤帆上下，天共水相邀。远岫忽明晦，好景画难描。　　混隋陈，分宋魏，战孙曹。回头千载陈迹，痴绝倚亭皋。惟有汀边鸥鹭，不管人间兴废，一抹度青霄。安得身飞去，举手谢尘嚣。

本词是作者任镇江知府时作，题为“焦山”，是在焦山观景抒怀。焦山，位于江苏镇江东北，屹立于江中，与金山对峙，向为江防要塞，南宋岳飞、韩世忠曾驻守此地，抗击金兵。吴潜为嘉定进士，累官至参知政事、枢密使、左丞相，身处南宋末内外忧患之际，主张加强战守之备以抗元兵，对南宋朝廷苟且偷安深表忧虑，后受萧泰来、贾似道谗毁，二次罢相，卒于循州贬所。作者深知官场险恶，作此词以表达回归山林之情。

　　词上片写景，突出焦山险固的地理优势和所见的壮丽景色。"铁瓮"以下二句是写焦山的地理形胜和险固。"铁瓮"，此指镇江古城，古称润州城，孙权筑。杜牧《润州二首》其二"城高铁瓮横强弩，柳暗朱楼多梦云"，冯集梧注引《演繁露》说润州城古号铁瓮，其"瓮形深狭，取以喻城"。此地扼南北要冲，工事坚固，有金山与焦山对峙而立，为兵家必争之地，故称"古形势"。作者登临极目，只见长江万里东流，滚滚滔滔，早晨的风正吹起惊涛骇浪。天边一片孤云正在流逝，江面上一艘船正张帆行驶，随着波涛起伏而上下浮动，水与天际简直难分彼此了。在淡淡的晨雾中，远山时明时暗，真是一幅难以描画的美景啊！上片写景，由近而远，境界壮阔，还具有立体感、层次感，显得十分生动。

　　下片议论抒情，从纵向角度通过陈述历史发表议论，抒发归隐自然的心情。"混隋陈，分宋魏，战孙曹"，三句怀古论史。由于镇江所处的特殊的地理位置，历来被叱咤风云的政治家、军事家占据，上演了一幕幕惊心动魄的悲喜剧。"混隋陈"指隋统一陈。隋开皇九年（589）正月，隋将贺若弼攻拔京口，活捉南徐州刺史黄恪，陈师败绩，很快隋灭陈。"分宋魏"，指南朝宋刘裕凭借长江险固，以抗击北魏军队，保全江南，形成南北分治局面。三国时，孙权占据江东六郡，以拒曹操，京口为江防前线，此即"战孙曹"。作者通过回顾千余年的历史陈迹，表明也想学历史上的英雄，依据险固的镇江形胜，干一番大事业的心志。但作者深知懦弱的南宋朝廷，不可能让他有所作为。所以，作者也只能"痴绝倚亭皋"了。"痴绝"，为藏拙或不合流俗之谓，典出《晋书·顾恺之传》。苏轼《次韵韶守狄大夫见赠》之一："才疏正类孔文举，痴绝还同顾长康。""亭皋"，水边平地，此指镇江焦山江岸。正当作者倚立江岸怀古抒情时，江边绿洲上的鸥鹭不时起落，悠闲自在，作者便很自然地向往鸥鹭，恨不得与之为伍而告别人间的尘嚣。末五句，就鸥鹭兴发，抒写归隐的心志。鸥鹭不管人间兴废，属拟人。

（李坤栋）

●元好问（1190—1257），字裕之，秀容（今山西忻州）人。曾读书于山西遗山，因号遗山山人，世称元遗山。金宣宗兴定五年（1221）进士。官镇平、内乡、南阳等县县令。后入朝，历尚书省左司员外郎，入翰林，任知制诰。金亡不仕。有《遗山集》。又编金人诗为《中州集》十卷。

◇木兰花慢

渺漭流东下，流不尽，古今情。记海上三山，云间双阙，当日南城。黄星，几年飞去。淡春阴、平野草青青。冰井犹残石甃，露盘已失金茎。　　风流千古短歌行，慷慨缺壶声。想酾酒临江，赋诗鞍马，词气纵横。飘零，旧家王粲。似南飞、乌鹊月三更。笑杀西园赋客，壮怀无复平生。

此为元好问游览"三台"的怀古抒情词。"三台"，是三国时曹操在其领地所建铜雀台、金虎台、冰井台，极其辉煌壮丽，后因战乱焚毁。元好问避兵游此，为有感之作。

上片记台怀古。开篇即写"三台"景物，抒发感情。"渺漭流东下"，邺城南面，渺远处是漳河浩荡地往东流去，这不尽的流水啊，

"流不尽，古今情"。古往今来，多少悲喜之情在这儿发生，而浩荡的流水永远也流不尽这些情事啊！邺为历史名城，最早由春秋时齐桓公修建，战国时曾为魏都。汉末，袁绍为冀州牧，镇邺。袁绍被曹操消灭，汉以曹操有功，以邺封曹操。魏置邺都，与长安、谯、许昌、洛阳合称五都，南北朝时后赵、前燕、东魏、北齐都相继在此建都。北周大象年间毁于兵火。历史上，多少兴亡成败均发生在此，对此作者怎不心潮澎湃！"记海上三山"以下三句，写昔日之盛。曹操建三台，其雕梁画栋，金碧辉煌，有如传说中的仙境海上三山。当日的南城，楼台双阙，直插云中，何其巍峨壮丽。"海上三山"，指传说中的海中蓬莱、方丈、瀛洲三座仙山。"双阙"，此指宫殿大门前所立的双柱。

"黄星"句至上片末，极写三台遗址的荒凉破败。"黄星"，黄色之星，古时以为是瑞星，象征着帝王。张衡《周天大象赋》："嘉大舜之登禅，耀黄星而靡锋。"此词"黄星，几年飞去"，以黄星没过几年便飞去，象征"三台"迅速毁灭，繁华消逝。而今在淡淡的阴霾笼罩的春日，广阔的原野长满青青的野草。当年的冰井台，还依稀可见残存的石砌井壁（石甃），已残破不堪了。这一切，有如当年汉武帝修的金铜仙人承露盘被魏明帝拆毁，失去了其支撑的铜柱一样。

"露盘"句用魏明帝典。汉武帝刘彻曾在长安建章宫前造神明台，上铸铜仙人，铜仙人手托承露盘以储存露水，汉武帝用此露水和以玉屑服食，以求长生。魏明帝曹叡在洛阳大兴土木建宫殿，便命宫官去长安拆铜人迁于洛阳。本词用此典，意在说明经战乱后"三台"的破败荒芜。上片通过"三台"的兴废怀古，抒发成败无定的历史感慨。

下片继续怀古抒情。"风流"句为过片，既承上片怀古，又开启下片抒情。"风流"用晋王敦典。王敦为东晋元帝丞相，每酒后咏曹操《步出夏门行·龟虽寿》诗，以如意敲打唾壶为节拍，壶口尽缺，事见《世说新语·豪爽第十三》和《晋书》本传。此以王敦之喜好曹操诗歌,歌颂曹氏父子雄踞邺都的千古风流。"想酾酒临江,赋诗鞍马,词气纵横",进一步用形象之笔歌咏曹氏父子文治武功卓绝一世。"酾酒临江",用苏轼《前赤壁赋》成句,有曹氏父子文雅风流如苏轼之况。"赋诗鞍马"出自唐元稹《唐故工部员外郎杜君墓系铭并序》:"曹氏父子鞍马间为文,往往横槊赋诗。"歌颂曹氏父子既驰骋于疆场,也驰骋于文场的丰功伟绩。上述五句,继续就"游三台"怀古,以古时曹氏的英雄盖世、风流儒雅反衬自己的落魄无为。"飘零"以下直至篇末,感叹自家身世,遭逢乱世,四海飘零,功业不建,空有壮志而已!词中以王粲自比,非常准确。因董卓之乱,王粲离京避祸荆州依刘表,虽有壮志而无所作为,正与自己身世遭遇类似。"似南飞、乌鹊月三更",化用曹操《短歌行》诗句:"月明星稀,乌鹊南飞。绕树三匝,何枝可依。"曹操本意以乌鹊择枝栖息喻人才择主而事,元好问用此句,只取乌鹊之无归宿说明自己前途无定。"西园赋客"指曹氏父子。"西园"为曹操在邺都所建游园,曹丕《芙蓉池作诗》有"乘辇夜行游,逍遥涉西园"之句。

全词通过游"三台"怀古抒情,极沉郁悲凉之至。用典颇多,但很准确;善用对比(古时的繁华与今时的荒凉对比、古人与古人对比、古人与今人对比),曲折委婉,起伏跌宕,摇曳多姿。

(李坤栋)

●刘因（1249—1293），字梦吉，号静修，雄州容城（今属河北）人。元世祖至元十九年（1282），以才学荐于朝，拜承德郎、右赞善大夫。不久因母疾辞归。后再以集贤学士征召，以病辞。仁宗延祐年中追赠翰林学士、容城郡公，谥文靖。有《静修先生文集》。

◇白沟

宝符藏山自可攻，儿孙谁是出群雄？
幽燕不照中天月，丰沛空歌海内风。
赵普元无四方志，澶渊堪笑百年功。
白沟移向江淮去，止罪宣和恐未公。

"白沟"即巨马河，原为宋辽之界河。本篇通过咏叹宋对辽、金妥协，致使边界南移江淮的史实，指出宋衰落的根源在不图强、不抵抗，抒发了深沉的历史感慨。

开篇用典，《史记·赵世家》载赵简子语诸子，"吾藏宝符于常山上，先得者赏"，诸子求而无得，惟毋恤自谓得之，云"从常山上临代，代可取也"，遂以毋恤为太子。本篇首句即"宝符藏山，代可取也"一转语。言在赵简子，而意归于赵匡胤，盖其尝有意于收取幽燕（五代石敬瑭在契丹扶持下建后晋，割燕云十六州与契丹，为儿皇帝）。次句言其后继无人，大有撒下龙种、收获跳蚤之慨。

　　紧承上联句意，三句言幽燕一直未能收复，所以和中原不共月，兴象颇妙。四句以宋太祖比汉高祖，谓其思"猛士守四方"的愿望不幸落空。

　　五、六句重在批判"澶渊之盟"，而追究宋朝开国大臣（"赵普"是个共名）胸无大志、苟且偷安的责任（"四方志"承上"海内风"）。"澶渊之盟"是在打了胜仗的前提下，订立的屈辱和约，充分表明赵家不肖子孙求和之心切。这一和议换得百年苟安，宋朝统治者不以为耻，反以为功，实在可笑。

　　作者用为宋徽宗缓颊的口气，谓边界（"白沟"是个代词）南移，终至衰亡，是宋自开国以来的妥协投降的外交政策决定的，能探其原，故发人深省。

（周啸天）

◇宋理宗南楼风月横披

　　　　物理兴衰不可常，每从气韵见文章。
　　　　谁知万古中天月，只办南楼一夜凉。

　　这首七绝是作者观看宋理宗一幅书法作品，而抒发对宋代兴亡感喟的诗作。理宗是南宋后期的皇帝。"南楼风月"，是其所书横披。按黄庭坚《鄂州南楼书事》有"并作南楼一夜凉"之句，是其所本。

　　诗一起说理——"物理兴衰不可常"，接下去从无常中翻出有常，就有些意思了："每从气韵见文章。"既然"每从"，可见有常。这个有常（即有规律性）的事体，便是文章关乎气韵：一个人的气质决定其文章的优劣，一个人的文章气象又往往预兆着他的前途命运。"诗谶"这个说法，多少有些道理。"往事只堪哀"，不是汉高祖诗。"大风起兮云飞扬"，不是李后主词。写"大鹏一日同风起"的，后来青云直上。写"岁岁年年人不同"的，不幸英年早逝。这中间难道没有必然性吗？只要不把问题绝对化，那正是"每从气韵见文章"！

前两句偏于说理，偏于抽象，那好处是很有限的。本篇之妙在于后二句将那说理变作感叹，将那抽象变作具体。读者首先看到了两种"风月"的对比，一是"万古中天月"，二是"南楼一夜凉"。前句系檃栝宋太祖《秋月》诗："未离海底千山墨，才到中天万国明。"那气象恢宏开阔，十足地表现出一个开国皇帝的气魄。而后者即化用黄庭坚"并作南楼一夜凉"句，相形之下，暗示了理宗皇帝前途的黯淡。两者都证明了"每从气韵见文章"的命题，通过"谁知""只办"的勾勒，连成一气。就境而言，仿佛画出一轮朗月高照南楼，可惜南楼上没有不负月色的风吹龙吟、欢歌笑语，而只有"一夜凉"！就意而言，这既是形象地讽刺理宗无能，不能继承太祖的雄才大略；又是惋惜太祖一脉龙种沦为为跳蚤。"谁知万古中天月，只办南楼一夜凉"，情妙，意妙，境妙，语妙。

（周啸天）

●白朴（1226—1306以后），字仁甫、太素，号兰谷先生。隩州（今山西河曲）人。金亡入元不仕，浪迹山水。与关汉卿、马致远、郑光祖并称"元曲四大家"。

◇沁园春·金陵凤凰台眺望

独上遗台，目断清秋，凤兮不还。怅吴宫幽径，埋深花草；晋时高冢，锁尽衣冠。横吹声沉，骑鲸人去，月满空江雁影寒。登临处，且摩挲石刻，徙倚阑干。　　青天半落三山，更白鹭洲横二水间。问谁能心比，秋来水静，渐教身似，岭上云闲。扰扰人生，纷纷世事，就里何常不强颜。重回首，怕浮云蔽日，不见长安！

本词最大的特点，是善于以诗为词，词中檃栝唐宋人诗句较多。上片主要是写景怀古，下片主要是抒情议论。

金陵凤凰台，其故址在今江苏南京西南隅。南朝宋元嘉十六年（439）有三鸟翔集山间，文采五色，状如孔雀，时人谓之凤凰，于是起台于山，谓之凤凰台。见清赵宏恩等撰《江南通志》。

首三句点题。作者独自登上凤凰台，望断清秋，但凤凰始终没有回来。"遗台"，古时遗留之台也，此指凤凰台。"目断"，犹望断，

望尽。凤凰为传说中的神鸟，哪里能见得着呢？首三句通过登台所见所思，写金陵萧条荒芜之景。"怅吴宫幽径"以下七句，既怀古，也写景抒情，由一"怅"字引领。"怅"字也是统帅全篇的词眼。那么，作者惆怅的具体内容是什么呢？是世事的沧桑。"怅吴宫"以下四句，暗用李白《登金陵凤凰台》诗："吴宫花草埋幽径，晋代衣冠成古丘。"李白诗感叹世事沧桑。金陵为六朝故都，往日的繁华均随时间的流逝而烟消云散了，只有那花草年年发，往日的辉煌一点也没留下来。想当年皇帝与嫔妃们，花天酒地，鼓角横吹，而今薰歇烬灭，光沉响绝，只剩下月满空江，雁影留寒而已！"骑鲸人"，也称骑鲸客，本喻仙家或豪客，此指历史上那些风云人物。他们去了，金陵只剩下荒芜与残破了。这几句，既是怀古，也是抒情，抒发万代共有的感慨。"登临处，且摩挲石刻，徙倚阑干"，三句从怀古的幽思中回到现实，也是对历史的凭吊。看那登临处，还残存几块石碑，眼观手摸，感叹世事的巨变，心潮起伏，不禁在栏杆旁徘徊不忍离去。

　　"青天半落三山，更白鹭洲横二水间"，二句过片写景，又用李白《登金陵凤凰台》句："三山半落青天外，二水中分白鹭洲。""三山"，山名，在金陵西南，山滨大江，三峰行列，南北相望。"青天半落"，即"半落青天"，指三山云遮雾绕，半隐半现、若隐若现的状态。"白鹭洲"，在金陵西，秦淮河源出句容、溧水两山间，合流至金陵之左，分为二支，共夹一洲而流，曰"白鹭洲"。"问谁能心比"以下四句，用王安石《赠僧》："纷纷扰扰十年间，世事何尝不强颜。亦欲心如秋水静，应须身似岭云闲。"王诗是陈述句，此词用反问句，显得感慨更为深沉。凡政治家在惊涛骇浪的斗争中摸爬滚打之后，多心灰意冷，特别是遭受到打击而失意时，便想回归田园，以求宁静的心态。王安石就是如此。白朴目睹元灭金、灭宋，自己也家破人亡，面对残酷的现实，他绝意仕进，追求"放浪形骸，期于适意"的隐逸生活。在纷扰的时代里，他对官场"就里何常不强颜"多是反感的。"强颜"，此指勉强表示欢欣，是官场为应付各种关系不得不说假话做假事的表现。"重回首"以下三句，再用李白《登金陵凤凰台》诗："总为浮云能蔽日，长安不见使人愁。""浮云蔽日"，典出陆贾《新语·慎微篇》："邪臣之蔽贤，犹浮云之障日月也。""长安"，此指代唐明皇。李白诗是抒发奸臣蔽贤，自己壮志难伸的惆怅。白朴词句，以李白的忧虑为例，意在说明官场的险恶。既然宦海风波迭起，何必去讨那个罪受，不如归隐田园为善。"重回首"，不断回首之意。

纵观全词，通过金陵衰飒的描写与怀古的感叹，抒发世事沧桑和绝意仕进的心志。

此词在艺术上也是白朴词"清俊婉逸"的代表。语言清丽，情景交融。写景、怀古、议论、抒情，委婉道来，含蕴无尽。虽多用唐宋人诗句，但不是抄袭，能够在前人基础上推陈出新，借之表达自己的意愿。

（李坤栋）

●萨都剌（约1307—1359后），字天锡，号直斋，以回鹘人徙居雁门（今山西代县）。曾远游吴、楚，元泰定四年（1327），进士及第。授镇江录事司达鲁花赤（掌印正官）。后任翰林国史院应奉文字。晚年寓居武林（今浙江杭州），后入方国珍幕府。为诗俊逸洒脱，清新自然。文章雄健，亦擅书画。有后人所辑《雁门集》《萨天锡诗集》《天锡词》等。

◇念奴娇·登石头城次东坡韵

石头城上，望天低吴楚，眼空无物。指点六朝形胜地，唯有青山如壁。蔽日旌旗，连云樯橹，白骨纷如雪。一江南北，消磨多少豪杰。　寂寞避暑离宫，东风辇路，芳草年年发。落日无人松径里，鬼火高低明灭。歌舞尊前，繁华镜里，暗换青青发。伤心千古，秦淮一片明月。

石头城，故址在今南京市鼓楼区。战国时楚威王灭越，置金陵邑。汉建安十六年（211）孙权徙治秣陵，改名石头。吴时为土坞，晋义熙中加砖累石，因山为城，因江为池，渐成规模。地形险要，为攻守金陵的必争之地。唐武德四年（621）为扬州治所，九年，扬州移治江都，此城遂废。此词题为"登石头城"，主要通过金陵自六朝繁华后随着政权的相继灭亡，政治中心的转移，逐步变得荒芜破败的事实，控诉战争对社会的破坏，抒发世事沧桑的沉痛心情。

首三句是总括。作者站在石头城上，纵目远望，境界极为开阔，吴楚之地，尽收眼底，但虚空无物。吴楚之地多平原，极远处，天与地连在一起了，所以天显得很低。"空"字是全词词眼，广袤的吴楚大地，空无一物。为了强调说明"空"，接着用"指点六朝形胜地，唯有青山如壁"二句，作进一步说明。金陵是六朝（东吴、东晋、宋、齐、梁、陈）定都之地，历经各朝统治者经营，繁华竞逐，留下了多少雕梁画栋的楼台亭阁、多少风景如画的名胜地！但如今呢？它们均灰飞烟灭，只剩下傍立大江的青山而已。读上述五句，世事沧桑之感油然而生。那么，为什么造成如此巨大的变化呢？接着三句"蔽日旌旗，连云樯橹，白骨纷如雪"便是原因。质言之，就是战争造成的灾难。金陵由于特殊的地理位置，历来为军事家、政治家必争之地，为争夺，最后必然用残酷的战争来解决问题。遮天的战旗，连云的樯橹（代战船），代表千军万马血战沙场，其结果，尸积如山，血流成河，当然其中的名胜风物也一并遭到破坏，繁华竞逐的金陵变成废墟了。"白骨纷如雪"，五字极为形象地写出了金陵的荒芜、破败、萧条、冷落甚至恐怖的状况。在修辞上既用比喻也用夸张，似乎人迹罕至，而白骨森森，有如白雪。这更形象地突出"空无物"。"一江南北，消磨多少豪杰"，二句是感叹，也是总结。金陵面临大江，襟带南北，为争夺它，耗尽了多少英雄豪杰的心血才力啊！说明金陵的荒芜破败，全是人为造成的，是战争造成的。

下片继续描写金陵之"空"。首五句描写细致，意象纷呈。当年皇帝嫔妃们的避暑离宫，如今是一片萧条寂寞。在春风的吹拂下，当年皇帝车驾经过的大道（辇路）两旁，香草年年寂寞地自生自灭。夕阳西下，在晚照的松间小路上，死寂无人。随着夜幕的降临，只有高高低低、或明或灭的人骨磷火（鬼火）在不断地闪现。这里，仍然以"空"为基调。繁华的标志最重要的是人烟稠密，人口众多。任何繁荣昌盛都是人为的，都离不开人的参与。而今的金陵呢？空无一人，死寂无声，"鬼火高低明灭"，简直就是一个令人恐怖的世界！金陵只剩战火硝烟的余烬，而幸存的少数人呢？随着时间的流逝，他们在战乱后精神受到巨大的创伤，也日渐衰老了。"歌舞尊前，繁华镜里"，是写过去的历史上的金陵，是六朝故都盛况空前的短暂情景。"尊前"，酒樽前，非常短暂；"镜里"的东西均是虚空的，水中月，镜中花，可见而不可求、不可得；加上"暗换青青发"，三句既写历史上的人事，也写自己。作者经历了元灭金、灭宋的战争，饱受苦难，感慨极深。最后以"伤心千古，秦淮一片明月"作结。"伤心"二字，为揭示主题之词。千古以来，最令人伤心的是那些残酷争夺地盘的战争，它毁掉一切，既严重地破坏了社会的物质文明，沧桑巨变，家破人亡，又严重地给活生生的人造成巨大的精神创伤。那朗照秦淮河的明月，清辉洒满地，就是历史最好的见证者啊。

　　全词以金陵之"空"而无物，揭示改朝换代的战争给人类造成的巨大的破坏，抒发了痛恨战争、同情受难人民、渴望和平幸福的心情。在思想主题上，此词明显受鲍照《芜城赋》的启发。

　　在艺术上，本词也极有特点。首先，情景交融，缘情写景，把金陵的荒凉破败、沧桑巨变写得极其生动。议论抒情也极尽沉郁之能事，既形象又深刻。其次，语言浅白，几乎没有用典。修辞上用了比喻、夸张、对偶。再次，在用韵上有意用苏轼《念奴娇·赤壁怀古》（念奴娇又名百字令）原韵，显得天衣无缝。二词虽同为怀古，风格均极豪放，但内涵上有明显不同。苏词重在抒发怀才不遇，是失意英雄的慷慨悲歌；此词重在控诉战乱给社会造成的巨大破坏，是作者心灵创伤的流露。

（李坤栋）

●马致远（约1251—1321以后），元曲作家，号东篱，大都（今北京）人。曾任江浙省务提举。元贞间尝与京师才人合撰杂剧，有《破幽梦孤雁汉宫秋》等杂剧十六种，尚存七本。

◇南吕·四块玉·巫山庙

　　暮雨迎，朝云送，暮雨朝云去无踪。襄王谩说阳台梦。云来也是空，雨来也是空，怎挨十二峰。

　　马致远令曲中有一组咏史怀古的〔四块玉〕，此即其一。"巫山庙"的来历，见宋玉《高唐赋》："昔者先王尝游高唐，怠而昼寝，梦见一妇人，曰'妾，巫山之女也，为高唐之客。闻君游高唐，愿荐枕席'。王因幸之。去而辞曰：'妾在巫山之阳，高丘之阻，旦为朝云，暮为行雨，朝朝暮暮，阳台之下。'旦朝视之，如言。故为立庙，号曰朝云。"古人诗文中说到巫山云雨，主要有两种寓意，一以言男女欢爱，一以刺帝王淫逸。

　　此曲即咏襄王梦遇神女一事，却反复在"云""雨""空"三字上做文章，意旨极为空灵，可说是归趣难求。前二句一"迎"一"送"，可见暮雨朝云，说实有也实有；三句却又说"去无踪"，可见云雨之为物，说虚幻也虚幻。这就兴起下句言楚襄王梦神女之事，用一个"谩说"、两个"空"字予以冷峻的否决，言好梦不长，难与巫山十二峰的存在较量。这些仅是字面意义，其象征意蕴却是扑朔迷离的。见仁见智，因人而异。大致可从以下几方面索解：一、发思古之幽情；二、有现实的感讽；三、寓人生无常、欢爱难久的感慨。从知人论世的角度言，作者的本意以第三解可能性较大。从读者接受的角度言，则可各得其解。"空灵"者，不是什么玄虚之意，乃是作品在艺术表现上空白较多，而读者想象的余地较大，故而灵动。这正构成此曲的一个显著特色。

在语言上，相应也具有一种扑朔迷离感。这首先在于"暮雨""朝云"的离合翻弄，先分后合，最后又以"云""雨"单字形式重复一次，给人形式上幻化多变之感。对于"去无踪"，又以"空"的单字形式重复两次，加以补充阐发，从而强调了虚无的感觉。末三句本是三字句，分别在其中和句首加了"也是""怎挨"等衬字，使曲词富于口语色彩，增加了咏叹意味。"也是"的重复，更添了一分缠绵之致。

（周啸天）

●赵孟頫（1254—1322），字子昂，自号松雪道人，湖州（今属浙江）人。宋太祖子秦王德芳之后。宋亡，家居力学。入元，以侍御史程钜夫荐，入朝为兵部郎中，迁集贤直学士。出同知济南总管府，历江浙等处儒学提举，官至翰林学士承旨。卒后封魏国公，谥文敏。有《松雪斋集》。

◇岳鄂王墓

鄂王墓上草离离，秋日荒凉石兽危。
南渡君臣轻社稷，中原父老望旌旗。
英雄已死嗟何及，天下中分遂不支。
莫向西湖歌此曲，水光山色不胜悲。

南宋抗金英雄岳飞被害于宋高宗绍兴十一年（1141），孝宗时恢复名誉，改葬西湖栖霞岭；宁宗时追封鄂王。本篇凭吊杭州西湖岳坟，而作者却是以宋王孙仕元的赵孟頫，是大有意味的。

宋亡之后，山河改色，岳坟也一度冷落。诗发端二句就描画了岳庙杂草丛生、破败荒凉的情景："鄂王墓上草离离，秋日荒凉石兽危。"一片野草，笼罩在秋日惨淡的余光下，是何等悲凉的情境！而"石兽"，本来是护陵神物，它们在风雨侵蚀、野草肆虐之下，仿佛自身难保，一"危"字下得警策。

"鄂王墓"毕竟没有从战火中消失，它仍然屹立在西湖一畔，作为历史的见证，仿佛要告诉后人一段痛史。遥想南渡之初，宋朝军民抗金的热情高亢，曾经迎来恢复大业最有希望的年代。岳家军大举北上，连挫敌锋，直捣黄龙之期可待。谁知高宗、秦桧等人一心求和，强令退兵，致使复国大计化为泡影，中原父老濒于绝望。"南渡君臣轻社稷，中原父老望旌旗"一联，就以十分凝练的笔墨概括了这段痛史。"南渡君臣"，与"中原父老"形成对照，后者望穿秋水（范成大《州桥》："州桥南北是天街，父老年年等驾回。忍泪失声询使者，几时真有六军来？"陆游《秋夜将晓出篱门迎凉有感》："遗民泪尽胡尘里，南望王师又一年。"皆此句所本），前者麻木不仁，一冷一热的对比中，词婉意严，对高宗、秦桧误国的批判冷峻无情。"轻社稷"的"轻"字，可谓一字褒贬，鞭辟入里，狡兔未死，良弓先藏，此非轻社稷而何？

长城自毁，时机已失，虽然在孝宗淳熙年间、宁宗开禧年间也曾组织过北伐，然而均因将帅未得其人，准备草率仓促而失利。那时人们怀念岳飞，真的是"英雄已死嗟何及"呢！而"天下中分"，南北对峙既久，复有"一代天骄，成吉思汗"崛起金人之侧，雀啄螳螂，蝉亦不免，虽有文天祥等努力匡救国难，终因大厦将倾，独木难支。赵宋三百余年基业毁于一旦，究其祸根，实种于"风波亭"特大冤案，无怪乎诗人要对坟一哭："英雄已死嗟何及，天下中分遂不支。"

诗人谱写了这支悲歌，然而向哪里去唱呢？"莫向西湖歌此曲，水光山色不胜悲。"明明是诗人自己悲不自胜，偏偏说"水光山色"经不起更多的感伤刺激，便有迂曲婉转之妙。

这首七律在追吊南宋英雄的同时，未尝不包含一些惭愧羞赧。诗既没有藻绘，也没有典故，五、六句几乎不成对仗，篇末以"莫向"

作呼告，大有绝句或古风的味道。写景纯属白描，咏史纯属直叙。议论抒情，无不唱叹出之。诗到真处，丝毫不容假借。诗人选用"支微"韵部，其声细微低抑也有助于抒情，陶宗仪称赞说："岳王墓诗不下数十百篇，其脍炙人口者，莫如赵魏公作。"

（周啸天）

●张养浩（1270—1329），字希孟，号云庄，济南（今属山东）人。元武宗至大年间曾拜监察御史，上疏论时政，为权要所忌，当即罢官。仁宗即位，召为右司都事，官至礼部尚书，参议中书省事。有《云庄休居自适小乐府》《归田类稿》《三事忠告》。

◇中吕·山坡羊·潼关怀古

　　峰峦如聚，波涛如怒，山河表里潼关路。望西都，意踌蹰。伤心秦汉经行处，宫阙万间都做了土。兴，百姓苦；亡，百姓苦。

　　这是首咏怀古迹的散曲，属小令。潼关故址在今陕西潼关县东北，是秦汉以来称帝关中的必争之地，山川形势极险要。

　　"如聚"形容山峦之多，"如怒"以见黄河之险，曲一开头就造成雄关如铁的气势感，如豪放派的词。潼关西近华山，北据黄河，可说是"表里山河"（语出《左传》）。作者这是在歌颂壮丽的河山吗？不是的。这里的言外之意是说山河形胜不足恃，历史的教训就在眼前，"西都"即咸阳、长安，乃秦汉建都之地，都在潼关以西，其往日的光荣已成陈迹："伤心秦汉经行处，宫阙万间都做了土。"言念及此，作者感慨万千，不禁踌躇。

　　如仅停留在感慨上，此曲也就不足称道了。其可贵处正在于这里实际提出了一个"为什么"的问题，并给予了富于历史深度的答案："兴，百姓苦；亡，百姓苦。"没有重复"旧时王谢堂前燕，飞入寻常百姓家"（刘禹锡）、"大江东去，浪淘尽，千古风流人物"（苏轼）那一类慨叹，而是一针见血地道破了历史的真谛，指出封建王朝与人民群众的对立。读者对照秦汉兴亡的历史，联想唐太宗李世民"水能载舟，亦能覆舟"的格言，眼前或许还能浮现出如此惊心动魄的图画："戍卒叫，函谷举；楚人一炬，可怜焦土。"（杜牧《阿房宫赋》）这正是"宫阙万间都做了土"一句最好的注释。封建王朝的压榨致使"百姓苦"，百姓不堪其苦时也可导致封建王朝的灭亡，历史是无情的见证者。这结尾的两句不仅具有高度概括性，凝聚着深厚的思想内容，而且语言表现极为有力。"兴"字领出"百姓苦"三个字，与"兴"相反的"亡"仍然领出同样三个字，不期然而然，语言效果便尤为强烈，尤有气势。

　　作者是元时一个正直的官吏，此曲写在他任陕西行台中丞，治旱救灾，路经潼关的途中，显然富有现实感慨。曲中直接为百姓鸣冤叫屈，间接地，却是为当时统治者敲警钟。

（周啸天）

●虞集（1272—1348），字伯生，号道园，祖籍仁寿（今属四川）人，侨居崇仁（今属江西）。大德元年（1297）荐授大都路儒学教授。历国子助教，累迁秘书少监，翰林直学士，兼国子祭酒，奎章阁侍书学士。卒赠江西行省参知政事，仁寿郡公。谥文靖。有《道园学古录》《道园遗稿》等。

◇挽文丞相

徒把金戈挽落晖，南冠无奈北风吹。
子房本为韩仇出，诸葛宁知汉祚移。
云暗鼎湖龙去远，月明华表鹤归迟。
不须更上新亭望，大不如前洒泪时。

南宋抗元英雄文天祥于元世祖至元十九年（1282）就义于燕京。这首追挽之作在颂扬文天祥的忠烈的同时，也流露出作者的现实悲痛。

诗的前六句皆追怀文天祥事迹并寄感慨。《淮南子》中有一个鲁阳挥戈退日的故事，属传说。诗一开始就反用此典，叹惜文天祥虽鞠躬尽瘁，但终究未能挽救宋室灭亡的命运，不幸被俘，杀身成仁："徒把金戈挽落晖，南冠无奈北风吹。"前句典故活用固然不错，后句尤其是神会兴到的妙笔。"南冠""北风"的句中对自然贴切，以"无奈”联结，大有“时不利兮骓不逝，骓不逝兮可奈何”的意味。而北风吹南冠，还能造成一种“砍头只当风吹帽”的隐喻，这样的句子只能妙手偶得，不用反复推敲。

紧接着诗人连用两典作对仗，褒扬文天祥一生出处大节。其人受命于危难之际，而以国家民族恩仇为重，故可比汉代张良、三国孔明。用典贴合“丞相”身份。想秦灭韩国，子房以张家五世相韩，极力为韩报仇，后来功成身退。“子房本为韩仇出”的“本为”二字，突出了一种大公无私的情怀。而诸葛亮为了复兴汉室，竭忠尽智，哪里管它蜀汉国祚已尽，势在必亡。“诸葛宁知汉祚移”的“宁知”二字，则表现一种知其不可而为之的精神，弥见其忠贞不移。尽管这两位历史人物有成败的不同，然英雄固不以成败论也。

下一联承前晖落祚移之意，写诗人对宋亡的隐痛。《史记·封禅书》记载传说，黄帝铸鼎荆山，乘龙升天，后人遂称其地为“鼎湖”。“云暗鼎湖龙去远”指宋帝已死，人世已换。《搜神后记》有汉丁令威学道灵虚山、化鹤归辽的故事。“月明华表鹤归迟”指文天祥如魂归江南，亦将有不胜今昔之慨。

诗的最后两句写作者的现实悲痛。《世说新语·言语》载，东晋初年，过江诸人宴饮新亭，因“风景不殊，正自有山河之异”而相视流泪。后人每用以表示怆怀思故国之意。南宋的情况和东晋也差不多，故辛词有“长安父老，新亭风景，可怜依旧！”这是据有半壁江山者的感慨，而眼前蒙古贵族已统治全国，南宋连半壁河山亦不复存在，当然也就“不须更上新亭望”了。这是沉痛至深的话。“大不如前”四字可入《世说新语》。

（周啸天）

●张可久（1280—约1352），号小山，庆元路（治今浙江宁波）人。平生怀才不遇，纵情山水。曾以路吏转首领官，为桐庐典史，暮年居西湖。有《张小山小令》《小山乐府》等。

◇中吕·卖花声·怀古二首

阿房舞殿翻罗袖，金谷名园起玉楼，隋堤古柳缆龙舟。不堪回首，东风还又，野花开暮春时候。

令曲与传统诗词中的绝句与小令有韵味相近者，有韵味全殊者。本篇便与诗词相近。先平列三事：一是秦始皇在骊山造阿房宫以宴乐；二是西晋富豪石崇在洛阳建金谷园以行乐；三是隋炀帝"筑堤植柳"，修大运河下扬州巡游。此三例皆封建统治者穷极奢靡而终不免败亡的典型。但作者仅仅点出事情的发端而不说其结局。"不堪回首"四字约略寓慨，遂结以景语："东风还又，野花开暮春时候。"这是诗词中常用的以"兴"终篇的写法，同时，春意阑珊的凄清景象，又与前三句的繁华盛事形成一番强烈对照，一热一冷，一兴一衰，一有一无，一乐一哀，真可兴发无限感慨。

沈义父谈填词道："结句须要放开，含有余不尽之意，以景结情最好。"（《乐府指迷》）本篇与刘禹锡"朱雀桥边野草花，乌衣巷口夕

阳斜。旧时王谢堂前燕，飞入寻常百姓家"（《乌衣巷》）写法同致。
而句式的长短参差，奇偶间出，更近于令词。不过，一开篇就是鼎足对
的形式，所列三事不在一时、不在一地且不必关联（但相类属），这是
因为它与向来的"登临"怀古诗词不同，而近于咏史诗。

　　美人自刎乌江岸，战火曾烧赤壁山，将军空老玉门
　关。伤心秦汉，生民涂炭，读书人一声长叹。

　　本篇新意较前篇为多。先列举三事，手法似乎与前首相同。但这
三事不仅异时异地，而且不相类属了；在笔法上则直写无隐。"美人自
刎乌江岸"，是霸王别姬故事，"战火曾烧赤壁山"，是吴蜀破曹的故

事，"将军空老玉门关"，则是班超从戎的故事，看起来似乎彼此毫无逻辑联系，拼凑不伦。然而紧接两句却是"伤心秦汉，生民涂炭"，说到了世世代代做牛做马而牺牲的普通老百姓。读者这才知道前三句所写的也有共通的内容，那便是英雄美人或轰轰烈烈或哀艳的事迹，多见于载籍，所谓"班超苏武满青史"（于右任）。但遍翻廿一史，哪有普通老百姓的地位呢！这一来，作者确乎揭示了一个严酷的现实，即不管是哪个封建朝代，民生疾苦更甚于末路穷途的英雄美人。张养浩说"兴，百姓苦；亡，百姓苦"（《山坡羊·潼关怀古》），袁枚说"石壕村里夫妻别，泪比长生殿上多"（《马嵬》），也都有同一意念。在这种对比的基础上，最后激发直呼的"读书人一声长叹"，也就惊心动魄了。

在内容上极富于人民性，是此曲突出的优点。在形式上，对比的运用产生了显著的艺术效果。初读前三句，令人感到莫名其妙，或以为作者在那里惜美人、说英雄，替古人担忧。读至四、五句，才知作者别有深意：一部封建社会史就是统治阶级的相斫史，而受害者只是普通百姓而已。在语言风格上，此曲与前曲的偏于典雅不同，更多运用口语乃至俗语（如"战火曾烧赤壁山"）。结句"读书人一声长叹"的写法，更是传统诗词中见所未见、闻所未闻的。这样将用典用事的修辞，与俚俗的语言结合，便形成一种奇特的"蒜酪味"或"蛤蜊味"，去诗词韵味远甚。因而两首相比，这一首是更为本色的元曲小令。

（周啸天）

●张弘范（1238—1280），字仲畴。易州定兴（今属河北）人。忽必烈中统三年（1262）任行军总管，后屡建战功拜帅。有《淮阳集》。

◇读李广传

弧矢威盈塞北屯，汉家飞将气如神。

但教千古英名在，不得封侯也快人。

李广传，指《史记·李将军列传》和《汉书·李广传》，两文所载李广事略同。

在中国历史上，守边名将有二李，一为先秦李牧，一为汉时李广。二人均因战功卓著，名震边陲，千古流芳。其中，汉飞将军李广尤著名。司马迁《史记》和班固《汉书》都对李广作了生动描写。尽管李广奇功累建，但他的命运却十分坎坷，未能封侯，反而遭贬抑排挤，最终愤而自杀。这引起了历代评论家的深切同情和不平。

张弘范此诗，不遵俗套，既歌颂李广卓越的功勋，又对他未封侯不抱遗憾，提出了评价历史人物的一个全新的标准。这即此诗的独到之处。

首二句赞颂李广的卓越功绩。李广守边，"与匈奴大小七十余战"，可歌可颂者多。作者只重点突出李广的两点：一是善骑射，武艺绝伦；一是影响巨大。"弧矢"指弓箭。"盈"，满。语出《易·系辞下》："弧矢之利，以威天下。"李广，名将之后，善骑射是其家传。《史记·李将军列传》《汉书·李广传》记载他战场上出奇制胜，射杀匈奴"射雕者""白马将"，敌闻风丧胆，称他为"汉飞将军"，"避之，数岁不入界"（《汉书·李广传》）。"汉家飞将气如神"，写出李广影响巨大，其气概有如神灵，敌不敢轻。

"但教千古英名在"，但，只要。历史是最公正的评判官。千古英名经得起历史的考验，就足够矣，何必一定要封侯呢？不封侯也令人畅快啊！据《李广传》，李广的下级军官以军功封侯者达数十人，而李广终未封侯。论其原因，"望气"者（今所谓迷信职业者）王朔说他杀降卒遭报应，汉武帝认为李广"数奇"（命运不好。奇，音jī，单数，古以单数为不吉利），告诫大将军卫青，不可重用他。上述理由均为无稽之谈。李广的悲剧，实际是统治者（包括汉武帝、卫青之流）压抑排挤他所致。几千年的中国历史，被封建专制者扼杀的人才，比比皆是，岂止李广一人？对人的评价，特别是同时代人的评价，因种种原因，往往是不公正不科学的，只有经历过历史的大浪淘沙，真金方可留下。李广就是这样的真金。只要历史认可，就行了。这是评价历史人物的新标准，拿今天的话来说，评价历史人物应当以历史唯物主义的观点，实事求是的态度，封侯与否，一个人的政治地位的高与低，只是表面现象，与评价历史人物没有必然的联系。

本诗在结构上，很讲究起承转合，四句之间，脉络分明。首句起得突兀，大气磅礴。次句也承接得不同凡响，旗鼓相当。三句转，转出新意。末句合，总结，在第三句的基础上申说，把意思补充完整，显得天衣无缝。

（李坤栋）

●倪瓒（1301—1374），字元镇，号云林子、幻霞子等，无锡（今属江苏）人。性格孤傲，绝意仕进，好诗，善画，嗜藏书，中年尽鬻田产，晚年浪迹东吴。明洪武七年（1374）还乡而卒。有《倪云林先生诗集》《清閟阁集》。

◇双调·折桂令·拟张鸣善

　　草茫茫秦汉陵阙，世代兴亡，却便似月影圆缺。山人家堆案图书，当窗松桂，满地薇蕨。　　侯门深何须刺谒，白云闲自可怡悦。到如今世事难说，天地间不见一个英雄，不见一个豪杰。

旧王朝没落，新王朝兴起，其间有多少污秽和血！作者学会看淡，既不为"秦汉陵阙"长满衰草而悲哀，也不为新朝的即将诞生而称庆，只觉得正在发生的一切，如同月圆月缺一般，不以人的意志为转移罢了。

身处乱世，士大夫能做的最好的事情，就是洁身自好，保持人格的独立。与图书为伴，与松桂为伴，以薇蕨为食。说到薇蕨，使人联想到伯夷、叔齐不食周粟的气节。自甘清贫，还免了走后门，管他"侯门深似海"，与我都不相干。

　　大势已去的元朝已不值一论，正在逐鹿的群雄也很难说。"天地间不见一个英雄，不见一个豪杰"两句，将其一概推倒，大有"时无英雄，遂使竖子成名"之慨。作者似乎感到，新朝与旧朝，不可能有本质的差别。他的结论虽然悲观，却也是出于无奈。

　　　　　　　　　　　　　　　　　　　　　　　　（周啸天）

●张以宁（1301—1370），字志道，号翠屏山人，古田（今属福建）人。元泰定四年（1327）进士。明洪武初授侍讲学士，奉使安南。北还时卒于途中。有《翠屏集》等。

◇过辛稼轩神道

长啸秋云白石阴，太行天党气萧森。
英雄已尽中原泪，臣主元无北伐心。
岁晚阴符仙蠹化，夜寒雄剑老龙吟。
青山万折东流去，春暮鹃啼宰树林。

南宋爱国词人辛弃疾，在宋宁宗开禧三年（1207）死于铅山。《铅山县志·茔墓》："辛忠敏弃疾墓，在七都虎头门。宋绍定间赠光禄大夫，敕葬于此。犹有金字碑立驿路旁，曰稼轩先生神道。"这首诗就是作者在某个秋天凭吊英雄茔墓时所作。

英雄人物的墓园总会引起凭吊者肃然起敬的情怀，和对死者生前事迹的追忆。诗人在稼轩神道旁，首先想到的是辛弃疾青年时代投笔从戎，在北方纠众抗金的事迹，心情很不平静，"长啸秋云白石阴"使人联想到的是"仰天长啸，壮怀激烈"。高宗绍兴三十年（1160）年仅弱冠的辛弃疾，就在太行山一带聚义兵两丁，后归附耿京，自己做掌书记，共谋恢复。辛词"季子正年少，匹马黑貂裘"（《水调歌头》）、"想当年，金戈铁马，气吞万里如虎"（《永遇乐》）都是（或含有）对那段生活的追忆。辛弃疾当年活动的太行上党一带地势居高临下，苏轼形容其地是："太行西来万马屯，势与岱岳争雄尊。飞狐上党天下脊，半掩落日先黄昏。"（《雪浪石》）而张以宁本篇次句"太行天党气萧森"，不但形容其地形胜，气势深远，而且包含着对辛弃疾早年活动的缅怀。其人其地，皆可敬仰。

辛弃疾南归后，一直积极倡言北伐，从事抗金准备工作。然而屡遭当权者忌恨打击。终其一生，其恢复中原的宏愿，未能实现。《水龙吟》写道："倩何人唤取，红巾翠袖，揾英雄泪。"《崇祯历城县志·乡贤》载："（辛弃疾）临卒，以手比指，大呼杀贼数声而止。"真可谓死而后已。这是"英雄已尽中原泪"的确切含义。而"臣主元无北伐心"，则主要指南渡君臣即高宗等代表的主和势力，他们没有北伐诚意，致使偏安成为定局。不言"君臣"而言"臣主"，是因为按律第二字当仄。不过"臣主"这说法还可以理解为偏正结构，便有"屈服于金邦的皇帝"那种贬义。事实上，宋金绍兴和议（1141）后便改"兄弟"关系为臣君关系。宋主真是名副其实的"臣主"。隆兴和议后虽改为侄叔关系，依然屈辱。这样委曲求全的朝廷，又哪有勇气北伐呢！

紧接着，诗人檃栝辛词"却将万字平戎策，换得东家种树书"（《鹧鸪天》）、"举头西北浮云，倚天万里须长剑。人言此地，夜深长见，斗牛光焰！"（《水龙吟》）等感慨不平和抒发壮怀之名句，铸为联语："岁晚阴符（兵书）仙蠹化，夜寒雄剑老龙吟"，概括辛弃疾南渡后的两种心情。

结尾，诗人又化用辛词《菩萨蛮·书江西造口壁》："青山遮不住，毕竟东流去。江晚正愁予，山深闻鹧鸪。"词本意言恢复之障碍重重，君子当自强不息，如河汉朝宗于海，然时局不可乐观，故有殷忧。这里的化用却是指英雄既逝，江水仍绕山而东注，林中子规悲鸣，如有隐痛然，莫不是英雄之魂魄所化？难怪其余恨未消也。

诗多处运用辛弃疾词句为英雄写心，又高度概括了其生平大节，对南渡君臣则有所寄讽，是一首能代表后人对这位伟大爱国词人的追怀惋惜的佳作。

（周啸天）

　　●李梦阳（1473—1530），字天赐，又字献吉，号空同子。庆阳（今属甘肃）人。后徙河南扶沟。弘治进士，曾任户部郎中。因反奸宦刘瑾下狱。瑾死，起用为江西提学副使，后因事夺职家居。他倡言复古，反对虚浮的"台阁体"。与何景明等相呼应，号称"前七子"，在当时影响颇大。但因过分强调复古，亦有不良倾向。其诗亦有深刻雄健之作。有《空同集》。

◇吹台春日怀古

　　　　废苑迢迢入草莱，百年怀古一登台。
　　　　天留李杜诗篇在，地历金元战阵来。
　　　　流水浸城隋柳尽，行宫为寺汴花开。
　　　　白头吟望黄鹂暮，瓠子歌残无限哀。

　　吹台，在今河南省开封市（古汴京）东南禹王台公园内，相传为春秋时音乐家师旷吹乐之台。汉文帝少子梁孝王刘武徙封于此，增筑此台，孝王常于此安排歌吹，故曰吹台。明代已经荒芜，刘醇《吹台春游序》说："惟（开封）城东南仅三里有荒台，故基巍然独存，挺出风烟之外，高广数丈，可登可眺，即古之吹台也。台西有寺，民庐相接，竹木萧然，风景可爱。"（载《古今图书集成》职方典卷三八六）李梦阳晚年在开封登临此台，写了这首诗，抒发怀古伤今的悲怆情怀，读来感人至深。

　　首联两句倒装，先写出登台时所见到的一片荒凉景象。第二句中"百年"，指人的一生，此指暮年。全句是化用杜甫《登高》诗中"百年多病独登台"句意，其中暗含着自己年老体衰、心情伤感的意思，一开始就使诗歌蒙上了一层薄薄的阴影。作者为了追怀往古而登上吹台，放眼望去，但见荒废的宫苑与丰茂的杂草远远地连成一片，无边无际。过去，吹台一带，梁孝王曾筑东苑三百余里，大治宫室，为复道，吹台附近还有著名的兔园。可是，那盛极一时的宫苑如今安在？只剩下了断壁颓垣，到处长满了萋萋春草。诗中不说荒草长入废苑中，而是说"废苑迢迢入草莱"，远远望去，好像那依稀可辨的废苑遗址，正在没入荒草丛中。这样写，不仅突出了连天而起的满眼荒草，长势是那样茂盛，简直快要淹没了宫苑，而且有力地显现了旧苑的衰微，它似乎还在不断损毁，渐渐往荒草中隐没，直到无影无踪。两句联系起来看，那种今昔盛衰之感，溢于言外，作者登台而望，怎不引起对往昔的追想和满腹的惆怅呢！

　　中间两联，紧承首联，集中写第二句中的"怀古"，把"怀古"的内容具体化。颔联"天留李杜诗篇在，地历金元战阵来"，先追怀往事。唐玄宗天宝三载（744）秋天，最著名的诗人李白、杜甫，还有高适同游汴州（今开封）、宋州（今商丘），醉后登上吹台，慷慨怀古。李白写下了著名的《梁园吟》："我浮黄河去京阙，挂席欲进波连山。天长水阔厌远涉，访古始及平台间。平台为客忧思多，对酒遂作梁园歌。"杜甫后来也写出《遣怀》："昔我游宋中，惟梁孝王都……邑中九万家，高栋照通衢。舟车半天下，主客多欢娱……气酣登吹台，怀古视平芜。芒砀云一去，雁鹜空相呼"。这也许是冥冥之中的上苍有意安排的吧，"李杜文章在，光焰万丈长"（韩愈《调张籍》），吹台吸引了诗人的登临，而诗人又给吹台留下了永远值得纪念的诗篇。可是，到了金元易代之际，这里却又成了兵荒马乱的战场。金天兴元年（1232）三月和七月，蒙古军两度围攻金人首都汴京，双方展开了殊死决战，城内"百姓食尽，无以自生，米升直银二两，贫民往往食人殍，死者相望，官日载数车出城，一夕皆剐食其肉净尽。"（《归潜志》卷十一）天兴二年四月，汴京陷落，天兴三年，元人灭金。这里曾经发生过多少翻天覆地的巨大变化啊！颈联"流水浸城隋柳尽，行宫为寺汴花开"，作者又变换写法，把对往事的追怀与眼前的情景结合起来写。在隋代，荒淫的炀帝杨广为了游乐在这里开河凿渠，修建华丽的行宫，并于汴渠之堤遍植杨柳，最终弄得民怨沸腾，国亡宫废。如今，流水侵蚀着残破的古城，隋堤之柳已经消失殆尽，而行宫也已变为寺庙，在一片荒凉冷落中，开着寂寞的花。两相对比，昔盛今衰到这般地步，直叫人触目生愁，感慨系之。这两联，前一联紧承首联，纯然"怀古"，而后一联却又在"怀古"中兼写目前景象，在笔墨上显得既有变化，又为自然地过渡到尾联作了准备。

尾联"白头吟望黄鹂暮，瓠子歌残无限哀"，从怀古逐渐归结到眼前现实，表现出对民生疾苦的深切系念。"白头"句是借用杜甫《秋兴》中"彩笔昔曾干气象，白头吟望苦低垂"诗句，来表现自己的伤感之情。苍颜白发的诗人一直低吟遥望到天色向晚，虽然在这美好的春天听见了黄莺婉转的歌唱，也仍然破不开愁城，心中充塞着苦闷。特别是想到瓠（音 hù）子口河水泛滥不止，更令人无限哀愁。"瓠子"，古地名，又称瓠子口，在今河南省濮阳南。据《史记·河渠书》载，汉武帝时，瓠子口黄河决口，淹死了不少人，帝派人筑塞，并亲临察看，作了《瓠子之歌》二首。到明朝时，黄河在开封、瓠子口一带仍时常泛滥，弘治二年（1489）又决口入淮，给人民造成了极大灾难。诗中说"瓠子歌残"，"残"字表明《瓠子之歌》已经少有人唱了，言外之意是明代当今皇上已经不再像汉武帝那样亲自过问水利，保护人民的生命安全。诗中深藏着对当政者耽于享乐，不管国计民生的强烈不满，然而作者自觉位卑职小，又到了衰朽残年，自己也无能为力，只有无限的悲哀了。

　　诗歌从怀古开始，到伤今结束。中间围绕吹台及其附近的情况，写了不少的重大历史事件和人物，但绝无堆砌和拉杂之感。并且，历史事件和人物，又与眼前的景色、当今的时政相结合，古今交融，写来十分自然。在诗歌的字里行间，深深地包蕴着作者强烈的怀古伤今之意，全诗低回曲折而又激情奔涌，显示出作者沉郁豪健的笔力。

（管遗瑞）

●李攀龙（1514—1570），字于鳞，号沧溟，历城（今山东济南）人。明嘉靖二十三年（1544）进士，官至河南按察使，与王世贞同为"后七子"首领。论文主秦汉，论诗宗盛唐。有《沧溟先生集》。

◇和聂仪部明妃曲

天山雪后北风寒，抱得琵琶马上弹。
曲罢不知青海月，徘徊犹作汉宫看。

《明妃曲》是汉乐府旧题，写王昭君出塞之事。明妃即王嫱，字昭君，晋人因避司马昭的讳，改称明君，后人又称明妃。她本是汉元帝宫中美女，竟宁元年（前33年）被派远嫁匈奴首领呼韩邪单于，她在塞外荒寒之地，满怀眷恋故国的深情，度过了抑郁的一生。从汉乐府开始，历来有不少诗人歌咏过这件事，对明妃寄予了深切的同情。这首和聂仪部（仪部即礼部，聂仪部生平未详）《明妃曲》，以新颖别致的手法，刻画了明妃的生动形象，揭示了其内心的苦闷，具有感人的力量。

这首《明妃曲》的新颖别致之处，就在于它只截取明妃生活中的一个片段，通过生动传神的笔墨，给予描写和刻画，让人物的形象跃然纸上，从中自然地、含蓄地表现出明妃怀念故国的深情。

首先，在人物出场之前，作者先作了环境的烘染："天山雪后北风寒。"这一句交代了地点，是远在北国的大山，也交代了时间，是在酷寒的冬季。特别是对于环境，接连作了两个层次的递进性的描写。第一层点出是在大雪纷飞之后，空旷荒凉的北国，冰封千里。第二层更进一步，大雪之后，凛冽的朔风呼啸而来，搅天动地，更加寒冷彻骨，这是诗意的重点所在。这样，全句归结到最后一个"寒"字上，极为自然而有力，使人读来真有不寒而栗之感。在这样苦寒之地，谁能有什么好心境呢？这就为明妃的出场，作了很好的铺垫。全句高度概括，极富包容性，在有限的文字中表达出了丰富的内容，于此可见我国古典诗歌语言精练之一斑。

接着，作者开始描写明妃的形象："抱得琵琶马上弹。"在风雪之夜，明妃骑在马上，怀抱琵琶，正在深情地弹奏。这一句中，作者并不去写明妃的面部表情，而明妃的神态却凸显眼前。关键在于作者成功地使用了一个动词"抱"。琵琶是弹拨弦乐器，最早流行于北方少数民族地区，多在马上边走边弹，"抱"字是写实性描写，形象宛然。但它又不仅仅是在写实，风雪之夜，远在异国的明妃更显孤独，她只有把满腔心事通过弹奏琵琶倾诉出来。一个"抱"字，表现出了她和琵琶相伴之情态，她的孤苦的心理，对于故国的思念，都从一个"抱"字中曲折传出。并且，句首的"抱"字和句末的"弹"字，构成了一个完整的演奏动作，作者通过这个具有特定意义的动作，成功地勾勒出了明妃的形象，使人读来如见其人。一个"抱"字，本来极为平常，但一经作者在诗中点化，就具有了非同寻常的妙用，可谓善于炼字，使平字见奇。

然后，作者在后面两句中，把人物的动作和眼前的景色结合起来，进一步揭示出明妃愁闷痛苦的内心。"曲罢不知青海月，徘徊犹作汉宫看。"前一句的"曲罢"二字上承第二句的抱琵琶而弹奏，但又有转折之意，下启第四句的"徘徊"动作，承前启后，过渡自然。此时，一曲终了，明妃还沉浸在深情的琵琶声中，猛抬头看见从青海湖那边升起的一轮明月，还以为是当年在长安宫中看到的明月哩（当然是的，但这是诗的说法），因而久久徘徊观看，如处汉宫之中，不忍归去。这两句，把前面弹琵琶的动作，换成了对月徘徊的行动。"不知"，已见痴情；"徘徊"，更显眷恋。天上的一轮孤月与地下永不能归的女子，相望相怜，情景交融，把明妃对故国的怀念，表达得十分深沉而又强烈。至此，人物的形象清晰而又丰富，全诗充满了动人心魄的艺术感染力。

（管遗瑞）

●瞿佑（1341—1427），字宗吉，号存斋，钱塘（今浙江杭州）人。明洪武中以荐为临安、宜阳等县训导。永乐间官周王府右长史。以作诗得祸，谪戍保安（今河北怀柔一带）十年。洪熙元年（1425）赦还。著有《剪灯新话》《香台集》《归田诗话》《乐府遗音》等。

◇伍员庙

一过丛祠泪满襟，英雄自古少知音。
江边敌国方尝胆，台上佳人正捧心。
入郢共知仇已雪，沼吴谁识恨尤深。
素车白马终何益，不及陶朱像铸金。

伍子胥是历史悲剧人物之一，他的事迹向来引起不少文人墨客的凭吊歌吟，本篇所说的"伍员庙"一名伍相国祠，在苏州胥口镇。

"一过丛祠泪满襟，英雄自古少知音。"诗人过祠而感其人之事，深为悲愤不平。"英雄自古少知音"以明白浅显的语言说出了一个带有普遍性的人间悲剧，那是屈子"往者余弗及兮，来者吾不闻"、陈子昂"前不见古人，后不见来者"、辛弃疾"不恨古人吾不见，恨古人不见吾狂耳"等诗词共同悲慨过的一个事实。易卜生《人民公敌》也曾沉痛宣言：伟大人物总是孤独的。当一个英雄人物，他的预见性和超前的行为不为一代或一方之人所理解，往往就会曲高和寡，甚至有被他忠心侍奉的主人视为异己的可能。伍子胥就因激怒夫差，招致杀身之祸。

"江边敌国方尝胆，台上佳人正捧心"两句写吴亡之前可忧的、为伍子胥早已洞察的形势。前句写越国亡吴复仇雪耻之心未死，用了卧薪尝胆的故事。《史记·勾践世家》："吴既赦越，越王勾践反国，乃苦身焦思，置胆于坐，坐卧而仰胆，饮食亦尝胆也，曰：'女忘会稽之耻邪？'"后句写越国对吴王施行美人计，用西施来瓦解夫差的意志，使之全无警惕。"捧心"事出《庄子·天运》。全句意谓越大夫范蠡献西施于夫差，吴王许和，遂日与西施宴饮于姑苏台；西施捧心皱眉，病而愈妍。两句将吴国的外患内忧写足，适可见伍子胥当年的焦虑。"方尝胆""正捧心"用典铸辞，语极俏辣尖新，发人深省。"胆""心"天然成对，可谓工整。

"入郢共知仇已雪，沼吴谁识恨尤深。"二句概言子胥生平大节，前仇方雪，后恨尤深，何不幸之甚也！盖伍子胥父兄均被楚平王杀害，他只身奔吴，佐阖闾伐楚，陷郢都鞭楚平王之尸三百，得以雪恨。但不料阖闾之子夫差太不争气，丧失敌情意识，伍子胥曾痛心的预计说："越十年生聚，而十年教训，二十年之外，吴其为沼乎！"这个预言后来是成真了的，当时却没有起作用，故曰"谁识恨尤深"。

"素车白马终何益，不及陶朱像铸金。"结尾慨叹伍子胥不善于明哲保身，故遭杀身之祸，在这方面不如越大夫范蠡聪明。据《吴地记》："越军于苏州东南……临江北岸立坛，杀白马祭子胥，杯动酒尽，后因立庙于此江之上。"可见他的忠直精神为人共仰，是跨越了国界的。范蠡在吴亡之后，预见到勾践为人不可共安乐，遂弃官隐陶称朱公，经商致富。勾践则铸金身以纪念这位功臣。全诗颇能勾勒伍子胥之一身大节和悲愤心情，唯末二句所主张的谋身之义与其人性格不符，这也体现了"英雄自古少知音"的道理。

（周啸天）

●薛瑄（1392—1464），字德温，号敬轩，河津（今属山西）人。明永乐十九年（1421）进士，擢御史，历大理寺丞。天顺初以礼部侍郎兼文渊阁大学士入内阁，未几，以疾致仕。卒谥文清。有《薛文清集》等。

◇过鹿门山

西来汉水浸山根，舟人云此是鹿门。
峭壁苍苍石色古，曲径杳杳藤萝昏。
乱峰幽谷不知数，底是庞公栖隐处？
含情一笑江风清，双橹急摇下滩去。

在中国，人们无论沿着哪一条较大的江河旅行，恐怕都得经过几处名胜，从而引起一番怀古的幽情。这种匆匆路过式的怀古，与登临怀古，况味是很不相同的。这首诗好就好在写出了这转瞬即逝、如过眼云烟式的情思。

作者沿着汉水顺流而下，船走得很快。不觉便来到一山，山临江耸峙，如浸泡在汉水中。"西来汉水浸山根"，"浸"字与"山根"的"根"字皆妙，谓山仿佛是从水里长出来的，自然吸引了旅人的注意。这句并未说出山名，因为作者并不像舟子那样熟悉航道；"鹿门"这山名在下句由舟子口中道出，实事实写。

对"鹿门山"作为名胜古迹的内涵，诗人显然比舟子又了然得多。舟子是见惯不惊，说过照常推舟；而文质彬彬的诗人却饶有兴致地打量起那山形来，中间四句便写"鹿门山"的观感。按，"鹿门山"在今湖北襄阳东南四十里汉江北岸，汉末隐士庞德公，为逃避刘表的征召，携妇将雏，在此登山采药，隐居不出。唐代大诗人孟浩然也在此隐居过。作者在江中看到的果然是好一座深山："峭壁苍苍石色古，曲径杳杳藤萝昏。乱峰幽谷不知数……"他自然会想"底是庞公栖隐处"，似乎要大发思古之幽情了。

如果他是在登山览胜，自然可以慢慢去寻访，去考察。可江行却容不得他低回迟延。对不起，下滩了。诗人只好站稳一点，任那"双橹急摇下滩去"。于是"含情一笑江风清"这句，不仅是一种向古人致意的自作多情，而且也是无可奈何的一笑，是颇能传达当时神情的一笔。

读者一定会联想起孟浩然那首篇幅与本篇相当的名作《夜归鹿门歌》："山寺鸣钟昼已昏，渔梁渡头争渡喧。人随沙岸向江村，余亦乘舟归鹿门。鹿门月照开烟树，忽到庞公栖隐处。岩扉松径长寂寥，唯有幽人自来去。"这是多么深刻之作呀，诗人简直已经进入境界，进入角色，那"幽人"不就是庞德公和诗人自个儿的合一吗？相形之下，这首《过鹿门山》不是太浮光掠影了么？诗人连"庞公栖隐处"都没找着，更不用说进入角色了。但这是江行，江行览胜的特点就是"放电影"式的，容不得你慢慢咀嚼或回环往复。"浮光掠影"式地感怀，酷肖江行之风神，道出了一种特殊的生活况味。

（周啸天）

　　●王世贞（1526—1590），字元美，号凤洲、弇州山人，太仓（今属江苏）人。明嘉靖二十六年（1547）进士，官至刑部尚书。与李攀龙、谢榛、宗臣、梁有誉、吴国伦、徐中行为"后七子"，倡导摹拟复古，晚年始有改变。才学富赡，著述宏富。有《弇州山人四部稿》《弇山堂别集》《艺苑卮言》等。

◇登太白楼

昔闻李供奉，长啸独登楼。
此地一垂顾，高名百代留。
白云海色曙，明月天门秋。
欲觅重来者，潺湲济水流。

　　唐代伟大诗人李白一生漫游天下，足迹遍布国中。后人为纪念他而修的"太白楼"何止一处！这首诗所题咏的"太白楼"，在今山东济宁，唐时为任城。李白曾在这里居住并受到县令贺某款待。此后这里就成为一大名胜古迹。一说为安徽牛渚山采石矶太白楼。

　　李白在唐天宝初年曾供奉翰林，因此后人便以李翰林呼之。本篇称李"供奉"则又出于平仄合律的需要。诗开端两句，就打破了五律一般的写法，十个字一气贯注，作"昔闻李供奉，长啸独登楼"，这是何等气势，简直画活了一个李太白，使人想起大画家梁楷笔下那个矫首长吟、旁若无人的诗仙形象，而这种天马行空的笔法，正是深得李白律诗神韵的。写李白就要像个李白的样子。王世贞先声夺人，诗就成功了一半。同时"昔闻"云云，意味着向往已久，暗藏有"今上"的意思（杜甫"昔闻洞庭水，今上岳阳楼"），不明说这一层，读者也心领神会。

"此地一垂顾，高名百代留。"有了前二句活画出的高蹈的形象，这两句就水到渠成。这一联作流水对，又该一气读出，岂不快哉！"垂顾"二字，恰是李白登高俯视世俗的形象。（"西上莲花山，迢迢见明星……俯视洛阳川，茫茫走胡兵"不是大诗人的自画像么？）"高名百代留"就字面意义而言，乃指此楼以"太白"得名。而骨子里却是在高声赞美："永垂不朽的李太白，太白楼沾了你的光！任城沾了你的光！我们这些后代诗人，一齐沾了你的光！你足迹所至，目光所投，诗笔描绘过的地方，它的名称便神奇地闪光发亮。"这十字饱含激情，充满敬仰。

"白云海色曙，明月天门秋。"诗人登楼或许是在一个秋天的早上，故有"秋""曙"等字（也可以是虚拟）。济宁太白楼隔海虽不太远，去泰山尤近，但还不至于看得见"海色"和泰山南"天门"。诗中写到它们，不过是坐役万景罢了。值得一提的是这两个写景的句子，仍具太白的手眼，它们不但以"视通万里"而特有气势，而且以"白云""明月"等高洁飘逸的意象令人神往。沈德潜《明诗别裁集》对此诗评价极高："天空海阔，有此眼界笔力，才许作《登太白楼》诗。"

"欲觅重来者，潺湲济水流。"尾联像是以景结。但有上句，则又似饱含无穷意味。诗人感慨道：要想找出一个能继武太白的人，寻思久之而不能得，唯见楼下济水不停地奔流而已。这是不动声色的一种赞美。正是：李白之前无李白，李白之后无李白，大哉李白！　种高山仰止的虔诚心情，汩汩流出。与"高名百代留"句遥相映带。读者也为之心悦诚服。

题赞之作没有别的诀窍，关键在于一颗真正神往的心。对象是诗人，你就必须好其诗而知其人，才能尽得其风神。读本篇使读者很自然地联想到李白《夜泊牛渚怀古》："牛渚西江夜，青天无片云。登舟望秋月，空忆谢将军。余亦能高咏，斯人不可闻。明朝挂帆席，枫叶落纷纷。"其诗不以锤炼凝重见长，纯任自然地写景抒情，音调悉合于律，而风神萧散。这是李白律诗的本色。王世贞本篇虽然在对仗上较为经心，但就情韵而言，则与李白同致。读本篇即能想见所咏之人，故感觉特别亲切。

（周啸天）

●李贽（1527—1602），号卓吾，又号宏甫，别号温陵居士。泉州晋江（今福建泉州）人。官至云南姚安知府。后辞官讲学。主张平等，提倡个性解放。被陷入狱而死。有《焚书》《续焚书》《藏书》《续藏书》等。

◇咏史三首

荆卿原不识燕丹，只为田光一死难。
慷慨悲歌唯击筑，萧萧易水至今寒。

夷门画策却秦兵，公子夺符出魏城。
上客功成心遂死，千秋万岁有侯嬴。

晋鄙合符果自疑，挥锤运臂有屠儿。
情知不是信陵客，刎颈迎风一送之。

李贽这三首诗是咏战国史的。战国时代充满惊心动魄的斗争，无论是政治的，还是军事的，刀光剑影，复杂纷繁。在这一非常时代，涌现了一批非常人物。

第一首写燕太子丹聘荆轲刺秦，主要以荆轲为描写歌颂对象，事见《战国策·燕策三》。秦大军东向，燕国恐惧。燕太子丹因田光而结识勇士荆轲，请他赴秦劫持秦王，"使悉反诸侯之侵地"，效法曹沫劫持齐桓公事。荆轲允诺。田光为遵太子丹的请求，国家大事不能泄露，当荆轲面自杀，一则激励荆轲，二则向太子丹表明不泄机密。荆轲赴秦，太子丹等人"皆白衣冠以送之"（白色衣帽为孝服，以示提前为荆轲吊丧，以坚荆轲必以死报之志）。荆轲朋友高渐离击筑（一种打击乐器），荆轲和而歌，"又前而为歌曰：'风萧萧兮易水寒，壮士一去兮不复还！'"慷慨悲壮，千百年后读之想见其情，犹令人激奋，故曰："萧萧易水至今寒"。"至今寒"三字，写出荆轲刺秦的巨大影响。荆轲是中华民族反抗暴虐的光辉典范，影响千秋万代。

第二、三首诗以信陵君窃符救赵的史实，歌颂了一批见义勇为的仁人志士。事见《史记·魏公子列传》。

魏安釐王二十年（前257），秦以破赵长平军的得胜之师围攻邯郸，赵恐。赵惠文王弟平原君是魏国信陵君的姐夫，事急求救于魏。魏王使将军晋鄙将兵十万救赵，但又惧怕秦攻魏，令晋鄙屯兵不进，持观望态度。赵急，多次求救于信陵君。信陵君在"大梁夷门监者"侯嬴的谋划下，密令魏王宠姬如姬盗得"虎符"（虎状兵符，用以调兵遣将的信物），领力士朱亥单车去晋鄙军，击杀晋鄙，夺军救赵，进击秦军，秦军解围而去，使"窃符救赵"成为中国历史上的千古佳话。"夷门"，本山名，称夷山，在大梁（今河南开封）城东北隅，故而大梁城东门称夷门。"上客"，此指侯嬴。"屠儿"，指朱亥，本大梁屠户，力士。"刎颈"句指侯嬴。侯年老，不便跟随信陵君为门客，为其策划窃符救赵大功告成，夙愿已足，北向自刎而死。

这组咏史诗，语言浅白，通俗流畅，叙事为主兼议论抒情，赞颂了信陵君、荆轲、侯嬴、朱亥等一批仁人志士，歌颂了他们轻生死、重承诺、勇于抗争的精神，至今仍有学习借鉴的现实意义。

（李坤栋）

●王象春（1578—1632），字季木，新城（今山东桓台）人。明万历三十八年（1610）中进士，殿试一甲榜眼，为人所讦，谪外。后迁南京吏部考功郎。有《问山亭诗》。

◇书项王庙壁

三章既沛秦川雨，入关又纵阿房炬，汉王真龙项王虎。玉玦三提王不语，鼎上杯羹弃翁姥，项王真龙汉王鼠。垓下美人泣楚歌，定陶美人泣楚舞，真龙亦鼠虎亦鼠。

项王（项羽）庙在今安徽和县东南之凤凰山上。这首题壁诗实是一篇咏史怀古之作。诗中发表了作者对项羽、刘邦这两个历史上的风云人物的评价。使人感兴趣的是，诗人既不以成败论英雄，也不以固定的眼光论英雄。他具体问题具体分析，认为英雄在一定条件下也可以变成"狗熊"，这种见解是高明的。

第一段三句，写项羽、刘邦相约入关之初，彼此都称得上英雄，但有差异。史载刘邦入关中，与父老约法三章：杀人者死，伤人及盗抵罪。不掠金钱美人。大得民心，使之如久旱逢雨，即"三章既沛秦川雨"。一"沛"字极妙，既作动词指雨量充沛，又双关"沛公"，使

这个称谓有了"及时雨"的意味。以仁慈为本的英雄，作者称之"真龙"。项羽入关西屠咸阳，杀秦降王子婴，烧秦宫室，火三月不灭，收其宝货妇女而东。与刘邦做法不同，但在推翻秦王朝统治的过程中，也起到了决定性作用。以武力征服的英雄，作者称之为"虎"。"真龙"与"虎"虽略有差异，都为英雄则是一致的。第一局汉王略略领先。

　　第二段三句写楚汉相争中，项羽的某些表现较刘邦为优。一是鸿门宴上，谋臣范增欲除刘邦，数目项王，三举所佩玉玦示意，而项羽不忍心加害刘邦。这向来被认为是"妇人之仁"，是失策，但作者却予以欣赏。在楚汉交兵中，项羽有一次以刘邦父母为人质，并威胁说要烹刘父，刘邦不但不与交涉，还说："吾与项羽……约为兄弟，吾翁即若翁，必欲烹而翁，则幸分我一杯羹！"完全是一副无赖的样子。作者对此表示轻蔑，相形之下，汉王见绌："项王真龙汉王鼠。"第二局项王领先。

第三段三句写项羽、刘邦的结局，皆不尽如人意，都有些可怜兮兮的。当项羽被汉兵围困垓下，四面楚歌，哀叹大势已去，遂与虞姬泣别，作歌曰："力拔山兮气盖世，时不利兮骓不逝。骓不逝兮可奈何，虞兮虞兮奈若何！"虞姬亦以歌相和。这就是"垓下美人泣楚歌"。而刘邦死前，其宠姬戚夫人请立其子赵王为太子，由于吕后使计，使刘邦感到太子羽翼已成，不便更改，遂语戚夫人，"为我楚舞，吾为若楚歌"，以安慰之。戚夫人且泣且舞。刘邦死后，她竟被吕后残害。这两个盖世英雄，不知怎么搞的，到头来弄到连心爱者都无计保全的地步，也真够"熊"的了。所以诗人最后一齐剥夺他们的英雄资格："真龙亦鼠虎亦鼠。"此局竟无一方获胜。

诗显然是一时兴到笔随，随意挥洒，好在指点江山、裁判英雄的气度，使人觉得酣畅淋漓。其间"龙""虎""鼠"三字反复使用，变化莫测，句句用韵，更添音调流转，如玉珠走盘。读者在获得审美快感的同时，对历史人物常常兼有伟大和渺小这一事实也可深长思之。

（周啸天）

●尤侗（1618—1704），字同人，一字展成，号西堂。江苏长洲（今苏州）人。清顺治年间拔贡。康熙十八年（1679）举博学鸿词科，授翰林院检讨。三年告归，隐居林下。诗近温、李，晚学白乐天。有《西堂全集》。

◇题韩蕲王庙

忠武勋名百战回，西湖跨蹇且衔杯。
英雄气短莫须有，明哲保身归去来。
夜月灵旗摇铁瓮，秋风石马上琴台。
千年遗庙还香火，杜宇冬青正可哀。

韩蕲王，即南宋初抗金名将韩世忠（1089—1151），字良臣，延安府（今属陕西）人。建炎四年（1130），他率军乘战船，在长江绝金兀术归路，从镇江转战至黄天荡（在今江苏南京），以八千兵击退金兀术十万之众。以后，他又多次在扬州、淮安、淮阴、豪州等地与金兵激战，均获胜利，被誉为"中兴第一功"。不久，主降派秦桧收其兵权，改拜枢密使，因岳飞冤狱面诘秦桧，所言未被采纳，自此杜门谢客，自号清凉居士，死后追封蕲王，谥忠武。后人为他在镇江立庙，世代祭祀。

诗题是"题韩蕲王庙",按照一般写法,当首先从庙宇的环境写起,但这首诗的开始四句,却宕开笔锋,直接写韩世忠其人,可见作者写诗的用意,是在人不在庙。从这种不同寻常的写法来看,就表现了作者对韩世忠的格外崇敬和深切同情。而且,开始四句也并没有正面描写韩世忠金戈铁马、叱咤风云的战斗生涯,而是写他被谗隐居后,英雄落魄、壮气消散的情景,也与他的百战勋业形成了强烈的对比,其中暗藏的抑塞磊落之情、怨愤之意,溢于言外。作者在写下诗题之后,经过千回百折,方始落笔,在题目与诗歌之间,蕴藏了一大段文章,耐人咀嚼。

首联"忠武勋名百战回,西湖跨蹇且衔杯"。"蹇"即毛驴。这两句写韩世忠隐居后,在西湖骑着毛驴游玩、饮酒度日的情景。据《宋史·韩世忠传》:韩世忠引退后,"自此杜门谢客,绝口不言兵。时跨驴携酒,从一二奚童,纵游西湖以自乐"。这两句诗,是对韩世忠当时情形的真实写照,但又充满了诗的深情。首句一开始就点出"忠武"二字,既是对韩世忠的尊称(因其死后追谥"忠武"),也是对他忠于抗金事业、勇敢坚毅精神的特别肯定。就是这样一位出生入死、身经百战的将军,现在竟然被谗而"回"了。这个"回"字大可玩味,它绝不是功成名遂的"回",而是遭受政治迫害之后被迫引退的"回",语意十分沉痛。"衔杯"即饮酒,引退之后,他便借酒来消除胸中块垒,然而"抽刀断水水更流,举杯销愁愁更愁"(李白诗句),他胸中的抗金烈火,又怎能用酒来浇得灭呢?"衔杯"之前冠以"且"字,曲折传出其中深意,显然是一种无可奈何的消遣。这两句的表面形象,是百战而归的将军在西湖饮酒作乐,似乎悠然自得,其实,满腔怨愤之情深藏其中,诗意极为含蓄深婉。

颔联"英雄气短莫须有,明哲保身归去来"用逆挽之笔,在首联描写形象之后，深入一层，写韩世忠引退的原因。"气短"即壮志消沉，"莫须有"，是宋代口语，意为"也许有"，是秦桧陷害岳飞时的话。据《宋史·岳飞传》："（岳飞）狱之将上也，韩世忠不平，诣桧诘其实。桧曰：'飞子云与张宪书虽不明，其事体莫须有。'世忠曰：'莫须有三字何以服天下？'"这句点出这段著名史实，说明韩世忠援救岳飞与秦桧发生对立，正是迫使他不得不引退的政治契机，诗句中洋溢着韩世忠的凛然正气。下句中"明哲保身"语出《诗经·大雅·烝民》："既明且哲，以保其身。""归去来"，指辞官归隐，因晋陶渊明辞去彭泽县令时，曾赋《归去来辞》以明志，故云。句中"明哲保身"云云，好像是赞扬韩世忠急流勇退，其实也是愤激之语，如同陶渊明弃官一样，完全是出于不满朝政，不得已而为之。这两句驱遣史实，运用典故，十分精当而自然，结合首联，把韩世忠被谗引退，在西湖的一段郁闷痛苦的生活，描写得十分形象生动，而又极为深刻。

前两联，作者是写韩世忠生前之事，后两联，作者转换笔墨，写他死后庙宇的情景，逐渐把诗意归结到题目上。

颈联"夜月灵旗摇铁瓮，秋风石马上琴台"中，"灵旗"即战旗。"铁瓮"即镇江城，吴孙权所筑。"石马"，刻石为马，列于墓前。"琴台"，在灵岩山西北绝顶，韩世忠墓在灵岩山西，靠近琴台。这两句说作者登上琴台拜谒韩蕲王庙，但见墓前石马在秋风中岿然不动，放眼望去，在夜月的笼罩中，那镇江城外，仿佛当年激战时的军旗还在飘扬，战阵厮杀之声撼动着整个镇江。这两句是倒装，先有"上琴台"，然后才能见"夜月灵旗摇铁瓮"，但作者将"夜月"句提前，不仅是出于平仄、对偶上的考虑，更主要的是突出那在韩世忠一生中最有重要意义的镇江抗金之战。据陈邦瞻《宋史纪事本末》卷六十四记载：建炎四年三月，韩世忠与妻子梁红玉率八千宋军在镇江一带与入侵的金兀术战斗，先在焦山一战，几乎生擒金兀术，既而接战江中，由于韩世忠与岳飞互相策应，据江死战，终使金军败北，保住了宋室的半壁江山。这两句的倒装，逆笔取势，具有千钧之力，补足了首句"百战"之意，使得一代名将韩世忠的英雄形象，更加清晰地呈现在读者面前，令人钦佩。

尾联"千年遗庙还香火，杜宇冬青正可哀"，这一联紧接颈联之意，最终归到庙宇上，说韩世忠庙多年之后依然受人崇祀，而南宋的皇陵却被人发掘了。这里虽然是在写庙宇，其实重点仍是在写人，突出韩世忠这个光照千秋的历史人物，与开始四句写其生前正相表里。"杜宇"，即杜鹃鸟，传说为古蜀国国王杜宇的魂魄所化，这里喻指南宋皇帝。"冬青"，树名，据陶宗仪《辍耕录》载，元代杨琏真伽发掘赵宋诸皇陵，义士唐珏收遗骸重新埋葬，且植冬青树于其上，这是暗指被发掘的宋皇陵。这一联采用对比的手法，用被发掘了的残破的宋皇陵，来衬托馨香百代、敬礼无涯的韩蕲王庙，褒贬之意全寓其中，说明公道自在人心，不因时代的变迁而改变，表现出诗人对卖国投降、昏庸无能的高宗赵构、奸相秦桧的鄙夷和鞭挞，进一步体现了诗人对英雄韩世忠的无限钦仰之情。诗到这里自然结束，如水到渠成。后四句与前四句互为补充和映衬，结构上变化多端而又高度统一，把英雄的生前死后，交织融汇，描写得清清楚楚，形象生动，其中包蕴、隐含的悲愤之情，更加感人肺腑，给人以深深的启示。

（管遗瑞）

●徐兰（约1660—1730），字芬若，号芝仙。常熟（今属江苏）人。清康熙二十年（1681）前后入京为国子监生。曾为安郡王幕僚，并随之出塞。有《出塞诗》。

◇磷火

土雨空蒙著衣湿，磷火如萤飞熠熠。须臾散作星满天，空际如闻众声泣。有火独明必鬼雄，众鬼吐焰无其红。约束群磷共明灭，无乃昔日为元戎。别有火光黑比漆，埋伏山坳语啾唧。鬼马一嘶风乱旋，千百灯从暗中出。电光闪闪两军接，狐兔草中皆震慑。一派刀声不见刀，髑髅堕地轻于叶。血过千年色尚新，那知白骨化烟尘。新鬼日添故鬼冷，无复寒衣送远人。

唐代李贺诗开辟了一种幽冷阴森的境界，故前人谓之牛鬼蛇神，虚荒诞幻。徐兰本篇亦属于李贺一路。诗中情景，连李贺也未曾写到。仔细揣摩诗意，乃是过古战场所作。因为其地白骨缠草根，故多磷火及萤火。夜里路过，幽圹漆炬的阴森景象，令人不禁冷到背脊骨，而幻象迭起。作者仿佛看到了一场鬼战：那当是昔日战场冤魂，死而不散，还在冤冤相报，没完没了。诗人就这样展开了有意味的冥斗场景。全诗四句一解，共五解。

一解写夜经古战场见到磷火明灭的阴森景象。"土雨"一词较僻，指仅能沾衣湿土的毛毛雨。泰不华《陪幸西湖诗》："春阴飞土雨，晓露浥天浆。"在一片旷野上，空中迷蒙着雨雾，使人衣襟为之沾湿，这时磷火如飞萤一样，随风腾起，忽而散落天际。前三句基本上写实，末句"空际如闻众声泣"则开始引起幻觉。"如闻"二字妙在疑似，这幻觉系从听觉而起的。身在荒野，四顾无人，然而空中却有"众声泣"，岂不令人毛骨悚然？这声音也许只是风声呜呜，但总难免让人联想到神秘现象，令人毛骨悚然。通过这种神秘恐怖的气氛的烘托，引起下文的幻象。

二、三解写幻觉中出现的两队鬼雄。诗人在描写均由磷火幻化的两队鬼雄时，笔墨饶有变化。磷火的光本来是绿荧荧的，在幻觉中却有了红、黑的区别，似为两队冥军的标志。一方是"有火独明必鬼雄，众鬼吐焰无其红"，一方是"别有火光黑比漆，埋伏山坳语啾唧"。对于红方，诗人突出的是"鬼雄"："约束群磷共明灭，无乃昔日为元戎。"由鬼雄而推测其生前必为将帅，颇为风趣。对于黑方，诗人突出的是兵众："鬼马一嘶风乱旋，千百灯从暗中出。"由鬼卒联想到鬼马，也很逗人。挑"灯"夜战的设想，特有鬼趣。

四解写两队鬼军的交战，这四句绘声绘色，更是神乎其技。"电光闪闪两军接，狐兔草中皆震慑"，电光闪闪亦由磷火幻出，黑暗中战斗激烈之状如见；狐兔惊避句则闲中着色，烘托鬼战的恐怖气氛。下两句的设幻更是奇妙："一派刀声不见刀，髑髅堕地轻于叶。""一派刀声"句与"空际如闻众声泣"一样，有声无形，便知是非人间的格斗。而髑髅堕地居然又无声，盖以其轻如叶，更是匪夷所思而又出神入化的妙笔。这才写出了鬼战的特异呢。

　　五解点出一篇主题。盖由磷火幻出的这场鬼战的参与者，并非一向是虚幻的鬼魂，它们过去也曾是人间好汉。只因在激烈的战斗中丧生，才失去人形而化为鬼雄。"血过千年色尚新，那知白骨化烟尘。"句中暗用李贺《秋来》"秋坟鬼唱鲍家诗，恨血千年土中碧"句意，意谓其身虽死，恨犹未消。末二句翻用沈彬《吊边人》"白骨已枯沙上草，家人犹自寄寒衣"，沈诗写的是新做鬼者的情形。随时间的推移，"新鬼日添故鬼冷"，则"无复寒衣送远人"矣。

　　诗卒章显志，最后点出了一种非战的情绪。然而本篇的价值，却并不在思想意义方面，而在于它的独特的艺术成就。全诗虚构了一场冥间的战斗，创造出一种前人未曾道过的怪诞的审美境界。"写磷火之忽聚忽散，鬼雄鬼马之光怪陆离，纸上几乎有形声矣。后又写群鬼之交战，更幻更奇。吴道子善画鬼，亦未道此。"（《清诗别裁集》）这样写，也使本篇在命意上显得隐曲耐味。如只着意后四句，则落前人窠臼，不必作矣。

（周啸天）

●朱鹤龄（1606—1683），字长孺，吴江（今属江苏苏州市吴江区）人。明诸生，与顾炎武友善。曾笺杜甫、李商隐诗，有《愚庵小集》等。

◇戚姬

楚舞悲歌泪满巾，娥姁而主切酸辛。

可怜三尺夷秦项，身后难存一妇人。

据《史记·吕太后本纪》《史记·留侯世家》等载，刘邦宠幸戚姬，生子赵王如意，刘邦认为"如意类我"，常欲废太子转立如意。吕后用张良计，叫太子刘盈卑辞厚礼请来刘邦敬慕的"商山四皓"。刘邦"召戚夫人指示四人者曰：'我欲易之，彼四人辅之，羽翼已成，难动矣。吕后真而主矣。'戚夫人泣，上曰：'为我楚舞，吾为若楚歌。'……歌数阕，戚夫人嘘唏流涕。""娥姁（xǔ）"，即吕后。吕后名雉，字娥姁（见《史记·吕太后本纪》唐司马贞索隐）。"而主"，你的主人。"而"，通"尔"。"吕后真而主矣"，此句话重若千钧，它无异于判了戚姬母子死刑，戚姬怎么不极其酸辛地悲歌至泪满巾的地步呢！这两句字里行间流露出作者对戚姬的深深同情。

末二句是议论兼抒情。"可怜"，可惜也。"三尺"，指三尺剑。

刘邦凭借三尺剑，可以灭秦夷项（项羽），兴邦立国，英雄盖世，可惜死后不能保护自己宠爱的一个妇人。这感叹是非常深沉的，议论也是非常深刻的。它说明政治斗争的残酷性。为了一己之私，为了本集团的政治利益，可以不择手段。而政治斗争也如军事斗争，崇尚谋略奇计，最终是实力的较量。生性懦弱的刘盈得幸存做皇帝，得力于张良之良策，戚姬母子之所以被残害，原因在策略、实力不如人。末二句还可以引发对历史难以预测的思考。历史的发展自有其规律，往往不以人的主观意愿为转移。刘邦如此，众多的历史人物也如此。本诗作者朱鹤龄系明朝诸生，明亡后无意仕进，对清廷不满。在改朝换代的时代变迁中，他逐渐悟出了一些历史发展的轨迹：兴亡无定，世事难料。此诗或许以戚姬、刘邦为例说明了这一问题。

此诗立意新颖深刻，有史有论，感情强烈，可称咏史上乘。

（李坤栋）

●吴伟业（1609—1672），字骏公，号梅村。太仓（今属江苏）人。明崇祯四年（1631）进士，官左庶子。南明时，任少詹事，乞归。入清后，官国子祭酒，因母丧乞归。有《梅村家藏稿》等。

◇杂感（录一）

> 武安席上见双鬟，血泪青娥陷贼还。
> 只为君亲来故国，不因女子下雄关。
> 取兵辽海哥舒翰，得妇江南谢阿蛮。
> 快马健儿无限恨，天教红粉定燕山。

吴伟业是清初诗坛"江左三大家"之一，成就很高，擅长七律与七言歌行，其名作《圆圆曲》是歌行体的代表，而本诗算七律中优秀之作。二诗均与陈圆圆有关，主旨类似，均是讽刺吴三桂"冲冠一怒为红颜"而引清兵入关的叛国行径。

陈圆圆本姓邢，名沅，字畹芬，小字圆圆，常州武进（今江苏常州）人。幼年丧母，由其姨母陈氏养大，遂改姓陈。性慧貌美，善歌舞，能诗文。本为歌伎，曾一度入宫，后被放出，为崇祯帝田贵妃父田弘遇所得。田将陈圆圆赠与明将吴三桂为妾。李自成攻破北京，陈圆圆被俘。首联即叙述其事。"武安"，指汉景帝王皇后的异父同母弟田

蚡，封武安侯，此用以指代田弘遇，因二人都姓田，都是外戚。"双鬟""血泪青娥"均指陈圆圆。吴伟业作为封建士大夫，把农民起义军称为"贼"。

颔联以吴三桂的口吻为自己的汉奸卖国行为辩护，是讥讽吴三桂的。我为什么要引清兵入关攻京师北京呢？一是为君，二是为亲。崇祯皇帝是被起义军逼死的，吴三桂父亲吴襄也被李自成处死，因此吴三桂有此"冠冕堂皇"的借口。"不因女子下雄关"，这真是此地无银三百两的告白，吴三桂"冲冠一怒为红颜"（《圆圆曲》）是实。"雄关"，此指山海关。

颈联直接揭露吴三桂为一女人叛国投敌。"哥舒翰"是唐玄宗时抵御安史叛军、镇守潼关的三军统帅，后中埋伏被叛军俘虏，潼关失守。

此处用典故比况吴三桂攻取山海关。"谢阿蛮",唐代舞妓,新丰(今西安市临潼区)人,原为民间艺人,后入宫,善歌舞。此代指陈圆圆。据《清史稿·吴三桂传》,李自成胁迫吴襄写书招降吴三桂。吴三桂答应了,同意李自成派遣的军队镇守山海关。但当吴三桂带兵西归到达滦州,"闻其妾陈为自成将刘宗敏掠去,怒,还击破自成所遣守关将"。于是,吴三桂降清,引清兵入关攻破北京,重新夺回陈圆圆。"江南谢阿蛮",指陈圆圆籍属江南。

尾联是作者评论,发感慨。"快马健儿"指吴三桂,"红粉"指陈圆圆。"燕山",山名,在今河北平原北侧,东西走向,由潮白河河谷到山海关,多隘口,如古北口、喜峰口等,是北京的屏障。此指北京。"定燕山"的功劳归到红粉陈圆圆头上,是对吴三桂为争一歌伎不惜做汉奸卖国贼的强烈讽刺。

(李坤栋)

◇满江红·蒜山怀古

沽酒南徐,听夜雨、江声千尺。记当年、阿童东下,佛狸深入。白面书生成底用?萧郎裙屐偏轻敌。笑风流、北府好谈兵,参军客。　　人事改,寒云白。旧垒废,神鸦集。尽沙沉浪洗,断戈残戟。落日楼船鸣铁锁,西风吹尽王侯宅。任黄芦苦竹打荒潮,渔樵笛。

蒜山,在今江苏镇江西,地势险要。一说因其山多泽蒜而命名;

一说"蒜山"又名算山，相传汉末周瑜与诸葛亮拒曹操谋算于此，得名。学术界多认为此词作于清顺治十六年（1659）秋，作者到京口，感前代兴亡之事而作。吴伟业为前明遗老，虽屈节仕清，但仍对故国饱含感情。

　　词上片写景怀古。"沽酒南徐"二句，写景。"南徐"为镇江别称。因东晋南渡后，侨置徐州于京口，在徐州南，故称南徐。作者到蒜山时，正值风雨交加、江涛千尺，独自在一楼上酌饮，聆听夜雨江声，思绪万千。"记当年、阿童东下"以下六句，均为怀古内容。"阿童"是西晋伐吴统帅龙骧将军王濬的小名。中唐诗人刘禹锡《西塞山怀古》有诗"王濬楼船下益州，金陵王气黯然收"，即言西晋从成都出兵讨东吴，最后攻灭金陵的排山倒海的盛况。"佛狸"，是北魏太武帝拓跋焘的小字，曾率大军打败东晋王玄谟军，追击至长江北岸的瓜步山，建行宫。"记当年、阿童东下"二句，一讲西晋灭吴，一讲北魏败晋，地点均在镇江附近。那么失败的原因何在？紧接着词人反思历史，总结失败的教训："白面书生成底用？萧郎裙屐偏轻敌。笑风流、北府好谈兵，参军客。"质言之，即好出大言轻敌而无实战经验的白面书生带兵主谋的缘故。"白面书生"典出《宋书·沈庆之传》："庆之曰：'……陛下今欲伐国，而与白面书生谋之，事何由济？'""成底用"，成何用，等于说白面书生是不济事的，只会空谈而无实用。"萧郎裙屐"，出《魏书·邢峦传》："萧渊藻是裙屐少年，未洽治务。""裙屐"二字为双声联绵词，同音借用。"北府"，出《晋书·刘牢之传》："（谢）玄以牢之为参军，领精锐为前锋，百战百胜，号为北府兵。""笑风流、北府好谈兵，参军客"，二句是反其意而用之，说后世已无参军客刘牢之似的风流骁将了，有的只是自命不凡的白面书生而已，这些人是可笑的。怀古，往往都是一种手段，目的是通过怀古而讽喻现实，以类相从，作比譬，总结历史的经验教训。吴伟业此词，也是如此。南明为何被清兵消灭？从军事上讲，也是误在好谈兵的白面书生手中。弘光朝兵权握在马士英、阮大铖这类不晓军事的奸党之手，真懂打仗的史可法，在扬州名为督师，四镇兵皆不受节制。阮大铖还派吴茂长等为史部参军，此辈更是纸上谈兵的风流客。吴伟业有《扬州》诗"白面谈兵多入幕"句，即指此。词至此，通过怀古，揭示成败兴亡规律，也为明朝的灭亡找出了原因，并深表叹惋之情。

下片写实、议论，通过眼前蒜山的萧条荒寂，抒发无限悲凉之情。"人事改，寒云白。旧垒废，神鸦集"，这四句写实。历史已进入清朝，当然人事改变了。寒秋时令，天上白云飘逝，地面还可见旧时营垒，现已荒颓，无数神鸦聚集，传来阵阵聒噪之声。这是一种衰飒、荒颓、悲凉的境界。语言上暗用刘禹锡《西塞山怀古》"人世几回伤往事，山形依旧枕寒流"之意。"尽沙沉浪洗，断戈残戟"用杜牧《赤壁》诗意"折戟沉沙铁未销，自将磨洗认前朝"，写出历史沧桑的沉重之感。接着，作者思绪又回到现实：在落日的余晖照耀下，停靠在江边的楼船系缆碰撞铁锁的响声不断传来；习习的秋风，吹进王侯家的宅院；江边茂密的黄芦苦竹，在江潮的拍打下起伏不定，显得格外荒寂。远处，是渔人呢，还是樵夫？他吹着凄凉的笛声，笛声时断时续。就这样，作者沉浸在古与今、历史与现实的悲凄的遐思之中而不能自拔，从而结束了全词的吟唱。"黄芦苦竹"，出白居易《琵琶行》诗，也用其意。白居易是迁谪之悲，吴伟业是历史兴亡之悲。悲的内涵虽有不同，但都缠绵深沉，而吴伟业的悲更甚白居易之悲万万。

本词表达上显得含蓄蕴藉，沉郁顿挫。陈廷焯评吴梅村词云：

"吴梅村词，虽非专长，然其高处有令人不可捉摸者，此亦身世之感使然。"（《白雨斋词话》卷三）确是一语中的。

（李坤栋）

●孙友篪，生卒年不详，字伯谐，歙县（今属安徽）人。

◇过古墓

野水空山拜墓堂，松风湿翠洒衣裳。

行人欲问前朝事，翁仲无言对夕阳。

这是一首凭吊无名古墓的诗作。对千年遗迹，发思古之幽情。这类作品读者看得不少了，但这一首仍能引起足够的兴趣，关键只在最后一句"翁仲无言对夕阳"。

前两句是叙写过古墓的情景并烘托气氛的。"野水空山"四字警策，山水前着"空""野"等字，使人不难想象那古墓是处在何等荒僻的地方。但当初并不一定如此。从墓前有石人（翁仲）来看，这睡在坟墓里的古人，当初也是一个人物；说不准这里原来也通官道呢。"三十年河东，四十年河西"，不知怎么竟也荒凉起来。只有多情的路人，偶尔驻足，算是凭吊。雨后空气特别清冷，一阵松风，将翠枝上的水滴吹洒在衣裳上，叫人直打寒噤。十四字烘托出寂寥清冷的气氛，为末句做铺垫。

第三句是提挈，"行人欲问前朝事"，对古墓兴起怀古幽情了。"欲问"，问谁？这就自然引出诗中点睛之笔："翁仲无言对夕阳。"

翁仲本为秦时巨人名（《淮南子》高诱注），后来借称墓前石人。柳宗元《衡阳与梦得分路赠别》："伏波故道风烟在，翁仲遗墟草树平。"翁仲本不能言，行人偏要想问，"多情反被无情恼"，这是一层趣味，人人都知道"翁仲无言"，因此没有谁去说"翁仲无言"。写出"翁仲无言"，就是觉得它似乎能言，只是不说，这又平添了一层悲剧的气氛。看那"翁仲"，板着冷硬的面孔，对着快下山的夕阳，似乎怀着悲凉肃穆的心情，它该知道多少前朝故事啊，为什么就不肯讲讲呢？夕阳西下的景色，最后给画面增添了一层感伤的色彩。

唐人皇甫冉《酬张继》末云："落日临川问音信，寒潮唯带夕阳还。"似已具同妙处。然而，"寒潮"无言，就没有"翁仲无言"那样令人神远。因为翁仲外形是人，却以石为心。它的"无言"在传达凭吊的悲凉感受方面更加深刻。

（周啸天）

●彭孙贻（1615—1673），字仲谋，一字羿仁，号茗斋，浙江海盐人，善画，与同邑吴仲木称"武原二仲"。有《茗斋诗余》等。

◇满江红·次文山和王昭仪韵

曾侍昭阳，回眸处、六宫无色。惊鼙鼓，渔阳尘起，琼花离阙。行在猿啼铃断续，深宫燕去风翻侧。只钱塘、早晚两潮来，无休歇。　天子气，宫云灭。天宝事，宫娥说。恨当时不饮、月氏王血。宁坠绿珠楼下井，休看青冢原头月。愿思归、望帝早南还，刀环缺。

王昭仪，即王清惠，宋后宫昭仪（女官名，汉元帝置）。据《词苑丛谈》等载，宋德祐二年（1276）正月，元兵入临安，俘虏宋宗室后妃三千人北上。途中，王清惠题《满江红》词于驿站墙壁，用今昔对比，抒发亡国遗恨。词末有"愿嫦娥，相顾肯从容，随圆缺"句。此词情文并茂，流传甚广。文天祥读之对末几句理解有误，以为王清惠有苟且求生之望，便代王作《满江红》二首，表达宁为玉碎不为瓦全的坚定决心。彭孙贻生当明末清初，痛于父殉国难，杜门奉母，终生不仕清朝。读王清惠及文天祥词，有感而发，用原韵写下两首《满江红》和词，此为其中之一。

　　彭此词也是站在王清惠角度写的。上片，结合王清惠身世，写宋亡后临安六宫的荒凉冷寂。"曾侍昭阳，回眸处、六宫无色"，首两句表王清惠身世，写出她在宋宫室受宠的辉煌过去。此用白居易《长恨歌》"回眸一笑百媚生，六宫粉黛无颜色"句意，写她在宋后宫受到皇帝的宠幸，有如当年杨贵妃受到唐玄宗宠幸一样的荣耀。"昭阳"，本汉宫殿名，为汉武帝宠妃赵飞燕姊妹所居。"侍昭阳"，即在皇帝身边侍候，受皇帝宠爱。但好景不长，"惊鼙鼓，渔阳尘起，琼花离阙"，三句以安禄山范阳起兵反唐比喻宋末元军进攻临安，自身被俘，离宫去北。此仍用《长恨歌》"渔阳鼙鼓动地来，惊破霓裳羽衣曲"句意。"鼙鼓"又作"鞞鼓"，军中乐器，此指战鼓，与"尘起"均指战争。"渔阳"本唐郡名，是范阳节度使安禄山所统辖的八郡之一。"琼花离阙"比喻王清惠被俘，被迫出宫北行。"琼花"，本为花木名，出扬州，宋淳熙后经接木移植，成为珍异名花，此用以借代王清惠。"离阙"，即出宫。此三句与首两句比，真天渊之别，一个受皇帝宠幸的绝色美女如今成了元兵的战利品，反差何等巨大！"行在猿啼铃断续"四句，写亡国惨状。元军将帝后嫔妃三千余人，押出临安北上，沿途悲恨相续，有如当年唐玄宗长安破后逃往蜀地的凄凉。此仍用《长恨歌》"行宫见月伤心色，夜雨闻铃肠断声"句意。临安皇宫被洗劫一空，深宫苑囿荒寂无人，连燕子的巢窝都被捣毁，燕子只有在寒风中翻飞寻找住处了。"深宫燕去风翻侧"句真是力透纸背，写出亡国惨祸祸及飞禽，人何以堪！"只钱塘、早晚两潮来，无休歇"，上片结尾两句更进一步写出首都临安国亡后的荒寂。只有那钱塘江的潮水，每天早晚涌来，无休无歇，似在悼念南宋的灭亡。这两句与汪元量《传言玉女·钱塘元夕》词"慨尘埃漠漠，豪华荡尽，只有青山如洛，钱塘依旧，潮生潮落"均写出国破家亡后的深哀剧痛。

下片继续用典故议论，抒发宁为玉碎不为瓦全的决心。"天子气"以下二句，言南宋的灭亡。"天子气"即王气。"宫云灭"，也即天子气的消失。"天宝事"以下二句，言南宋已成为历史，只供后人说谈而已。二句出自元稹《行宫》诗："寥落古行宫，宫花寂寞红。白头宫女在，闲坐说玄宗。"对中唐人来说，盛唐时唐玄宗的风流韵事已成历史，成为人们闲谈之资。此以盛唐的消逝喻南宋的灭亡。"恨当时不饮、月氏王血"表达对残暴的元朝统治者的深仇大恨，恨不得吃其肉，饮其血。"月氏（zhī）"，也作"月支"，古西域国名，其族风俗与匈奴同。此指代元朝统治者。"宁坠绿珠楼下井"二句，表达宁死不屈的坚贞节操。《晋书·石崇传》载：石崇有家妓名绿珠，美而艳，善吹笛，孙秀求之，石崇不与，孙秀怒，遂矫诏收杀石崇一家，绿珠不屈，跳楼自杀。"青冢原头月"，出自杜甫《咏怀古迹五首》其三："一去紫台连朔漠，独留青冢向黄昏。画图省识春风面，环珮空归夜月魂。"用"休看"否定王昭君嫁匈奴。用绿珠事从正面说，用王昭君典是从反面说，均表达国破家亡，绝不苟且偷生之意。词末以回归南方及复国无望作结，抒发无限悲痛之情。"刀环"，典出《汉书·李陵传》。李陵降匈奴后，汉昭帝立，霍光、上官桀用事，希望李陵回汉，便派李陵旧友任立政使匈奴，见李陵，席间不便直言，任立政"即目视（李）陵，而数数自循其刀环，握其足，阴谕之，言可还归汉也"。刀环之"环"，谐音"还归"之"还"。"刀环缺"，意谓还归无望。

彭孙贻此词，代王清惠立言，实际上处处说自己。用步韵和词的方式，抒发忠于亡明故国的赤诚之心，是借他人酒杯浇自己心中块垒。由于立意高远，语言精湛，深得后世好评。

全词用典多而准确，熔描写、议论、抒情为一炉，感情强烈，沉郁顿挫，确属怀古抒情名篇。

（李坤栋）

●陆次云（约1636—？），字云士，号北野，钱塘（今浙江杭州）人。官江阴知县，有《澄江集》等。

◇咏史

儒冠儒服委丘墟，文采风流化土苴。
尚有陆生坑不尽，留他马上说诗书。

秦始皇为巩固其封建专制，推行愚民政策，焚书坑儒，造成一代知识分子和文化的空前浩劫，加速了秦王朝的灭亡。诗人对此往往予以无情的嘲讽。唐章碣《焚书坑》、明袁宏道《经下邳》、清陈恭尹《读秦纪》与陆次云本篇，都是传诵之作，可以参看。

《史记·秦始皇本纪》："（李斯进言）'臣请史官非秦记皆烧之。非博士官所职，天下敢有藏《诗》（《诗经》）、《书》（《尚书》）、百家语者，悉诣守、尉杂烧之。有敢偶语《诗》《书》者，弃市。以古非今者族。吏见知不举者与同罪。令下三十日不烧，黥为城旦。……'制曰：'可'。"又有侯生、卢生者不愿为始皇求仙药，"于是（秦始皇）使御史悉案问诸生，诸生传相告引，乃自除。犯禁者四百六十余人，皆坑之咸阳。"本篇的前两句就是对上述史实的概括："儒冠儒服委丘墟，文采风流化土苴。"上句言坑儒，下句兼言焚书。

尽管秦始皇实行了如此严厉的文化专制政策，文化与学者皆未绝种。到汉初，学术文化很快得到复兴。传习《诗经》者就有齐、鲁、韩、毛等流派。前三者皆立于学官，置博士弟子；"毛诗"经东汉马融、郑玄等推重，且为之注笺，遂盛行于世。还有一位不怕死的伏生，在秦火中将尚书藏于屋壁。汉初尚遗二十九篇，教授于齐鲁间。文帝时遣晁错往学，伏生已九十余岁，经其女通传口授，即得"今文尚书"，立于学官。而陆次云在本篇中单单举出一位陆生，即汉高祖谋士陆贾，大有缘故。《史记·郦生陆贾列传》载"陆生时时前说称《诗》《书》，高帝（刘邦）骂之曰：'乃公居马上而得之，安事《诗》《书》！'陆生曰：'居马上得之，宁可以马上治之乎？'"可见陆生虽非大儒，但敢于纠正汉高祖轻视文化的偏见，是很有胆识的。

"尚有陆生坑不尽，留他马上说诗书"语意之妙，一在"说诗书"于"马上"，以见"马上得天下，不可马上治之"之意；二在"坑不尽"三字，使人联想到"烧不尽"（白居易《赋得古原草送别》："野火烧不尽，春风吹又生"），表现出文化与学术顽强的生命力。又以"尚有""留他"相勾勒，亦有"秦法虽严亦甚疏"（陈恭尹《读秦记》）的冷嘲意味。最后，作为一位与"陆生"同姓的后代读书人，他举出这位汉代先人而表彰之，引以为荣。凡此都增加了本篇的意味。

清人王文濡评本篇云："始皇焚书，则犹有黄石公授张良之兵书；销锋镝，则犹有博浪沙之铁椎；坑儒生，则犹有说《诗》《书》之陆贾。始皇愚处，一经拈出，真觉可笑。"诗一句说坑儒，二句说焚书，三、四句则总就焚书坑儒而反唇相讥，章法也很严密。后世以秦始皇自居者，亦在讽刺之列。

（周啸天）

●陈维崧（1625—1682），字其年，号迦陵，宜兴（今属江苏）人。早慧，幼年有"神童"之称。清康熙十八年（1679）以荐举博学鸿词，授翰林院检讨，参与修《明史》。尤长于词及骈体。有《湖海楼全集》等。

◇点绛唇·夜宿临洺驿

晴髻离离，太行山势如蝌蚪。稗花盈亩，一寸霜皮厚。　　赵魏燕韩，历历堪回首。悲风吼，临洺驿口，黄叶中原走。

这是一首纪游词。"临洺驿"在今河北邯郸市永年区，有临洺关，东临黄河，西望太行山，靠近邯郸。开篇写登览所见，在傍晚斜日下远眺太行山，峰峦攒聚，状如佛头上的螺髻；山脉蜿蜒，状如蝌蚪古文（或如蝌蚪浮游）。粗笔点染，境界阔大而苍凉。

田间庄稼已经收割，大片野生的稗子正在扬花，白茫茫一片，如一层厚厚的霜皮，传达出逼人的寒意。江南游子漫游北方，突出地感受到北地早寒的萧瑟景象，词中着力传达了这一感受。

就在这片土地上，曾经上演过三家（韩、赵、魏）分晋、秦灭六国一类悲壮的历史剧，令人思之惨然。"堪回首"可作肯定语气读，也可作反诘语气（即可堪回首）读，有许多的沧桑感。

"悲风吼"以下三句紧扣眼前北地霜风，风向朝南，故云"黄叶中原走"。此实写怀古而通感于自然，因此极具神韵。这种表现手法多见于结尾，如作者《好事近》所谓"话到英雄失路，忽凉风索索"。本篇具有很强的沧桑感，怀古的具体内容却比较含混，通过景语抒情，使这首词比较耐味。

（周啸天）

◇满江红·秋日经信陵君祠

席帽聊萧，偶经过、信陵祠下。正满目、荒台败叶，东京客舍。九月惊风将落帽，半廊细雨时飘瓦。柏初红、偏向坏墙边，离披打。　今古事，堪悲诧。身世恨，从牵惹。倘君而尚在，定怜余也。我讵不如毛薛辈，君宁甘与原尝亚？叹侯嬴、老泪苦无多，如铅泻。

信陵君，名无忌，战国魏安釐王异母弟，为著名的战国"四公子"之一，以"窃符救赵"事名满天下。其祠遗址在今河南开封。本词是作者陈维崧经信陵君祠时感叹今古，抒发怀才不遇之情的一首怀古抒情词。

上片重在描写信陵君祠的荒凉破败，以写景为主。首三句点题，说作者偶然的机会经过信陵君祠。"席帽"，是古时以藤席为骨架编成的帽子，取其轻便，类似于后来的笠。此代指作者自己。"聊萧"，冷落也，孤苦也。"席帽聊萧"是作者自报家门，自我介绍，"聊萧"为全词定下了悲苦的基调。点题之后，接着便写信陵君祠的荒凉。作者用了三组镜头来描写。"正满目、荒台败叶，东京客舍"，是第一组镜头，是总写信陵君祠的荒败状况。"荒台败叶"也是点题"秋日"。秋天万物萧疏，楼台荒芜，落叶遍地，信陵君祠年久失修，早已荒凉败落了。"东京"即开封，宋时称东京。"客舍"本指旅店，此以客舍比信陵君祠，言其无主，即无人经管，才造成如此的荒败，只有一些游览者偶然来游观而已。"九月惊风将落帽，半廊细雨时飘瓦"，是第二组镜头。如果说"正满目、荒台败叶"主要是宏观概括，那么"九月"二句便重在微观描写。九月秋风劲健，差点把席帽吹落，其寒凉透骨令人惊心，更兼细雨连绵，风雨中时而残瓦飘坠。"飘瓦"二字从细节证实信陵君祠的荒败。"柏初红、偏向坏墙边，离披打"，是第三组镜头，与第二组镜头一样，从细节上进一步渲染信陵君祠的荒败。乌柏经秋的树叶已变成红色了，那高大粗壮的枝条，在猛烈的秋风中散乱地拍打着已颓坏的墙壁。三组镜头，从宏观到微观，写尽信陵君祠荒颓不堪、摇摇欲坠的残破景象。这悲凉的时令境界，也即作者此时的内心心境的形象写照。作者身处明末清初，又满腹才华，英雄无用武之地，虽试鸿词科由诸生授检讨，时已五十三岁，仅四年后便卒于官。据前贤考证，此词为作者得官前作品，穷愁潦倒的心境更为深沉。

　　满腹经纶的陈维崧，当然清楚信陵君的生平事迹，下片就信陵君事，怀古抒情，抒发怀才不遇的悲愤。"今古事"以下四句为过片，以上片之"今"想到古时的信陵君事，结合自己的身世遭遇，作者感慨良多。在结构上，过片是承也是转，过渡得非常自然。"悲诧"，也作"悲吒""悲咤"，为悲叹、悲愤的意思。为什么"今古事，堪悲诧"？古时信陵君利用魏安釐王宠妃如姬盗得调兵虎符，杀死魏将晋鄙夺得军权，胜秦救赵，但此事得罪了君王，信陵君只有逃离魏国。后虽回魏，将五国兵破秦，终因功高震主，为魏主所忌，病酒而卒，功不终始，是值得悲诧的。而自己年近晚年，还落魄无为，生不逢时，去哪里找信陵君那样知人善任的主人？当然就更可悲诧。想到这里，作者突发奇想："倘君而尚在，定怜余也。"假如信陵君现在还活着，他那么惜才怜士，一定会怜爱重用我的。我陈维崧难道还赶不上毛、薛之辈吗？你信陵君难道甘心比平原君、孟尝君次一等？"我讵"二句连用反问，前者为否定的反问，表达肯定的意思，肯定自己比毛、薛之辈强。"毛薛辈"，《史记·魏公子列传》作"毛公、薛公"，均为信陵君门客，曾劝说信陵君回魏助魏抗秦。后者为肯定式的反问，表达否定的意思，就是说，与"战国四公子"的其他人比较，你信陵君不会比平原君、孟尝君差。史载信陵君在赵避难，闻毛公、薛公贤，礼贤下士，闲步与之游，平原君讥讽他"乃妄从博徒卖浆者游"，认为信陵君乃"妄人耳"。为此，平原君门客一半离他而归信陵君。这说明信陵君比平原君强，显得更礼贤下士，更得人心。正因如此，"倘君而尚在，定怜余也"，二句充满渴望。作者多么希望当今世上有如信陵君这样的惜才爱士的君主啊！"叹侯嬴、老泪苦无多，如铅泻"，末尾再举侯嬴报主的典型事例作结，一方面赞颂信陵君礼贤下士，另一方面感叹自己不及侯嬴能遇明主。侯嬴为大梁夷门监者，信陵君知其贤，为迎请他，亲自为他驾车。为报知遇之恩，侯嬴为信陵君谋划窃符救赵，事成，侯嬴北向自杀以谢。对信陵君来说，得侯嬴成就了大事业；对侯嬴来说，得明主能展现才华（所以才感动得泪如铅泻）。而对于作者来说，既不遇明主，又年岁老大，才华不能施展，空老林泉之悲，便无以复加了！

　　描写细致，感慨深沉，情景相生，风格沉郁，为此词突出特点。如上片写景，能从细节入手，特别生动。下片怀古、抒情、议论，水乳交融，对比得当，虽为个人感慨，也能通过个别揭示在清朝统治者残酷的阶级压迫和民族压迫下知识分子的可悲命运，其典型性是不言而喻的。陈廷焯（《白雨斋词话》卷三）评此词："慨当以慷，不嫌自负。如此吊古，可谓神交冥漠。"

（李坤栋）

●朱彝尊（1629—1709），字锡鬯，号竹垞，秀水（今浙江嘉兴）人。清康熙十八年（1679）应博学鸿词科，授翰林院检讨。后革职，归家潜心著述。博通经史，诗与王士禛并称"南朱北王"。词宗姜、张，为"浙西词派"创始人。有《曝书亭集》等。

◇水龙吟·谒张子房祠

当年博浪金椎，惜乎不中秦皇帝！咸阳大索，下邳亡命，全身非易。纵汉当兴，使韩成在，肯臣刘季？算论功三杰，封留万户，都未是，平生意。　　遗庙彭城旧里，有苍苔、断碑横地。千盘驿路，满山枫叶，一湾河水。沧海人归，圯桥石杳，古墙空闭。怅萧萧白发，经过揽涕，向斜阳里。

此词是作者朱彝尊拜谒张良祠时有感而发写下的怀古抒情词。上片怀古，论述张良的业绩与理想，下片写张良祠荒凉的景致及抒发老迈无为的悲伤。祠在今江苏沛县，古属彭城郡（今江苏徐州）。

《史记·留侯世家》载，张良祖父、父亲两代为韩国相，相韩五主。秦灭韩，张良散尽家财，求得力士沧海君（《史记》作"仓海君）"）用铁锤击秦始皇车于博浪沙中，误中副车。秦始皇大怒，大索天下，张良更姓名，逃亡藏匿于下邳（今江苏睢宁西北）。"当年博浪金椎"以下五句，即指此。这是张良为王者之师之前一次惊险的行刺行动。而此时的张良，仅是一侠客形象而已，后来遇圯上老人授《太公兵法》，经过苦学精研，由侠士变为谋士，为王者师，帮刘邦平定天下，成为"汉初三杰"之一，封留侯，邑万户。在这里，作者是站在张良立场，憎恨秦始皇兼并韩国的。那么，就张良说，原本韩国臣，即使按历史发展规律，汉必当兴盛，但如果韩成（韩王，后被项羽杀害）还在（意指韩国还存在），张良肯做刘邦的大臣吗？这是作者站在儒家正统观念的立场"忠臣不事二主"讲的。换句话说，张良之"臣刘季"是迫不得已之事。正因如此，"算论功三杰，封留万户，都未是，平生意"，便顺理成章了。"三杰"指张良、萧何、韩信，是刘邦平定天下最得力的三位杰出人物。张良之事刘邦为迫不得已，这以前很少有人探讨过。那朱彝尊为什么对此特感兴趣呢？这是朱彝尊特殊的明遗民身份决定的。朱彝尊曾祖父朱国祚为明万历十年（1582）进士，官至户部尚书，兼武英殿大学士，加少傅。祖父朱大竞为云南楚雄府知府。因此，朱彝尊对明朝是有感情的，何况清代明，在当时人看来，还不是一般的改朝换代，是夷代夏。按传统儒家观念，"夷夏大防"，更是原则问题。清灭明之后，他与抗清义士有交往，还参加过一些抗清活动。据《朱彝尊年谱》，作者五十一岁才参加清廷组织的博学鸿词科会试，录取后授翰林院检讨，参加编修《明史》。之前的数十年间均为游幕生涯，颠沛流离，为养家糊口而辛劳。此词具体作年不可考，作于五十一岁应博学鸿词科前是可以肯定的。词上片对张良被迫事汉表达深深同情，也与自己被迫受清朝统治类似。但从下片看，作者似乎还没有下决心出仕清朝，只是几十年后对清统治逐渐由反感变得顺从，而更主要的是对自己穷愁潦倒的悲叹。

　　下片由上片的怀古回到眼前的张良祠。祠已荒颓不堪了，"有苍苔、断碑横地"句，便是张良祠荒颓的形象写照。年久失修，人迹罕至，断碑横地，已长上厚厚的苔藓了。"千盘驿路，满山枫叶，一湾河水"也是写眼前景，张良祠就是在这驿路盘绕、枫叶满山、一湾河水绕流的环境里默默度过了漫长的岁月。而今作者在此凭吊古人，联系自己身世，感慨悲歌。作为明代遗民，深知反清复明已无希望，被迫接受现实吧，又穷愁潦倒，老大无为。"沧海人归"，写张良当年用重金聘请的刺客沧海君，现在已不知归往何处去了，言下之意，学张良博浪沙椎击秦皇帝已不可能。"圯桥石杳"，写张良圯桥接受黄石公赠《太公兵法》，临别，叫他十三年后在济北谷城山下寻他。张良功成名就后退隐。而今如圯桥黄石公式的人已杳然无寻，指自己即使归隐也无知音，无去处，那么，只能面对空闭的张良祠古墙而悲泣了。末三句"怅萧萧白发，经过揽涕，向斜阳里"直书自己落魄悲凉的形态。"萧萧"，头发稀疏浅短之貌。作者年近半百，老之将至，还漂泊天涯，一事无成，怎不悲从中来，在残阳晚照中揩泪呢！末三句既形象又含蓄，包括作者太多的苦楚、复杂的心态。明朝灭亡几十年了，恢复无望了：学张良事汉而出仕清朝吧，又没有如刘邦式的知人善任的明主；学张良归隐田园吧，又无好的知音和去处；何况人已趋老年，精力已衰，年华耗尽，还能干什么事啊？作者的悲愤是无以复加的。

　　朱彝尊为"浙西词派"首领，崇尚淳雅，宗法南宋，词以姜夔、张炎为宗。陈廷焯云："竹垞词疏中有密，独出冠时，微少沉厚之意。"（《白雨斋词话》卷三）此词既疏中有密，更具沉厚之境。含蓄朦胧，实景虚写，内涵十分丰富。

（李坤栋）

●屈大均（1630—1696），字介子、翁山，广东番禺（今广州）人。清兵入粤，曾参加抗清队伍。明亡，削发为僧，中年还俗，以诗文著名，与陈恭尹、梁佩兰合称"岭南三大家"。有《道援堂集》等。

◇潇湘神三首·零陵作

潇水流，湘水流，三闾愁接二妃愁。潇碧湘蓝虽两色，鸳鸯总作一天秋。

潇水长，湘水长，三湘最苦是潇湘。无限泪痕斑竹上，幽兰更作二妃香。

潇水深，湘水深，双双流水逐臣心。潇水不如湘水好，将愁送去洞庭阴。

屈大均极重民族气节，对故国亡明怀有深厚感情，在诗词中有充分表现。这组《潇湘神》词便是其中之一。该词牌源于唐潇湘一带祭祀娥皇、女英的祭神曲，中唐刘禹锡即以此调作过二首。

第一首是咏屈原和二妃娥皇、女英的。"三闾"即三闾大夫屈原。"三闾"指楚国昭、屈、景三大贵族。"二妃"指尧的两个女儿娥皇和女英，同嫁舜。舜南巡死于苍梧之野，葬于九嶷山（今苍梧山）。二妃思念丈夫，南下寻找，赶到潇湘，血泪洒于竹，斑斑点点，即今湘妃竹典故之由来。二妃寻舜不到，没命水中，为湘水之神，居于洞庭君山。为什么"三闾愁接二妃愁"呢？屈原之愁在楚国上层政治斗争中自己遭奸人排斥打击，兴楚爱国理想破灭，后投汨罗江自杀，成为楚人祭祀之神。二妃寻夫不遇，为表忠诚，也投湘水自尽。忠君、爱国、赤诚，是屈原和二妃共同特点，他们均为潇湘之神，愁是万古不尽的。"潇碧湘蓝虽两色，鸳鸯总作一天秋"，潇水为湘水（湘江）支流，汇合后流入洞庭湖，两水或碧或蓝，但两水的鸳鸯鸟总作一天飞翔。"秋"，飞翔貌。《汉书·礼乐志》："飞龙秋，游上天。"颜师古注引苏林曰："秋，飞貌也。"是其证。本词首三句是以潇水、湘水之深沉缠绵流淌起兴，象征屈原与二妃的悲愁悠长无尽。鸳鸯鸟是成双成对的，生死不离，比喻恩爱夫妻，也比喻贤者。如曹植《赠王粲》诗："树木发春华，清池激长流。中有孤鸳鸯，哀鸣求匹俦。"李善注："鸳鸯，喻（王）粲也。"即为比喻贤者之例。此以鸳鸯鸟常在潇湘水天飞翔，象征贤者屈原、二妃成为潇湘神之永恒不灭。

其二专写二妃之苦。同其一一样，也以潇湘二水之悠长起兴，象征、比喻二妃之悲苦。"三湘"说法颇多，今取湘江的三条支流之说，似更恰当。湘江流至永州与潇水合，称潇湘，至衡阳与烝水合，称烝湘，至沅江与沅水合，称沅湘，合众流以达洞庭湖。"湘"者，相也，言有所合也。（说出《湖南通志·长沙府志》）"无限泪痕斑竹上"二句，言二妃最悲苦之事，寻找夫君大舜不着，血泪凝斑，点点缀竹，最后以身殉夫殉国，成为千古流传歌颂的爱夫忠君佳话。此地的幽兰，因二妃之故更显香艳无比。

其三专写屈原之悲。表达方法仍是以潇湘二水起兴。屈原因楚怀王的昏庸受上官大夫靳尚、令尹子兰等的谗毁，被排挤疏远，顷襄王时还遭流放江南的处罚。屈原见国家无望，理想破灭，便自沉汨罗江以殉国。屈原是中国历史上一个伟大的爱国者，是楚国人民也是中华民族最崇敬的仁人志士之一，也是著名的潇湘神。他的悲剧，影响极为深远。词中强调他的"逐臣心"，他的悲愤，有如潇水、湘水一样源远流长，浩浩汤汤。为什么"潇水不如湘水好"呢？因为潇水只是湘水的一条小支流，没有湘水浩瀚，只有浩荡无涯的湘水，才能把屈原太多的悲痛送去洞庭北，进入更加浩瀚的万里长江，注入大海。

在这三首怀古词中，作者屈大均通过对屈原、二妃之悲的歌吟，抒发自己不能反清复明的巨大悲痛。词中多用比兴象征手法，使词含蕴不尽，回味无穷。

（李坤栋）

◇念奴娇·秣陵吊古

萧条如此，更何须，苦忆江南佳丽。花柳何曾迷六代，只为春光能醉。玉笛凤朝，金笳霜夕，吹得天憔悴。秦淮波浅，忍含如许清泪。　　任尔燕子无情，飞归旧国，又怎忘兴替。虎踞龙蟠那得久，莫又苍苍王气。灵谷梅花，蒋山松树，未识何年岁。石人犹在，问君多少能记？

据考，清顺治十六年（1659）暮春，时作者以僧人身份游览金陵，住灵谷寺，有感而发，写下《孝陵恭谒记》、《秣陵》二首、《灵谷寺》三首等，此词也作于此时。作者以明遗民的身份，书写金陵的萧条，感叹世事的变迁，抒发内心的悲凉。词上下片无明确分

工，怀古、写景、抒情、议论，水乳交融。

此词受周邦彦《西河·金陵怀古》影响很大。首三句即本于该词，周词说"佳丽地，南朝盛事谁记？"屈词说："萧条如此，更何须，苦忆江南佳丽。"语言上均本谢朓《入朝曲》："江南佳丽地，金陵帝王州。"内容上均感叹六朝佳丽地金陵的辉煌已不复存在。"苦忆"二字妙，作者实际上是在苦忆明朝的盛世。朱元璋定都的金陵，也是作者的故都，身当此地，怎不令人遐想与感慨！"花柳何曾迷六代，只为春光能醉"二句继续议论。为什么六朝的繁华转瞬即逝呢？是"花柳"迷了六代吗？不是，只因"春光"能醉人。"花柳""春光"二词，意象内涵极其丰富。金陵的"佳丽"，除了花柳为代表的自然风物，也包括人事，帝王喜爱的美女、后妃等。帝王及臣僚们整日花天酒地陶醉其中，不顾国政，不顾民生，岂有不灭亡之理？"六代"是如此，明朝也如此。"春光"意象更为空灵，不只包括自然物之春光，也涵盖人事，也指帝王将相们只知一味贪图享乐腐化的劣根性。繁华竞逐，死于安乐，这就是历史的结论。"玉笛风朝"以下三句，叙述兼描写，是历代帝王将相们淫靡无度、朝生暮死的形象写照。"玉笛"指美妙的笛声，代表音乐。"金筚"，胡筚的美称，乐器，也代表音乐。"玉笛风朝（zhāo），金筚霜夕"，二句修辞上为互文。风霜喻岁月，年年岁岁，白天晚上，都陶醉在玉笛金筚伴奏的欢歌妙舞之中。"吹得天憔悴"，用夸张与拟人修辞，在玉笛金筚的吹奏下，"天若有情天亦老"，上天都为之憔悴了！"秦淮波浅，忍含如许清泪"，二句进一步渲染六代（也隐含明代）淫靡而亡的深哀剧痛。在表达上是说明，是描写，在修辞上是比拟，是夸张。秦淮河水，波浪滔滔，都是多少悲痛人的眼泪啊！秦淮河太小、太窄了，这么多如江河奔泻的清泪怎么容储得下！"忍"，不忍也。

　　正当作者踯躅于秦淮河畔感慨万千时，春燕又飞来了。燕子的飞来，无异说作者自己又回到了故国，这里用了象征手法。"又怎忘兴替"？"兴替"，兴废也，兴亡也。故国的灭亡，是刻骨铭心的，即使对不懂感情的燕子来说都不会忘记。那多情的人呢，更不消说了。"任尔燕子无情"以下三句，暗用周邦彦《西河·金陵怀古》"燕子不知何世，向寻常、巷陌人家，相对如说兴亡，斜阳里"句。其出处是刘禹锡《乌衣巷》诗："旧时王谢堂前燕，飞入寻常百姓家。"均言世事的沧桑巨变。这刻骨铭心、撕心裂肺的亡国之痛，谁能忘记啊！但是，即使长年累月耿耿于怀，又能怎样呢？君不见："虎踞龙蟠那得久，莫又苍苍王气。"就是说，变是绝对的，是正常的，改朝换代，革故鼎新，历史就是这么演绎的。即使像金陵有虎踞龙蟠的险固，也不可能万古千秋，江山久长。你莫非没有看见"苍苍王气"了吗？"苍苍"，茂盛貌。"苍苍王气"既指历史上新建立的政权初期一片兴旺发达的情景，又暗指清朝经过几十年的经营已达稳定的状态。"虎踞龙蟠"，诸葛亮曾评金陵地势险固："钟山龙蟠，石城虎踞，真乃帝王之宅也。"李白也有"龙蟠虎踞帝王州"之句。"灵谷梅花"以下五句，抒发自己内心的无限悲哀。那灵谷寺的梅花，那钟山（即蒋山）上的松树，它们是无情之物，不懂也不管人间兴替，时代变迁到什么年代了，它们都不知道。你若不信的话，那石头人还在啊，问问它吧，它能记住多少呢？言外之意，只有他屈大均才感觉到并惊叹于金陵的变化，透过金陵的变化感知时代的变迁。只有像他这样对故国无限忠诚的人，才能感知亡国灭种的深哀剧痛。全词就这样曲折反复地写景、抒情、怀古、议论，表达作者复杂而深沉的悲痛之情。

（李坤栋）

●赵俞（1635—1713），字文饶，号蒙泉，江苏嘉定（今属上海）人。清康熙二十七年（1688）进士，官定陶知县。有《绀寒亭诗集》。

◇督亢陂

> 提剑荆轲勇绝伦，浪将七尺殉强秦。
>
> 燕仇未报韩仇复，状貌原来似妇人。

"督亢"为古地名，在今河北省涿州东，跨涿州、固安、高碑店等县市界。中有陂泽，周五十余里，支渠四通八达，战国时为燕国著名的富饶地带。荆轲刺秦王，就是以献督亢地图为由的。赵俞在行役中路经督亢陂故地，遂联想到荆轲的故事，写下了这首别有卓见的咏史诗。

荆轲是燕太子丹聘用的刺客，他以一匕首入不测之强秦，在易水为饯别者高唱"风萧萧兮易水寒，壮士一去兮不复还"，也可谓"勇绝伦"了。但他是在准备未周，被燕太子丹催促之下，仓促成行的，他的搭档秦舞阳又不争气。所以他的行刺以失败告终了。"浪将七尺殉强秦"的"殉"字，对荆轲的轻身酬恩的义勇，作了肯定。而一个"浪"字，则又使这个肯定有了几分保留，他显然认为荆轲的死是白白送死，不值得。如果诗意仅仅到此为止，那还算不得卓见。比作者年辈稍长的龚贤，就已有"不读荆轲传，羞为一剑雄"（《扁舟》）的诗句。

后二句一转，由荆轲联想到张良，这倒有些新意了。这个联想之妙，在于张良与荆轲曾有类似的行动，走过一段弯路。在韩国被秦灭亡后，作为韩公子的张良，"悉以家财求客刺秦王，为韩报仇"（《史记·留侯世家》）。结果在博浪沙捅了马蜂窝，亡命下邳。侥幸未死，使张良有机会反思教训，又幸得黄石公传授兵书，后来辅佐汉高祖刘邦，终于灭秦，报了灭国之仇。

"燕仇未报韩仇复"七字寓意极深，发人深省。要做为国雪耻那样的大事业，仅有匹夫之勇是靠不住的，必须有深谋远虑，大智大勇。荆轲够不上格，而张良足以当之。最有味的，是诗人突然又联想到太史公的感慨："上（指刘邦）曰：'夫运筹策帷帐之中，决胜千里之外，吾不如子房。'余以为其人，计魁梧奇伟。至见其图，状貌如妇人好女。盖孔子曰：'以貌取人，失之子羽。'留侯亦云。"诗的末句"状貌原来似妇人"的张良形象，便与提剑殉国的荆轲形象形成对比。外表看去，荆轲更像勇士；殊不知那个貌如淑女的张良，才真有大勇呢。

诗中通过历史人物及事迹的对比，形象地证明了"上兵伐谋"（《孙子兵法》）的道理，还雄辩地说明了"人不可貌相，海水不可斗量"的道理。

（周啸天）

●王士禛（1634—1711），字子真，一字贻上，号阮亭、渔洋山人，新城（今山东桓台）人。雍正时避帝讳，改称士正、士祯。顺治十五年（1658）进士。历扬州府推官、礼部主事、刑部尚书。后因事革职。诗宗唐人，倡导神韵。著作甚富，名重一时。有《带经堂集》等。

◇秦淮杂诗二十首（录一）

年来肠断秣陵舟，梦绕秦淮水上楼。

十日雨丝风片里，浓春烟景似残秋。

此诗作于顺治十八年，作者客居金陵，馆于布衣丁继之家时。丁氏所居，距离秦淮之邀笛步甚近。丁少时曾习声伎，出入南曲（即旧院，是明末南京歌伎聚居的地方），得见马湘兰、沙宛在、脱大娘等，故能道及当时曲中遗事。明亡以后，秦淮无复旧日繁华，作者掇拾丁氏所述，及耳目新接，写成秦淮杂诗二十首（存十四首），此其一。故有句云"丁字帘前是六朝（代言南明）"也。

诗人曾长期在扬州任职，去年八月曾充江南同考官赴金陵（即秣陵），九月即病归扬州，不免时时怀念南京，故首句云云。今年春三月重返金陵，本应喜不自胜。不料十日阴雨连绵，不见风和日丽之艳阳天，不免心中郁闷，寓主观之情于客观之景，故末二句云云。——以上说的是表面的内容。

本篇诗意空灵，未及伤逝之情。然作为组诗第一首，在兴象和气氛的营造上，实有笼罩的作用。只要联系组诗中时见咏及明代遗迹之语（如咏徐达第之"朱门草没大功坊"、咏秦淮艺妓之"樽前白发谈天宝，零落人间脱十娘"、咏莫愁湖之"年来愁与春潮满，不信湖名尚莫愁"等），是可以从中领会到伤逝之意的。

王士禛在明代度过童年，其父、祖父为明遗民，入清不仕，隐居乡里。诗中所透出的伤感情绪，处于清初明亡不久，明遗民甚众之际，是能够引起人们与亡明有关的联想和感喟的，虽然后世读者不免感到意难实指。

（周啸天）

◇晚登夔府东城楼望八阵图

> 永安宫殿莽榛芜，炎汉存亡六尺孤。
> 城上风云犹护蜀，江间波浪失吞吴。
> 鱼龙夜偃三巴路，蛇鸟秋悬八阵图。
> 搔首桓公凭吊处，猿声落日满夔巫。

康熙十一年（1672）秋天，诗人在蜀典试结束后，沿长江东归，经过夔府（今重庆奉节，城临长江），登东城楼南望八阵图。据《水经·江水注》："江水又东径诸葛亮图垒南，石碛平旷，望兼川陆，有亮所造八阵图，东跨故垒，皆累细石为之。自垒西去，聚石八行，行间相去二丈，因曰八阵。"八阵分别为天、地、风、云、飞龙、翔鸟、虎翼、蛇盘，乃当年诸葛亮布置的练兵场所。作者望见蜀汉遗迹，感慨兴亡，隐隐透露出深沉的故国之思。

"永安宫殿莽榛芜，炎汉存亡六尺孤。"永安宫是蜀汉所建宫名，故址在今奉节东白帝山上。章武二年（222），刘备为争夺荆州，亲率大军攻吴，为吴都督陆逊所败，尽失舟船器械、水步军资，退至白帝城，次年病死于永安宫。临终前，他将还未成年的儿子刘禅托给诸葛亮辅佐（即所谓"托孤"），诸葛亮虽忠心耿耿，鞠躬尽瘁，但终因刘禅宠信宦官，国家败亡。诗中"炎汉"是指蜀国，因旧时迷信阴阳五行之说，以汉属火德，故称炎汉，而蜀国继承汉室传统，仍以此称。诗人望见往日的永安宫殿，草木茂盛丛杂，一片荒凉，想到当年在此"托孤"而蜀国终于灭亡的情景，不禁感怆无限，黯然神伤。首联起笔不凡，诗题是"望八阵图"，但作者开篇并不从八阵入手，而是先推宕开来，从刘备征吴败归奉节病死的永安宫写起。这不仅是作者登楼时最先寓目的景物，顺手摄入，极为自然，并且通过永安宫而联想到当年那雄伟而又悲壮的历史，突出了诸葛亮的重要历史作用，为以下写八阵图，预先交代了极为深广的历史背景，像杜甫的绝大部分七律那样，一开始就显得气势豪壮，笔力雄健。

"城上风云犹护蜀，江间波浪失吞吴。"此联紧承首联，继续写登楼所见城上和江间之景，暗中向写八阵图推移过渡。城上风吹晚云，低回盘绕，依依不去，好像是在深情地护卫这蜀汉故地；江间的波浪也与风云呼应，澎湃有声，似乎在叹息刘备吞吴失计，破坏了诸葛亮联吴抗曹的根本策略，使统一天下的大业中道夭折。这两句采用移情手法，将人的感情赋予风云和波浪，一方面形象地写出眼前景物，生动传神，另一方面深深地寄托着作者的感叹，把思想感情表现得曲折含蓄而又深挚浓烈。两句还或隐或显地采用了杜甫诗句。前一句"城上风云犹护蜀"，隐然有从杜甫《秋兴八首》其一"塞上风云接地阴"中脱胎的痕迹；而后一句"江间波浪失吞吴"，则是"江间波浪兼天涌"（《秋兴八首》其一）和"遗恨失吞吴"（《八阵图》）两句的巧妙组合。脱胎中已有变化，组合时又接榫无痕；并且，"失吞吴"三字，也使人自然地联想起八阵图，颇具艺术匠心。

经过了前两联的顿宕和过渡，最后两联，就直接写八阵图。"鱼龙夜偃三巴路，蛇鸟秋悬八阵图"两句中，"鱼龙"指水族；"三巴"是蜀的代称，长江为通蜀的水行要道，故"三巴路"是指长江。在傍晚时分，长江中的水族已经偃然息伏，江水一片宁静；此时，正值秋冬之交，长江水浅，那"蛇盘""翔鸟"等八阵图，高高地露出水面，清晰可见。这两句，作者用前一句的"鱼龙夜偃"来反衬八阵秋悬，在静中显出动态，在偃伏中突出"悬"（高）。在多层次的铺垫之后，此时，八阵图终于以它本来的面目，像电影中的特写镜头一样，清晰地凸显在读者眼前，给人以深刻的印象。而在秋冬之交的夜晚中，它在江中静静地显露着身姿，这历史的陈迹承载着多少凄清和悲凉！至此，作者才正面写到八阵图，并将由此生发的无限感怀怅惘之情，婉曲地隐含在最后一联中："搔首桓公凭吊处，猿声落日满夔巫。"在东晋大将桓温伐蜀时凭吊过的，并指出这是"常山蛇阵"的八阵图前，作者又在进行新的凭吊。然而此时，作者似乎有许多难言之隐要诉说，但又终于无法诉说，只好搔首徘徊；在落日返照的莽莽苍苍的巫山（即"夔巫"）中，一声声凄凉的猿啼，空谷传响，哀转不绝。古谣曰："巴东三峡巫峡长，猿鸣三声泪沾裳。"在这触目伤怀之处，情绪已够感伤的了，再听见声声猿啼，真要叫人潸然泪下、湿透青衫了。这最后一结，景与情合，情以景生，具有无限的包容性，其中，对诸葛的由衷敬仰，对蜀汉兴亡的伤叹，以及自己异乡的客愁，隐隐的故国之思，等等，全部交织融合在一起。正如王夫之在《古诗评选》中说："情不虚情，情皆可景；景非滞景，景总含情。"真情与实景结合，给人留下了品味不尽的、悠远绵长的余意，发人深省，启人遐想。

　　全诗以景起，以景结，首尾照应，最后一联情韵悠长，而又力透纸背。中间，作者通过对眼前景、往古事的描写，将吊古的议论全然隐藏在字里行间，让人仔细去玩赏体味，而不直接说出，也不具体说清。这与寓意深远而又议论横生的杜诗相比，又自有其特点，和他提倡的神韵说相一致，有了新的创造。

（管遗瑞）

◇过古城

> 格孙城外远烟迷，瘦马凌兢上大堤。
> 茅屋几人输井税，田家终岁把锄犁。
> 残碑剥落横苔藓，古道萦回长蕨薇。
> 陵谷销沉尽如此，一声村落夕阳鸡。

　　"格孙城"即题目中的"古城"，在作者的故乡新城东十二里，即在今山东桓台境。第一句平平叙起，首先画出古城之外一派烟雾迷茫的景色，一个"迷"字，已经隐约透露出怅惘、伤感的神态，在这个背景上，第二句立即点出了人物的活动，作者骑着瘦马，孤苦伶仃（即"凌兢"）地正在向着大堤行走。瘦马伶仃，形象已是够凄苦的了，句中着一"上"字，仿佛使人看到那瘦马正在低头奋蹄，吃力地往大堤上攀登，更加令人神伤。这两句看似毫不经意，信手拈来，而从背景和人物活动的结合上看，却颇见匠心。在那远烟迷蒙中，在瘦马吃力行进中，古城的冷落与荒凉，作者思想情绪的感伤，以及内心深处的哀愁，一齐流注笔端，溢于言外，这凄迷、冷落的意境，一下子造成了强烈的艺术效果，并且笼罩全篇。

中间两联，进一步在凄迷、冷落的意境中，写作者在大堤上行走时的所见。"茅屋几人输井税，田家终岁把锄犁。"作者看到那散落在荒原上的几处茅屋，看到在天色向晚中农民还在辛勤地把锄种田和催牛犁地，于是联想到农民为着交纳租税而终岁劳苦的情景。古代行井田制，按制收税，后称田税为井税。这一联是从空间的横向展示中，来描写眼前之景，通过景物表现出对于穷苦农民的同情。"残碑剥落横苔藓，古道萦回长蒺藜。"在继续行进中，他看到这古老的地方，残碑已经风化剥蚀，上面长满了青青的苔藓，在迂回曲折的古道上，也生长着茂密的蒺藜。这一联初看也是空间的横向展示，它用残碑、苔藓、古道、蒺藜这些意象，来进一步深化古城的荒凉，给人以更加形象、更加深刻的印象。但如果进一步玩味，我们就不难发现，其中也包含着纵向的对于往昔的追怀，构成今昔的对比。这里有残碑，有萦回的古道，说明昔日的格孙城，曾经一度是繁华的所在，然而曾几何时，往事如烟，不可追寻，只落得如此冷落与荒凉。人间世事，变化得真快啊！我们仿佛听到作者一声长长的叹息。这两联一横一纵，交织描写，把眼前的景物，农民的穷困，今昔盛衰的对比，写得井然有序而又生动形象，作者的感情也表达得深曲含蓄。在这四句中，意象的选择少而精，很富有典型性，虽然只有疏疏的几笔描写，但其中蕴含的思想，却是极为丰富的，可见作者高明的技巧。

　　最后一联，作者用情景交融的手法，直接抒写个人的感慨。在"陵谷销沉尽如此，一声村落夕阳鸡"中，"陵谷"，是取《诗经·小雅·十月之交》中"高岸为谷，深谷为陵"之意，谓地理环境变动不停，常常如此。前一句当然不只讲地理环境，还是对人事变化无常的感慨。明末清初之际，清兵入关，残酷的战争使得有的繁华城市数日中成为一座荒城，到作者生活的时代，也还残留着这种痕迹。这一句虽然是在写格孙城，但又显然不仅写格孙城，有着更为广泛的社会意义，其中流露出对清军残酷杀戮的不满。然而作者只是点到即止，立即把笔墨重新转移到眼前的景物上：红日西沉，霞光满天，在一片苍茫的暮色中，听得村落中一声声鸡啼。这由视觉和听觉组合而成的荒村落日图景，更加显得萧条而又凄凉，作者对农民经岁劳苦的同情，对人事沧桑的感慨，对于由眼前景物而引起的惆怅，都一齐包含在这一句之中，景中有情，言外有味，耐人咀嚼。

　　这首诗的意境有一种疏淡之味，一路写来，笔调显得轻松自然，结尾处又以景作结，更留下绵远悠长之意。然而，诗人却善于寄至情于淡泊，在疏淡的意境中，通过意象的精心选择，环境的映衬烘托，感情的含蓄流露，把严肃深沉的思想表达得十分深刻。全诗不乏神韵，但却没有把大地疮痍化为平淡，透过薄薄的一层轻纱，我们真切地看到了当时的社会现实，这是本诗的成功之处。

（管遗瑞）

●袁枚（1716—1798），字子才，号简斋，又号随园老人，浙江钱塘（今杭州）人。乾隆四年（1739）进士，授翰林院庶吉士。历任溧水、江浦、沭阳、江宁等地知县。辞官后，于江宁小仓山筑随园，以诗酒为娱。诗倡性灵说。有《小仓山房集》《随园诗话》等。

◇马嵬

莫唱当年长恨歌，人间亦自有银河。
石壕村里夫妻别，泪比长生殿上多。

本篇作于乾隆十七年作者赴陕西任职途经马嵬坡时。马嵬坡在今陕西兴平市西二十五里，因“安史之乱”玄宗幸蜀时发生马嵬事变，为杨贵妃死处而闻名。历代诗人多有题咏，而无出《长恨歌》右者。《长恨歌》重在歌咏玄宗、杨妃生离死别之执着苦恋，并寄予了深厚的同情。

本篇一起即请《长恨歌》靠边站，原来他想到了杜甫《石壕吏》中所写的那一家夫妻、父子、婆媳、兄弟之间的生离死别，以为民间遭受的乱离之苦，其苦有甚于帝妃者，表现了作者同情人民的思想。“长生殿”本为帝妃七夕盟誓之所（见《长恨歌》），而帝妃血泪实流于马嵬，“泪比长生殿上多”是一种灵活的措辞，与“泪比马嵬坡下多”意同，而更能使人联想到长生殿之密誓和“他生未卜此生休”的意思。

　　这首诗立意高妙，艺术上的独创性表现在用诗评的方式，搬出唐诗名篇《石壕吏》来压同样是名篇的《长恨歌》，以发表史论，因而既易懂又新警，既明快又含蓄。

（周啸天）

◇**再题马嵬驿**（录一）

　　不须铃曲怨秋声，何必仙山海上行。

　　只要姚崇还作相，君王妃子共长生。

　　袁枚于乾隆十七年赴陕西候补任官。这期间，他曾多次寻访兴平马嵬坡，有感而发写作四首诗歌来咏史抒怀。本诗是其中第四首。

　　唐天宝十四载（755）十一月，著名的"安史之乱"爆发。腐朽的唐王朝不堪一击，叛军很快攻下洛阳、潼关，破京师长安，唐玄宗带着宠妃杨贵妃逃往蜀地。途经兴平马嵬坡，陈玄礼发动兵变，处死了误国奸相杨国忠，随后又用白练勒死了杨贵妃。对贵妃之死，玄宗无可奈何，极度悲伤，在去蜀的道路上，触处皆悲。据郑处诲《明皇杂录》补遗："明皇既幸蜀，西南行，初入斜谷，属霖雨涉旬，于栈道雨中闻铃，音与山相应。上既悼念贵妃，采其声为《雨霖铃》曲，以寄恨焉。"本诗"不须铃曲怨秋声"中"铃曲怨秋声"，即指玄宗幸蜀途中事。

　　"何必仙山海上行"句，是讲临邛道士帮唐玄宗去海上仙山寻找杨贵妃的事。白居易《长恨歌》载：临邛道士"上穷碧落下黄泉，两处茫茫皆不见。忽闻海上有仙山，山在虚无缥缈间。……中有一人字太真，雪肤花貌参差是"就是讲这件事。

　　首二句一个"不须"，一个"何必"，对唐玄宗逃难幸蜀，后来寻找杨贵妃于仙山海上的事均作否定，认为没有那个必要，那些悲剧皆可避免。那么，要如何才能避免呢？"只要姚崇还作相"，只要像姚崇那样的贤能之人做宰相治国，那一切悲剧都可避免，可使"君王妃子共长生"。这说明一个道理：兴亡存败关键在于能否任用人才，能用人才则兴，不能用人才则亡。姚崇（650—721），陕州硖石（今河南三门峡市陕州区东南）人，本名元崇，字元之，后因避开元讳，改名崇。武后时，官凤阁侍郎，迎立中宗有功，睿宗、玄宗时为相，曾抑权幸，劝节俭，为相五年，后引宋璟自代，历史学家称其主政时期为"开元之治"。《旧唐书》《新唐书》有传。

本诗主题,与中唐元稹《连昌宫词》类似,认为圣君贤相是国泰民安的保证,本诗更强调贤相的重要性。作为身居国家权力机构最高层的人物,贤相对历史的进程肯定有重大影响,这是不言而喻的。但要注意的是,少数圣君贤相的作用也是有限的,把历史的进步全归于少数上层人物,将蹈"英雄史观"的错误。袁枚作为一个封建文人,他不可能像我们今天这样辩证地、历史地看问题,故不可苛责前人。

(李坤栋)

———————

●吴雯（1644—1704），字天章，山西蒲州（今永济）人，寄籍辽阳。康熙十八年（1679）试博学鸿词科，不第。游食南北，足迹几遍天下。有《莲洋集》等。

◇明妃

不把千金买画工，进身羞与自媒同。

始知绝代佳人意，即有千秋国士风。

环佩几曾归夜月？琵琶唯许托宾鸿。

天心特为留青冢，春草年年似汉宫。

　　"明妃曲"咏昭君出塞故事，唐宋名家颇有佳作，七律以杜甫《咏怀古迹》（群山万壑赴荆门）一首为压卷。后人继作者亦不少，只是很难讨好。而这首诗可以刮目相看。

　　《西京杂记》载有《画工弃市》一则云："元帝后宫既多，不得常见，乃使画工图形，案图召幸之。诸宫人皆赂画工，多者十万，少者亦不减五万。独王嫱不肯，遂不得见。匈奴入朝，求美人为阏氏。于是上案图，以昭君行。"杜甫、王安石、欧阳修等大诗人关于昭君的名作，虽然都提到过画图及元帝诛画工之事，但能就王嫱不赂画工立意的，竟然没有。而吴雯独具卓识，为明妃表心，使诗的内容大为出新。

　　"不把千金买画工，进身羞与自媒同。始知绝代佳人意，即有千秋国士风"四句一气贯注，夹叙夹议，浩然神行，前未曾有。尤其是中间"始知"一联，十四字一意，以千秋国士譬比明妃，无论内容还是形式都使人耳目一新。所谓"国士"，系指一国栋梁之材。这种人择主而事，故"可就见，不可屈致也"（《三国志》徐庶语）。故韩信夜逃，萧何月下相追；孔明高卧，先主三顾而起。王嫱明知宫中陋习，而不肯赂画工，非吝惜金钱，实不愿有损人格，自谋取容。远嫁匈奴，在所不惜。

　　杜甫《咏怀古迹》写道："画图省识春风面，环佩空归月夜魂。千载琵琶作胡语，分明怨恨曲中论。"吴雯则翻出一意："环佩几曾归夜月？琵琶唯许托宾鸿。"这是继上"千秋国士风"而言，以见明妃生既刚强，死亦刚强。她的魂魄也不飞回负了她的汉朝，虽然她也将思乡的情思寄托鸿雁。明妃墓在今内蒙古呼和浩特市南，相传塞上草白，独此墓地草色长青，故称"青冢"（《太平寰宇记》）。诗人深情地想：这就是上天对明妃高洁的品格的表彰吧。"春草年年似汉宫"不仅是说那草色似汉土之长青，而且暗示明妃对故土的热爱，即使埋骨异域也丝毫未改。全诗就刻画了一个既爱国又不苟合取容的崭新的明妃形象。

　　沈德潜评本篇道："吊明妃并写怀抱，方脱前人束缚。"（《清诗别裁集》）看来"进身羞与自媒同"七字，不但是为明妃写心，也抒发诗人自己的怀抱。

（周啸天）

●刘献廷（1648—1695），字继庄，一字君贤，号广阳子，顺庆大兴（今北京市）人。博学多闻，对经学、天文、地理、农田水利均有研究。有《广阳杂记》。

◇王昭君

汉主曾闻杀画师，画师何足定妍媸？

宫中多少如花女，不嫁单于君不知。

人咏明妃，或着眼于"不赂画工"立言。本篇则专就元帝怒杀画工一事立论。《西京杂记》记昭君被按图派嫁匈奴为阏氏，"及去，召见。貌为后宫第一。善应对，举止娴雅。帝悔之，而名籍已定。帝重信于外国，故不复更人，乃穷案其事，画工皆弃市"，"京师画工，于是差稀"。

"汉主曾闻杀画师，画师何足定妍媸（美丑）？"这一声犹如当头棒喝，直为当时画工鸣冤叫屈。宋代王安石道："归来却怪丹青手，入眼平生几曾有。意态由来画不成，当时枉杀毛延寿。"（《明妃曲》）用意在于突出明妃之美，而改变画工丑化王嫱的事实，巧为之说。刘献廷则不同，他并没有改变画工阻塞明妃进身之路的事实，而只是说：这事不能全怪画工。由画工之笔墨来裁决人的美丑，本身就犯了一大错误。用今天的话说，不调查研究，不看第一手材料而由第二手材料作出结论，哪有不错的道理！所以这板子要打在汉元帝自己的屁股上才对呢，画工全是替罪羊。

"宫中多少如花女，不嫁单于君不知。"这又是一声棒喝。诗人由此及彼，由明妃的悲剧延至更多宫女的悲剧。诚然，昭君出塞，使汉元帝认识到自己出了差错。然而，要是昭君不出塞呢，汉元帝岂不一辈子糊涂，如花美女最后还不是空老宫中而已。事实上，这样的情况是很普遍的："一肌一容，尽态极妍，缦立远视，而望幸焉。有不得见者，三十六年。"（杜牧《阿房宫赋》）自古以来就是如此。但诗人借明妃事予以点醒，却是一大发明。

"作诗必此诗，定知非诗人。"（苏轼）读者千万不要将本篇只当作《明妃曲》去看。诗虽只就王昭君事而发，其意蕴却远远超出事件的本身，读者不妨举一反三，对生活中类似情事加以反思。"宫中多少如花女，不嫁单于君不知。"就超越其字面意义和时代，针砭了"墙里开花墙外香"的社会弊端。

（周啸天）

———————

●陈于王，生卒年不详，字健夫，顺天宛平（今属北京）人。

◇《桃花扇传奇》题词

玉树歌残迹已陈，南朝宫殿柳条新。

福王少小风流惯，不爱江山爱美人。

本篇着重讽刺南明统治者的腐化堕落。诗中"福王"即朱由崧，崇祯死后，他由洛阳避兵至淮安。凤阳总督马士英利用其昏庸，迎立于南京，这就是弘光帝。福王当政后重用马士英、阮大铖等奸邪，黜忠良。又搜选嫔妃，闾井骚然。国亡被杀。《桃花扇》"选优"一场对他作了讽刺："小生扮弘光帝，又扮二监提壶捧盒，随上，小生：'满城烟树间梁陈，高下楼台望不真。原是洛阳花里客，偏来管领秣陵春。'"可与本篇并读参阅。

"玉树歌"即《玉树后庭花》，陈后主所作。系"绮艳相高，极于轻薄"的靡靡之音，后人多以指亡国之音。如刘禹锡《台城》："万户千门成野草，只缘一曲《后庭花》。"杜牧《泊秦淮》："商女不知亡国恨，隔江犹唱《后庭花》。""南朝"本指东晋后据有南方的几个相继享国极短的朝廷，即宋、齐、梁、陈，诗中兼关南明王朝。"玉树歌残迹已陈，南朝宫殿柳条新"二句，即以陈后主比弘光帝，谓南明王朝实蹈陈后主的覆辙，"柳条新"意味其行径仍旧也。用杜牧《阿房宫赋》的话说，正是陈后主"不暇自哀，而后人哀之。后人哀之而不鉴之，亦使后人而复哀后人也"。

"福王少小风流惯，不爱江山爱美人。"福王原封于洛阳，过惯花天酒地的生活。到南京后，命"中使四出搜巷，凡有女之家，黄纸贴额，持之而去，闾井骚然。"（《明通鉴·附编》陈子龙言）故《桃花扇》给他的上场诗是"原是洛阳花里客，偏来管领秣陵春"。本篇的后两句就是对其人概括性的批判。诗意本指福王荒淫无耻，断送了朱明江山。但不直接说他荒淫，只说他"少小风流惯"，似还在为他缓颊；不直接说他断送江山，却说他"不爱江山爱美人"。这都举重若轻，最得婉讽之妙。

这一"爱"一"不爱"，毫不含糊地概括了历史上许多荒淫误国的帝王的共同特征，很有典型性；而诗句的语言通俗，故成了广为流传的名句。与福王一类昏淫之主形成对照的，则是历史上那些具有雄才大略的君王，比如刘备，他曾清醒地对付了周郎的美人计，使东吴"赔了夫人又折兵"，唐吕温《刘郎浦口号》云："谁将一女轻天下，欲换刘郎鼎峙心。"正好与本篇对读。

（周啸天）

●郑燮（1693—1766），字克柔，号板桥，江苏兴化人。乾隆元年（1736）进士。历任山东范县、潍县知县。有政绩。后因赈济饥民，得罪豪绅而罢官。后寄居扬州，为画坛"扬州八怪"之一。有《板桥全集》。

◇南内

南内凄清西内荒，淡云秋树满宫墙。

由来百代明天子，不肯将身作上皇。

"南内"，指唐时长安兴庆宫。宋程大昌《雍录》："（唐）诸帝多居大明，或遇大礼大事，复在太极。……太极在西，故名西内。……别有兴庆宫者，亦在都城东南角，人主亦于此出政，故又号南内也。"古时天子宫禁叫"大内"，简称"内"。

本诗以唐玄宗晚年居于南内、西内的凄凉景况为例，说明封建统治集团内部权力之争的冷酷无情。

唐玄宗统治后期荒淫无道，宠幸杨贵妃，重用奸臣杨国忠，造成天宝十四载（755）的"安史之乱"，长安沦陷，玄宗仓皇逃往蜀地。太子李亨即位于灵武（今宁夏灵武市西南），称肃宗，尊玄宗为"太上皇"。直到肃宗至德二载（757）十月，郭子仪军才收复长安，玄宗由蜀返京，居于兴庆宫。肃宗及其左右怕玄宗复辟，千方百计予以防范。

兴庆宫原本是玄宗做藩王时的王府，开元十六年（728）以后，他长期在此处理政务和居住。宫内楼台亭阁很多，花木掩映，环境清幽。沉香亭畔，牡丹遍植，玄宗曾与杨贵妃倚栏赏花，在花萼楼与勤政务本楼看梨园弟子的精彩表演。但兴庆宫邻近大街，肃宗担心玄宗与外界接触，便将他迁入太极宫的甘露殿（西内），形同软禁。首二句诗即描写玄宗晚年被软禁的凄凉状况。

"南内凄清西内荒"，在修辞上属于互文见义，即南内与西内都凄清与荒凉，既是写实也有象征作用。"安史之乱"后长安遭到破坏，白居易《长恨歌》有"西宫南内多秋草，落叶满阶红不扫"句，写出其荒凉。凄清与荒凉既是写环境，也是写玄宗的内心感受。"太上皇"为虚名，无任何实权，也未得到肃宗及臣僚的尊重，悲凉之情可想而知。"淡云秋树满宫墙"，是写实。天上飘着孤独的淡云，苑内秋树落叶飘飞，在衰飒的寒风中洒满宫墙，这进一步加重了玄宗的孤苦与悲伤。史载，玄宗在这样的环境中没有生活多久便凄凉地死去。

后二句为作者议论："由来百代明天子，不肯将身作上皇。""太上皇"当不得，英明的天子千万别去做什么"太上皇"。这是作者从玄宗晚年的悲剧中总结出来的一条教训。它说明封建伦理道德在政权争夺中的苍白无力。

本诗以言浅意深为主要特征。首二句描写生动，后二句议论深刻。

（李坤栋）

◇道情十首

　　枫叶芦花并客舟，烟波江上使人愁。劝君更尽一杯酒，昨日少年今白头。自家板桥道人是也，我先世元和公公，流落人间，教歌度曲。我如今也谱得《道情十首》，无非唤醒痴聋，销除烦恼。每到山青水绿之处，聊以自遣自歌。若遇争名夺利之场，正好觉人觉世。这也是风流世业，措大生涯。不免将来请教诸公，以当一笑。

　　老渔翁，一钓竿，靠山崖，傍水湾，扁舟来往无牵绊。沙鸥点点轻波远，荻港萧萧白昼寒，高歌一曲斜阳晚。一霎时波摇金影，蓦抬头月上东山。

　　老樵夫，自砍柴，捆青松，夹绿槐，茫茫野草秋山外。丰碑是处成荒冢，华表千寻卧碧苔，坟前石马磨刀坏。倒不如闲钱沽酒，醉醺醺山径归来。

　　老头陀，古庙中，自烧香，自打钟，兔葵燕麦闲斋供。山门破落无关锁，斜日苍黄有乱松，秋星闪烁颓垣缝。黑漆漆蒲团打坐，夜烧茶炉火通红。

　　水田衣，老道人，背葫芦，戴袱巾，棕鞋布袜相厮称。修琴卖药般般会，捉鬼拿妖件件能，白云红叶归山径。闻说道悬岩结屋，却教人何处相寻。

　　老书生，白屋中，说黄虞，道古风，许多后辈高科中。门前仆从雄如虎，陌上旌旗去似龙，一朝势落成春梦。倒不如蓬门僻巷，教几个小小蒙童。

尽风流，小乞儿，数莲花，唱竹枝，千门打鼓沿街市。桥边日出犹酣睡，山外斜阳已早归，残杯冷炙饶滋味。醉倒在回廊古庙，一任他雨打风吹。

掩柴扉，怕出头，剪西风，菊径秋，看看又是重阳后。几行衰草迷山郭，一片残阳下酒楼，栖鸦点上萧萧柳。撮几句盲辞瞎话，交还他铁板歌喉。

邈唐虞，远夏殷，卷宗周，入暴秦，争雄七国相兼并。文章两汉空陈迹，金粉南朝总废尘，李唐赵宋慌忙尽。最可叹龙盘虎踞，尽销磨《燕子》《春灯》。

吊龙逢，哭比干，羡庄周，拜老聃，未央宫里王孙惨。南来薏苡徒兴谤，七尺珊瑚只自残，孔明枉作那英雄汉。早知道茅庐高卧，省多少六出祁山。

拨琵琶，续续弹，唤庸愚，警懦顽，四条弦上多哀怨。黄沙白草无人迹，古戍寒云乱鸟还，虞罗惯打孤飞雁。收拾起渔樵事业，任从他风雪关山。

风流家世元和老，旧曲翻新调，扯碎状元袍，脱却乌纱帽，俺唱这道情儿归山去了。

道情是一种说唱文学，本道士所歌，称"黄冠体"（见《啸余集》），后来江湖上的歌者，依调谱词，多寓讽世劝善之意，沿门歌唱，唤作唱道情。这十首道情是郑板桥的一时游戏之作。看他一开始就集唐人崔颢、王维、许浑等人诗句为上场诗，信手拈来，颇为浑成。道情的一头一尾，都戏称自己是唐人小说中人物、元人石君宝杂剧中命名为郑元和者的后人。这是因为郑元和曾狎妓沦落为挽歌郎，又遭其父鞭打抛弃，再沦落为乞儿。而"道情"原是沿门歌唱曲儿，正经文人所不屑为，作者居然为之，而且给自己找了这样一个看似不经的理由，赋予本篇不少风趣。

前六曲歌咏了六种江湖中人，依次为渔翁、樵夫、头陀、道士、塾师、乞儿，比起"争名夺利之场"中人来，他们生活相当清贫，然而却亲近"山青水绿"之大自然，而且取一种自然的生活方式即自食其力，从而绝无名利场中的是非、烦恼，反而活得快活自在，令人羡煞。后四曲则出以歌者口吻，他从往古历史中汲取材料，予以评驳。第八曲极精要地叙述了从唐尧到南明数千年历史，于"空陈迹""总废尘""慌忙尽""最可叹""尽销磨"见意，极精要地概括了廿四史就是封建统治"其兴也勃焉，其亡也忽焉"的循环史；第九曲指出历代宫廷、朝廷都充满复杂的矛盾，忠臣志士鞠躬尽瘁，演出的总是悲剧，唯有信奉老庄哲学，才能远祸全身。

以上思想内容前人也曾在诗词中表现过，但都不如道情这样洋洋洒洒、淋漓尽致、寓意通俗而文字优美。所以它比同类诗词更能安慰官场失意者的心情。近人邓拓称赞郑板桥是"一枝画笔春秋笔，十首道情天地情"，评价不可谓不高。

道情曲词在音节上很有特色，基本上由三言、七言句构成，行文上有骈散的变化，句群上有奇偶的变化，用韵有疏密的变化，七言句有上四下三、上三下四节奏的变化，在音调上备极摇曳多姿。近体七言诗是以单音步结尾，故尾音迤逦曼长；而道情曲词以两个上三下四的联语结尾，即双音步结尾，尾音干脆利落，很有新意。

（周啸天）

●魏禧（1624—1681），字冰叔，又字叔子，号裕斋，又号勺庭，江西宁都人。明末诸生，明亡后隐居翠微峰。清康熙间荐举博学鸿词，称病不赴。有《魏叔子文集》等。

◇登雨花台

生平四十老柴荆，此日麻鞋拜故京。
谁使山河全破碎？可堪翦伐到园陵！
牛羊践履多新草，冠盖雍容半旧卿。
歌泣不成天已暮，悲风日夜起江声。

这首诗是作者明亡后二十年（1664），登南京的雨花台所作。全诗表达了深切的易世之痛，剖白了自己忠于故国的心志，也对那"冠盖雍容"的误国"旧卿"表示了不满和愤慨，诗情凄凉伤感，悲切动人。

首联"生平四十老柴荆，此日麻鞋拜故京"直接入题，写登雨花台的情景和原因。但第一句是从远处落笔，从自己四十年来的生平写起，其中包含着强烈的感情。四十年来，作者经过了明清易代的大变动，在风风雨雨、艰难困苦的日子中，不知经受了多少磨难，但他始终如一，没有一点动摇。诗句特别提到"四十"，说明时间的漫长，又特别提到"柴荆"（即茅屋），形象地暗示了自己社会地位的低下和生活的窘迫。但其中一个"老"字，把四十年的漫长历史和"柴荆"中的艰难生活联系在一起，表现出他的矢志不渝和安之若素，忠于故明的心志在言外得到了充分的表现。第二句接着就说登雨花台的原因，是来拜谒明代的"故京"。"故京"，即今南京市，明初朱元璋建都于此，以后明成祖迁都北京。明朝灭亡以后，清代建都北京，南京就成了江南士大夫常常凭吊故国的地方。这句使上句的意思得到了更为明确的表露，诗意进了一层。诗中的"此日"，有特地的意思，今日特地拜谒故京，郑重情深。而"麻鞋"两字，不仅进一步描写了自己的生活境况，还暗用了杜甫《述怀》诗中"麻鞋见天子，衣袖露两肘"之意，使人产生更为丰富的联想，诗意显得更为深厚，而"拜故京"之情，也就显得特别强烈。两句在时间上从"四十年"写到"此日"，在地域上从自己所居的"柴荆"转换到明代"故京"，一路迤逦而来，这就把个人的一生和漫长时间中的社会大变动，把目前的处境和明都的今昔联系起来，大大地扩充了社会和政治的内容，为以下写登临所见，打下了极为深厚的思想基础和感情基础。

中间两联，写登台所见，抒发自己的满腔悲愤。颔联"谁使山河全破碎？可堪翦伐到园陵！""山河"，即江山，此代指国家。诗人登台所见，虽然虎踞龙盘，青山如旧，但已非明朝江山，早已沦为被铁蹄践踏的土地。这里"破碎"的不仅仅是"山河"，还有作者那颗热血奔流的赤子之心。诗人此时眼见大好江山全被葬送，忍不住发出愤怒的责问，"谁使"二字，力重千钧，而又痛断肝肠。下一句更为沉痛，不仅山河破碎，就连在钟山的明朝开国皇帝朱元璋的陵墓，也不能得到保护，树木居然遭到任意采伐。"可堪"二字，与前句"谁使"相应，再一下子发出沉痛的感叹，两句显得情绪特别愤激。全诗从首联描写人，到颔联就立即形成感情的高潮，有如浪涛陡然翻卷，也像山峰突兀挺立，诗人强烈的故国之情，得到了充分而深刻的表现。颈联"牛羊践履多新草，冠盖雍容半旧卿"，采用交叉承接的手法，紧接颔联而来。"牛羊"句承"可堪"句，继续写明朝皇陵的凄凉荒废。那昔日庄严肃穆的园陵，现在到处生满了荒草，牛羊出没其中，随意践踏，简直成了一片牧场。这与刘长卿《登吴古城歌》中"牛羊践兮牧竖歌，野无人兮秋草绿"所描写的极其相似，一片衰败荒凉景象，宛在读者目前。"冠盖"句承"谁使"句，写仕清的明朝旧官僚（即"旧卿"）恬不知耻。"冠盖"，即官僚们的衣服、车盖，作者放眼望去，那城中道路上显得雍容华贵的"冠盖"，半数是明朝的旧臣，如今改换门庭，投靠新主，又是一副扬扬自得之态了。联系"谁使"一句的责问来看，在诗人看来，使得明朝山河彻底破碎的，除了清军的侵略，显然还有这些"旧卿"的或明或暗的出卖。诗中以十分沉痛的语气，明显流露出了对这些人的极端鄙视和憎恶，表现出作者强烈的民族意识。这中间两联通过交叉承接，把眼前破碎的山河，遭到剪伐而牛羊出没的园陵，以及冠盖雍容的"旧卿"，全都摄入笔底，融合成一片，使荒凉冷寂之景与凄伤悲怨之情，相映相生，感人至深。并且，在交叉中造成一种往复回环之势，时而描写景色，时而抒发感慨，反复唱叹，使易世之痛和故国之思更加深沉。我们仿佛看到作者在雨花台上，那种四顾神伤、仰天太息、心酸难忍的情景，整个场景笼罩着悲切的气氛。

　　作者在这样易于惹动故国之思的地方，徘徊流连，久久不忍离去，直到暮色苍茫。"歌泣不成天已暮，悲风日夜起江声"这最后一联，真是字字血泪。长歌当哭，必须是在痛定之后的，此时"歌泣不成"，可见内心悲痛之巨、之深。登雨花台而触动的一腔悲愤，在这里再次形成高潮，汹涌的情思像接天巨浪一样，冲出诗人的胸怀，也激荡着读者的心。这时，只听得晚风阵阵，伴随着那日夜不息的长江的水声，显得更加悲凉。这最后一句，作者巧妙地以景作结，把不能自抑，也无法再作言语形容的满腔悲怨，一齐融合在凄凉悲伤的景色中，让读者从鲜明的形象中，去领会那深深的亡国之痛。另外，在全诗愤激的感情基调中，最后这样处理显得情韵悠长，给读者留下思索不尽的余意。这与全诗的开头，以及中间的交叉回环，都充分体现了作者的艺术匠心，可称手法新颖，不同凡响。

（管遗瑞）

●朱瑄，生卒年不详，字枢臣，江苏吴县人。《清诗别裁集》录诗三首。

◇祖龙引

徐福楼船竟不还，祖龙旋巳葬骊山。

琼田倘致长生草，眼见诸侯尽入关。

"祖龙"系秦始皇的代称。《史记·秦始皇本纪》："（三十六年）秋，使人从关东夜过华阴平舒道。有人持璧遮使者曰：'为吾遗滈池君（水神），因言曰：'今年祖龙死。'"使者奉璧以闻始皇，"使御府视璧，乃二十八年行渡江所沉璧也"，始皇不逾一年果死。"祖龙"之称即源于此。

秦始皇在历代诗人笔下，主要是一个被批判的对象。咏始皇的诗，大多集中在写秦长城、焚书坑、阿房宫等史事上。《祖龙引》就始皇生前觅不死之药一事立言。在他之前，则有唐人胡曾《咏史诗·东海》："东巡玉辇委泉台，徐福楼船尚未回。自是祖龙先下世，不关无路到蓬莱。"

徐福是由齐入秦的方士。秦始皇曾按他的意图，遣童男童女数千人随他乘楼船入海求仙。他入海求神药十年不得，乃居海上不归。胡曾就此事嘲笑说，不是没有求仙之路，只是始皇寿数太短，等不到徐福回来就先去世了。这也算就史实翻出一点新意，但他的冷嘲显得寡味，而且意义不大。而本篇不仅翻新史实，且有深刻的寓意。

"徐福楼船竟不还，祖龙旋已葬骊山。"据《史记·秦始皇本纪》记载，始皇即位之初，就在骊山为自己修筑陵墓，深穿三泉，下铸铜穴以护棺椁，广修宫殿楼观，贮藏奇珍异宝，并以水银为江河湖海。一面却又遣徐福出海觅不死之药。而徐福此去却"赵巧送灯台，一去永不来"，"竟不还"三字道出始皇的失望。结果仙药没得到，骊山墓倒派上了用场。一个"旋"字，就是胡曾"先下世"三字之义，言其寿数何短也！两句实抵胡曾全诗。

"琼田倘致长生草，眼见诸侯尽入关。"据《十洲记》："东方祖州上有不死之草，生琼田上。"此即"长生草"。"诸侯尽入关"则指秦二世元年（前209），陈胜、吴广起义，刘邦、项羽及六国诸侯的后人，纷纷起兵响应，所谓"秦失其鹿，天下共逐之"（《史记·淮阴侯列传》）。刘邦率军先攻入函谷关，秦王子婴降，遂亡秦。这两句是说，如果秦始皇真的得到长生草而继续活下去，那么他一定会亲眼看到帝国的覆灭。则其求药不得，幸乎？不幸乎？

胡曾《咏史诗·东海》所以流于浅薄，就在于诗人卖弄一番口舌，却仍以始皇未得不死之药为憾事。本篇的深刻，则在它不限于批判始皇迷信神仙，更把矛头指向秦朝暴虐的统治，所以耐读。

（周啸天）

●曹雪芹（约1715—1764），名霑，字梦阮，号雪芹。江宁（今南京）人。著有《红楼梦》。

◇红拂

长揖雄谈态自殊，美人巨眼识穷途。
尸居余气杨公幕，岂得羁縻女丈夫。

此诗是《红楼梦》六十四回中的"五美吟"中的一首，也是黛玉的诗。其他四首题为《西施》《虞姬》《明妃》《绿珠》，均哀感顽艳，符合黛玉纤细敏感的性格。唯独这首"红拂"是刚健之作，似乎不是黛玉所道得出的。可以看作曹氏自己的咏史怀古之作。

严格地说，红拂并不是一个历史人物，而是唐代小说家杜光庭《虬髯客传》小说中人，姓张，原为隋帝时大臣杨素的家妓。李靖（唐代开国功臣）以一介布衣之士，欲上奇策于杨素，遭到倨见，当面责素道："天下方乱，英雄竞起，公为帝室重臣，须以收罗豪杰为心，不宜踞见宾客。"杨素身边罗列的姬妾中有红拂，一眼看准李靖，当夜即与之私奔。后来二人遇到一位奇侠虬髯客，得到一笔厚赠，成为李靖赞助李世民建功立业的资本。

"长揖雄谈态自殊"一句即写李靖上谒杨素当庭骋辩的事。"长

揖"是直身作揖而不拜，态度不卑不亢，《汉书·高帝纪》载，郦食其
见刘邦就是这样子。李靖以一介布衣对司空大人杨素耳提面命，亦有郦
生之雄风，竟使杨素敛容而谢之，可见其态之不凡。据杜光庭描写，当
时杨府侍婢甚多，唯"一妓有殊色，执红拂立于前，独目公"。

　　好个"独目公"！盖杨府之侍婢看惯天下达官贵人，何尝将一介布
衣放在眼里。唯有红拂能知人于未显之际，别具慧眼，非徒貌美而已。
"美人巨眼识穷途"一句之精彩，就在于将"巨眼"与"美人"连文。
初看似乎很不谐调，细味正自表现出这"美人"的不凡。"美人爱英
雄"不足称道；唯美人能识"穷途"之英雄，才值得大加表扬。

　　唐伯虎有题画的《红拂妓》诗云："杨家红拂识英雄，着帽宵奔李
卫公。莫道英雄今没有，谁人看在眼睛中。"四句只抵得本篇"美人巨

眼识穷途"一句，相形之下，诗句亦俗气可哂，怎及曹雪芹此作之英姿飒爽！

私奔之夜，红拂对李靖说："妾侍杨司空久，阅天下之人多矣，未有如公者。丝萝非独生，愿托乔木，故来奔耳。"李靖道："杨司空权重京师，如何？"红拂答："彼尸居余气，不足畏也。……计之详矣，幸无疑焉。""尸居余气"，语出自《晋书·宣帝纪》："司马公尸居余气，形神已离，不足虑矣。"可见红拂追随李靖，是洞察形势，预见未来，择木而栖，是明智而大胆之举。没有识见与勇气，难以断然决断如此。所以诗人情不自禁地以"女丈夫"许之，并对权重京师的杨素嗤之以鼻："尸居余气杨公幕，岂得羁縻女丈夫。"

"美人巨眼"的造语是一奇，"女丈夫"的造语又是一奇。通过这样的造语，活现了一位侠女形象。红拂惊世骇俗的一个方面，是她敢于自媒，在婚姻上主动出击，连李靖亦逊色。于是想到了《红楼梦》，其中有一位敢于谈婚议嫁、自行择婿的刚烈女性，即尤三姐。曹雪芹对红拂的歌咏，和对尤三姐的赞美一样，都表现出一种反封建的思想倾向。

（周啸天）

●宋湘（1756—1826），字焕襄，号芷湾。嘉应（今广东梅州）人。清嘉庆四年（1799）进士，授翰林院庶吉士、编修。出任贵州乡试正考官。迁云南曲靖知府。道光五年（1825）充湖北督粮道，第二年卒于任上。有《红杏山房诗钞》等。

◇司马迁

六经以外文章尽，三代而还世变兴。

天扶日月风云气，史有龙门诗少陵。

司马迁（约前145—？），字子长，夏阳（今陕西韩城南）人，曾发愤著书，写作《史记》一百三十篇。这部巨著成为中国第一部纪传体通史，对史学、文学都产生巨大影响。宋湘这首七绝，就是歌颂司马迁及其著作的。

按汉以来的传统观念，"六经"就是最好的文章了。"六经"，指《诗》《书》《礼》《乐》《易》《春秋》，称为儒家经典，是读书人必读的教科书。"六经"以外，便谈不上有什么好文章了。"六经以外文章尽"，即阐述此意。

"三代而还世变兴"，"三代"指夏、商、周三朝。社会是发展的、变化的，一个时代有一个时代的政治和艺术。无论上层建筑与经济基础，都会随着时代的发展而日新月异。即以夏、商、周三代为例，阐明各个朝代的政治都不同。司马迁在《史记·高祖本纪》中就指出："夏之政忠，忠之敝，小人以野，故殷人承之以敬。敬之敝，小人以鬼，故周人承之以文。文之敝，小人以僿（sài，轻薄而不真诚），故救僿莫若以忠。三王之道若循环，终而复始。"司马迁在这里强调一个"变"字，每个时代的政治统治手段都要有所改变才行，否则政权不能长久。他以秦汉为例说："周秦之间，可谓文敝矣。秦政不改，反酷刑法，岂不缪乎？故汉兴，承敝易变，使人不倦，得天统矣。"统治政策要随时代的变化而变化，这是对的。但司马迁认为这种变化是"若循环，终而复始"，陷入历史循环论，则是错的。

既然政治要随时代的变化而求新，那么文学艺术呢？也应如此。因此，传统儒家以为"六经"以外文章尽，便是值得商榷的观点了。"天扶日月风云气，史有龙门诗少陵"，二句便是在发展创新的观点指导下高度评价司马迁的文章和杜甫的诗作，以此典型事例推翻"六经以外文章尽"之说。"天扶日月"是比喻，天地间出了司马迁这样的大才子，写出了《史记》这样的千古不朽的名作，唐代又出了"诗圣"杜甫，写下可与日月同辉的诗篇，好像是上天有意扶持日月经天光照万里一样。"风云气"，指高才卓识的气质，形容司马迁和杜甫，二人均是伟人，有风云般的气质。"龙门"，此指司马迁。《史记·太史公自序》："迁生于龙门，耕牧河山之阳。"龙门即韩城龙门山，后世即以"龙门"作司马迁的别称。"少陵"，指杜甫。少陵本汉宣帝许后之陵墓，因规模比宣帝陵小，故名少陵，在今西安市南部。杜甫曾在此居住，自号"少陵野老"。历史上有司马迁的文章，有杜甫的诗，均为有时代代表性的伟大作品。此处以二人之大作阐明

"世变兴"的道理。

　　此诗反传统，敢于否定成论，颇有远见卓识。有理有据，议论深刻，用比喻修辞，显得形象生动。

（李坤栋）

●龚自珍(1792—1841),一名巩祚,字璱人,号定盦,浙江仁和(今杭州)人。道光九年(1829)进士。历官内阁中书、宗人府主事、礼部主事、主客司主事等职。年四十八辞官南归。五十岁卒于丹阳云阳书院。有《定盦文集》等。

◇咏史

金粉东南十五州,万重恩怨属名流。

牢盆狎客操全算,团扇才人踞上游。

避席畏闻文字狱,著书都为稻粱谋。

田横五百人安在,难道归来尽列侯?

本篇作于道光五年,时作者因守母丧居杭州,期满后正客居江苏昆山一带,地处繁华温柔之乡,交际的是东南一方名流,目睹了当时儒林形形色色的怪现状,不满于士风的败坏,因而作了这首七律。明明是讽刺现实,却冠以"咏史"之题,不过是障眼法而已。

一起表明本篇所讽,无非当代"名流"而已。"金粉"即铅粉,是古时妇女化妆用品,诗中多用来形容繁华绮丽之乡,又多与建都金陵的南朝相联系。"金粉东南"指当时作者所居住的江浙一带,能引起一些历史联想。"万重恩怨"即恩恩怨怨,昔者韩愈属之"儿女"("昵昵儿女语，恩怨相尔汝"），而此处属之"名流"，可见当时东南名士者，多是挟个人恩怨、小肚鸡肠的人物。"万重"与"十五"在数量上形成对照，可见地方不大，矛盾颇多。

中四句进而为"名流"画像。"牢盆"乃煮盐器具，代指盐政；"操全算"乃当时市井语，意即把持。据说本篇是针对两淮盐政曾某罢官而作，曾某曾以谄事和珅得进，而日事荒宴（王文濡注），所以"牢盆狎客操全算"一句，是说善于奉承拍马之徒，把持着盐政这样的要职。"团扇才人踞上游"一句，则是说不学无术的贵族子弟官居高位。东晋豪族王导的孙子王珉，喜执团扇，性行放纵，虽任职中枢，而不问政事，故诗有"团扇才人"之措辞。

雍正、乾隆两朝的士大夫，不少人被文字狱吓破了胆，说话做事处处小心，动辄避席，表示敬畏。不少人钻进故纸堆，脱离现实著书立说，以求保其俸禄（"稻粱谋"语出杜诗）。可见诗中所谓"名流"，其实都不过是些碌碌之辈而已。同时，诗人在这里也揭露了清朝的文化专制造成的现实，黑暗而沉闷。

秦末时田横据齐地称王，刘邦统一全国后，田横率其部五百人入海岛。刘邦诱降道："田横来，大者王，小者乃侯耳。不来，且举兵加诛焉。"田横终耻事刘邦，遂自刭，五百士亦然。末二句意：像田横及五百士那样有骨气的、可杀而不可辱的人，如今还找得到一个半个么？假若田横及五百士屈节事汉，难道个个都能封侯么？恐怕只能落得身名俱裂，为天下笑吧。诗人"咏史"，言在彼而意在此，对时下"名流"作了辛辣讽刺。

本篇可以说是用诗体写成的杂文，它针对"名流"这一特定阶层，抽出其本质特征予以针砭，不留面子，同时也暴露了晚清社会和政治的腐朽以及黑暗，间接表明了政治变革势在必行。在写作上，本篇既运用了古人事语，或正用（如"团扇才人"）或反用（如"田横五百人"），又吸收了市井语、新名词入诗，如"牢盆""操全算""踞上游""文字狱"等等，令人耳目一新；而笔墨尤见泼辣，增加了讽刺力度。

（周啸天）

●丘逢甲（1864—1912），又名仓海，字仙根，号蛰仙，福建彰化（今属台湾）人。光绪十五年（1889）进士。未任官，赴台湾各地讲学。后抗击日寇，兵败内渡。辛亥革命后，赴南京，为参议院参议员。有《岭云海日楼诗钞》等。

◇谒明孝陵

郁郁钟山紫气腾，中华民族此重兴。

江山一统都新定，大纛鸣笳谒孝陵。

据丘琮编《仓海先生丘公逢甲年谱》载："南京临时中央政府成立，复被举为参议院参议员。"南京临时政府成立于民国元年（1912）元旦，2月15日临时大总统孙中山率领文武百官谒明孝陵（明太祖朱元璋陵寝，在今江苏南京玄武区），以清帝退位，民国统一祭告明太祖。据《黄兴年谱长编》载："清晨，文武百官在总统府集合……乘车骑马，经明故宫，出朝阳门，夹道欢呼，声震屋瓦，循四方城陵前御道，抵拱桥下车。大总统齐齐步入，至前殿更衣少息后，穿内殿，进甬道，上高陵，乐声大作，海陆军大炮齐鸣。行礼如仪之后，大总统述明太祖之丰功伟烈。"这次谒明孝陵活动，是辛亥革命胜利后一次十分隆重的庆典，作者作为参议员参加了这次盛典，写下了这首具有纪念意义的诗歌，抒情叙事，辉映生色，表现了兴奋喜悦的心情。

　　第一句是写景。"钟山"即紫金山，在今南京市玄武区东郊。全句说，虎踞龙盘的钟山长满了茂盛的树木，有一种祥瑞的"紫气"正在腾腾上升，使得今天的钟山显得更加巍峨雄秀。"紫气"系用典。司马德操《与刘恭嗣书》："黄旗紫气，恒见东南。"又《关令尹内传》："关令登楼四望，见东极有紫气西迈。喜曰：'应有圣人经过京邑。'至期乃斋戒，其日果见老子。"后人因以紫气表示祥瑞。作者用在这里有双关意义：一是指早晨灿烂的朝霞，把钟山一带映照得通红；二是南京临时政府终于成立，象征着事业的兴盛和气氛的喜庆。所以下句就直接披露了作者喜悦的情怀："中华民族此重兴。"这一句直白的议论，简直就是作者兴奋的高呼：经过无数仁人志士前仆后继的英勇奋斗，终于推翻清朝，中华民族重新振兴起来了！在这里，诗句愈是直白，便愈见真情，那种按捺不住的喜悦，充溢于字里行间，使人仿佛亲眼见到了作者那种欢欣鼓舞的情态。

　　第三句继续写喜悦心情。不仅南京临时政府成立了，国家也实现统一，已经决定定都南京，这当然是十分可喜的大事。据史料记载，2月14日参议院开会，由于部分人的反对，否决了孙中山先生关于"临时政府地点设于南京"的意见，打算定都北京。当晚，孙中山、黄兴力排众议，到2月15日早上，已经正式决定定都南京。作者在前往明孝陵时听到这一消息，心情十分高兴。从诗中可以看出，作者显然是赞成定都南京的。句中"新"字用得十分准确，反映了这一重要历史事件。最后，诗句回关题目，正面写谒明孝陵的活动。但笔墨非常简练，只点出了仪仗队中的旗子和一种乐器胡笳，然而，那迎风招展的各种旗帜，浩浩荡荡的谒陵队伍，以及吹吹打打的众多乐器和震响全城的声音，都一下子纷呈到读者面前、闻于读者之耳。这是多么威武雄壮之举啊！谒陵的场面，人们的心情，得到了清晰而充分的表现。

这首诗一扫离台时胸中积郁的情况，一任感情的奔流放纵，写得精神振奋，扬眉吐气，集中地反映了辛亥革命刚刚胜利时人们的精神状态。全诗在结构上颇有值得注意之处：第一、四句写谒陵的环境、气氛和行动，是实笔，而二、三句穿插其中，或发议论，或叙述背景，都作为谒陵活动的陪衬，是虚笔。这种虚实结合，交叉安排，使全诗形成跌宕、顿挫的气势，那种欢乐喜悦的情怀得到了有力的表现，形式和内容的结合做到了有机的统一。

（管遗瑞）

————

●宁调元（1883—1913），字仙霞，号太一，湖南醴陵人。清光绪三十一年（1905）赴日留学，在东京加入中国同盟会。回国后曾参加萍浏醴起义，在岳州被捕。三年后出狱，在北京主编《帝国日报》。辛亥革命后，因参加声讨袁世凯的活动再次被捕，不久牺牲。

◇读史感书

　　投河未遂申徒狄，伏剑应期温次房。

　　不管习风与阴雨，头颅尚在任吾狂。

　　作者早年即投身革命，1906年被囚于长沙狱，凡三年。出狱后到北京办《帝国日报》，宣传民主革命思想。1913年因参加反袁斗争，在武汉被捕入狱，不久遇害。这首诗是他第一次入狱后写的。题为"读史感书"，是因为诗中提到了两个历史故事，其实通篇重在抒发视死如归的革命豪情。

　　申徒狄是古代传说中的贤者，因不满现实，欲抱石投河而死，崔嘉闻而止之。（见《韩诗外传》卷一）温序，字次房，东汉祁人，建武时官至护羌校尉。后为隗嚣别将苟宇所拘，逼他投降，他拒绝说："分当效死，义不贪生。"遂伏剑死。（事见《后汉书》本传）这两个人都可以说是古代的烈士，诗人通过对他们事迹的吟咏，意在引以自况。申徒狄投河被止而未死，故曰"未遂"，这也切合作者当日下狱的情况。温序伏剑杀身，而作者已做好最坏打算，故曰"应期"。这两个词语都下得很有分寸。

三、四句便在咏史的基础上进一步述志："不管习风与阴雨，头颅尚在任吾狂。""习习谷风，以阴以雨"是《诗经·谷风》的名句，原意系用天气的变化喻人情的反复。这里的"不管习风与阴雨"，意思是不论环境的好坏。而掷地有声的警句是"头颅尚在任吾狂"，正如作者在《丁未正月初十笔记》中说："君子当视死如归，不摇尾乞怜。"这句意即只要头颅尚在，就仍要我行我素，将革命进行到底。

战国时策士张仪早年游说诸侯，被人诬陷而大受笞楚，其妻伤叹道："嘻，子毋读书游说，安得此辱乎！"然而张仪回答说："视吾舌尚在否？"其妻道："舌在也。"仪道："足矣。"由于这种失败了再干的勇气，他终于成功了。宁调元的"头颅尚在任吾狂"，言略似之，而其投身的事业的伟大，非张仪可望项背，故其豪迈亦超乎其上。

"狂"，本来是反动派污蔑革命青年的贬词。而诗人则欣然受之，并赋予此字以全然不同的褒贬色彩。说我反，我就是反！说我狂，我就是狂！对反动派造反，便是革命。革命，就不是温良恭俭让，就得有狂劲。这和鲁迅《狂人日记》的命名，是一个道理。

（周啸天）

────────

●易顺鼎（1858—1920），字实甫，又字中硕，湖南龙阳（今湖南汉寿）人，光绪元年（1875）中举。甲午战起，倡言抗日。《马关条约》签订后，两度赴台与刘永福筹划抗日事宜。光绪二十六年督办江阴江防。入民国，潦倒颓唐，曾任印铸局参事。有《丁戊之间行卷》等。

◇踏莎行·京口舟中作

　　铁瓮楼船，银山戍鼓，江南江北愁来路。断霞鱼尾画金焦，残阳鸦背分吴楚。　　三十功名，万千词赋，英雄才子俱尘土。佛狸祠下听潮回，垂虹桥上呼秋去。

　　此词作年不可考，是作者经过京口（今江苏镇江）时的怀古之作，抒发落魄无为之情。

　　上片主要描写京口一带的形势风景。"铁瓮"，原指镇江古城，三国时孙权筑，此代京口。"银山"，即蒜山，在江苏镇江市丹徒区。作者乘船从北向南，沿途均为战乱景象。"铁瓮"二句属互文修辞，说京口、蒜山都屯驻战船，都听到军中鼓角之声。"江南江北愁来路"句是总括，总写一路行来均见兵荒马乱，触目皆愁。作者生活在甲午战争以来的动乱年代，国计民生，不堪目睹，忧国忧民的悲痛之情溢于言表。在写法上，用典型概括的方式，以京口、蒜山两处军事要地为典型，重点描写，以"愁来路"三字概括心情。"断霞鱼尾画金焦"一句，浓墨重彩地描写京口风景。苏轼《游金山寺》诗："微风万顷靴文细，断霞半空鱼尾赤。"为此词句所本。"残阳鸦背"典出温庭筠《春日野行》诗："蝶翎朝粉尽，鸦背夕阳多。""断霞"二句写京口晚景如画，动静结合，极为生动。"金焦"指金山与焦山，为京口名胜地，二山均为江防要塞。京口处于吴、楚交界地带，乌鸦可飞越二地，故曰"分吴楚"。上片通过写景，表达对时局的隐忧。

下片"三十功名"以下三句，用岳飞《满江红》词"三十功名尘与土，八千里路云和月。莫等闲、白了少年头，空悲切"句意，一方面崇尚英雄岳飞抗击外敌功勋卓著，另一方面悲叹自己老大无成，功业未就，面对列强瓜分中国而自己空有壮志无所作为。"佛狸祠下听潮回"二句写出作者无可奈何的悲愤。"听潮回"与"呼秋去"，是一般文人雅士的悠闲生活，但往往为志士仁人无聊无奈的行为，是满腔悲愤受压抑的迫不得已之举。"佛狸祠"在瓜埠山（今南京市六合区东南，离京口不远）上，是北魏太武帝拓跋焘所筑。"佛狸"是拓跋焘的小字。他曾率大军打败东晋王玄谟，驰骋中原，威武一时。"垂虹桥"，在今江苏苏州吴江区，上有垂虹亭，故名。宋庆历八年（1048）建，俗名长桥，有七十二洞。宋时苏轼、张先、王安石、陆游等名人曾在垂虹亭驻足流连。

全词上片写景，下片抒情议论，表达对时局的隐忧，对功业未建而无所作为的悲伤与无奈。描写生动，用典颇多，对仗工稳（以"断霞"二句和"佛狸"二句为最），是其写作上的特点。

（李坤栋）